毒殺される悪役令嬢ですが、いつの間にか溺愛ルートに入っていたようで 3

糸四季

23800

角川ビーンズ文庫

目次

登場人物紹介
CHARACTER PROFILE
ノア
イグバーン王国の第一王子。オリヴィアの毒スキルで毒殺ルートを回避する。
オリヴィア
前世・美容部員の侯爵令嬢。二度目の令嬢人生で毒スキルを手に入れる。

セレナ

乙女ゲームの主人公で、聖女。オリヴィアの親衛隊員。

ギルバート

イグバーン王国第二王子。一度目の人生ではオリヴィアに冷たくあたっていた。

シロ

創造神デミウルの遣いの神獣。オリヴィアのデトックス料理がお気に入り。

本文イラスト／茲助

プロローグ

【SIDE：？？？】

暗く冷たい水の中で眠《ねむ》りながら感じていた。ドロドロとした、醜《みにく》く澱《よど》んだ何かが流れこんでくるのを。

静かに浸食《しんしょく》されていく。ゆっくりと穢《けが》れが広がっていく。痛い、苦しい。身の内を焼かれるような苦痛に悶《もだ》えながらも、目覚めることが出来ない。歌が、聴こえないから。

一体いつからだろう。彼らの歌声が聴こえなくなったのは——……。

鳥の囀《さえず》りが聞こえる、穏《おだ》やかな昼下がり。

学園の中庭で、私はセレナやケイトたち親衛隊員とティータイムを楽しんでいた。

「このスコーン、サクサクとしていて美味《おい》しいですわ〜」

「こちらのクリームも甘さが控《ひか》えめでさっぱりとして、いくらでも食べてしまいます〜」

「お口に合って良かった。きな粉のスコーンと豆乳クリームです。食物繊維《しょくもつせんい》やオリゴ糖が豊富でデトックスにぴったりで、美肌《びはだ》効果も高いんですよ」

美肌と聞いて喜ぶケイトたちの愛らしさに癒《いや》される。

平和だ。学園で親衛隊とおしゃべりをしている時が、一番平和だとしみじみ思う。

「そういえば今度、大神官様が王都にいらっしゃるそうですよ」

ケイトが振《ふ》った話題に、皆《みな》が「まぁ」と食いついた。

「大神官様がですか？　古都の大神殿《だいしんでん》から、滅多《めった》にお出にならないと有名ですのに」

「どうやら巡礼《じゅんれい》に出られるとか。それで王都に立ち寄られると聞きましたの」

「でしたら神子《みこ》様や聖女様とお会いするのが目的かもしれません。オリヴィア様たちはご存じでした？」

神子と呼ばれることに未《いま》だにしっくりきていない私は、微妙《びみょう》な気持ちで首を振る。

「私は特に何も聞いておりません。セレナ様は？」

「私も知りませんでした」

「では、これから何かお話があるかもしれませんわ」

「うらやましいですわ。今代の大神官様はお美しい方だそうで」

「それにとてもお若くていらっしゃるとか」

逆行前の人生では大神官には会ったことも、姿を見たこともない。巡礼の話も覚えがなかった。何か引っかかるものを感じたけれど、形になる前に霧散《むさん》してしまった。

「若くして大神官になられるなんて、素晴《すば》らしい資質をお持ちの方なのでしょうね」

盛り上がるケイトたちに合わせてそう言った時、傍《そば》で護衛をしていたヴィンセントが回《かい》廊《ろう》に向け騎《き》士《し》の礼をとった。

この国の王太子であり、私の婚約者《こんやくしゃ》であるノアが、護衛を連れて中庭に降り立ったのだ。

「オリヴィア」

「ノア様。学園にいらしていたのですね。事件――公務は落ち着かれたのですか」

ケイトたちの手前言い直す。先日起きた魔《ま》族《ぞく》と毒の件は、詳《くわ》しく公《おおやけ》にはされていない。王妃《おうひ》の派閥《はばつ》の貴族が多数関《かか》わっており、被害《ひがい》は派閥関係なく想定していた以上に広がっていたため、箝口令《かんこうれい》を布《し》いたのだ。

魔族と契約《けいやく》した人間も特定出来ておらず、調査はまだ継続《けいぞく》されているらしい。

「ああ。ようやく学園に通えるくらいには。寂《さび》しい思いをさせたね、オリヴィア」

私を抱《だ》きしめ頰《ほお》に口付けたノアに、ケイトたちが興奮を抑《おさ》えきれない様子で騒《さわ》ぎ出す。

「いつ見ても素敵《すてき》ですわぁ」

「本当に、なんてお似合いなのかしら」

まるで皆に見せつけているような状況《じょうきょう》に恥《は》ずかしくなり、私は軽くノアを押し返した。

「わ、私は寂しいなどと言っておりませんが！」

「じゃあ寂しくはなかった？　僕は毎日枕《まくら》を濡《ぬ》らして、君を想《おも》っていたのに……」

あからさまにシュンとして見せるノアに、ケイトたちが黄色い悲鳴を上げる。

「ノ、ノア様！　ここでそのようなお話は――」

「王太子殿下を夢中にさせてしまうオリヴィア様、さすがですわ～！」

ケイトたちはそう言うが、私は気づいていた。彼がわざと見せつけ、親衛隊を追い払《はら》おうとしていることに。ノアの思惑《おもわく》通り、ケイトたちは「私たち、お邪魔《じゃま》ですわね」と笑顔《えがお》で囁《ささや》き合い、席を立ってしまう。

業火《ごうか》担《たん》は【あざとい】を覚えた！　というウィンドウが表示されて見える気がした。

気づくと私とノアと護衛の他《ほか》に残るのは、セレナだけになっていた。いつもならケイトたちといなくなっているだろうに、なぜか座ったままぼんやりとした顔をしている。

「仲睦《なかむつ》まじいおふたりを見ると、ほっとします」

セレナがぽつりとそんなことを言ったので、私は慌《あわ》てて首を振った。

「わ、私たちより、セレナ様こそギルバート様と……」

「私とギルバート殿下は、そんな畏《おそ》れ多い関係ではありませんから」

セレナがあまりに断定的な口調だったので、少し驚《おどろ》いてしまう。

「何か、あったのですか？」

私が尋《たず》ねると、セレナはハッとしたように口元を押さえ、暗い顔で目を伏《ふ》せた。

ヒロインのこんな寂しそうな姿を見たら、思わず手を差し伸《の》べたくなるのでは？

そう思いヴィンセントをちらりと見たが、攻略《こうりゃく》対象者であるはずの騎士様は、聖女ではなく木陰《こかげ》でお昼寝《ひるね》中の怠《なま》け者神獣《しんじゅう》に熱い視線を送っている。こっちを見なさい、こっちを。

「……なんだか最近ギルバート殿下に、距離《きょり》を置かれているような気がして」

「距離を……？」

私はノアをちらりと見た。ノアも私を見て、知らないと言うように軽く首を振る。

「何と言うか……気のせいではありませんか？」

「そうだな。愚弟《ぐてい》はあれでいて義理《ぎり》堅《がた》い奴《やつ》だ。聖女の後見役を引き受けておいて、途中《とちゅう》で投げ出すような男ではないよ」

「ええ、そうですね。きっとご公務でお忙《いそが》しいだけです」

私とノアがそうフォローしても、セレナは力なく首を横に振る。

「でも、ギルバート殿下は私の身柄《みがら》を、大神殿に移そうとお考えのようで……」

思いもしなかった言葉に、私とノアは再び目を合わせる。

「大神殿に？」

「まさか。……いや、それなら、今度の大神官の王都入りはそれが目的か……？」

そうだ。先ほどケイトたちと大神官の話をしたばかりだ。

本当に大神官の王都訪問が、セレナに関係しているというのだろうか。

「どうして急にそのような話に？　セレナ様はそれを承諾《しょうだく》したのですか？」

「いいえ。殿下から直接何かを言われたわけではなく、文官の方がそんな話をしていて。それについて殿下に聞こうとしても、なかなか王宮でもお会いすることができなくて……」

「セレナ様……」

いまにも泣き出しそうなセレナを見て確信する。やはりセレナはギルバートルートを選んだのだ。ヒロインに選ばれたというのに、そのギルバートは一体何をしているのか。

どんな言葉をかけていいのかわからず、彼女の細い肩《かた》に手を置いたとき、回廊の方が騒がしくなった。そちらに顔を向けると、丁度ギルバートが護衛や側近を連れて回廊を早足で歩いていく姿が見えた。

「あ……」

セレナが思わずといった風に立ち上がる。ギルバートがそれに気づき、こちらを見て足を止めた。だがそれは本当に短い時間のことで、すぐに視線を戻《もど》しまた歩き出す。

私たちに気づいただろうに、ギルバートはそのまま無言で去っていってしまった。

セレナは力が抜《ぬ》けたように、ストンと席に腰《こし》を戻した。

「私は、何かギルバート殿下のお気に障《さわ》ることをしてしまったんでしょうか……」

可愛《かわい》いヒロインにこんなことを言わせるなんて。

ギルバートに対して怒《いか》りが湧《わ》き始めた時、再び回廊の方が騒がしくなった。

「殿下！　至急お耳に入れたいことが――」

慌ただしく中庭に現れたユージーンが、真っ先にノアの許《もと》へと駆《か》け寄る。

他の生徒には聞こえないよう、ユージーンは小声でノアに耳打ちしたけれど、ノアの隣《となり》にいた私には聞こえてしまった。

『国王陛下がお倒《たお》れになりました』

突然《とつぜん》の報告に、ノアの星空の瞳《ひとみ》が見開かれる。

冷静沈着《ちんちゃく》なユージーンもさすがに動揺《どうよう》を隠《かく》しきれない様子で、強張《こわば》った顔でこう続けた。

『医官の見立てでは、恐《おそ》らく毒ではないかと――』

私がびくりと体を跳《は》ねさせたせいで、傍にあったティーカップが固いタイルの床《ゆか》へと落ちていった。

【SIDE：Demiul】

朽《く》ちかけた祭壇《さいだん》に立つ少年の前には、巨大《きょだい》な水球が宙に浮《う》かんでいる。

そこに映るのは銀髪《ぎんぱつ》の少女。己《おのれ》の神子《みこ》・オリヴィアを、少年は憂《うれ》いの表情で見つめた。

「悲劇の少女よ。滅《ほろ》びの時は近づいている。君は気づいているか？」

少年――この世界の創造神であるデミウルには、ずっと声が聞こえていた。滅びを告げる、健気《けなげ》で憐《あわ》れな者の声が。誰《だれ》にも届かないその声を、デミウルだけが聞いていた。だが彼はただ見届けることしかできない。世界とは、神とは、そういう理《ことわり》で出来ている。

その理から外れた唯一《ゆいいつ》の存在。外の世界からやってきた特別な少女、オリヴィア。彼女なら、滅びに向かう世界を救えるかもしれない。この声を拾うことができるかもしれない。いや、オリヴィアにしかできないことだ。

水球から少女の姿が消え、代わりに深い森が映る。森の下には広く深い水の世界が広がり、静かに、そして悲しげに、泡《あわ》がいくつも空を目指して浮かんでいくのだった。

第一章

三日ぶり、しかも夜遅《よるおそ》くに侯爵邸《こうしゃくてい》に帰ってきた父は疲弊《ひへい》しきって見えた。

どうにも心配でワインと軽い食事を父の部屋に運ぶと、力のない笑《え》みで迎《むか》えられた。

「オリヴィア。家を空けてすまなかったな。変わりはないか？」

「はい。お父様。私も、この家も変わりありません」

一度私を抱きしめた後、父は私をソファーに促《うなが》した。

ソファーに深く腰かけた父の瞳には、はっきりと憂いの色が浮かんでいる。

「それで、国王陛下の御容態《ごようだい》は？　ノア様は大丈夫《だいじょうぶ》なのですか？」

父はワインを飲むと、厳しい顔でため息をついた。

「国王陛下の容態は未《いま》だ安定せず、危険な状態が続いている」

「そうですか……。陛下は、その、何かご病気が？」

「わからない。王宮医総出で診《み》ているはずだが、何せ情報が回ってこない。どうも王妃《おうひ》が陛下の傍《そば》を自分の派閥《はばつ》の人間で固めているようだ」

王妃・エレノア。前世の記憶《きおく》にある乙女《おとめ》ゲーム【救国の聖女】では、ファンディスクで真の黒幕だと明らかになる……らしい存在だ。私はファンディスク未プレイなので、判明に至る流れは残念ながらわからない。

「それでは、陛下の御身《おんみ》はますます危険なのでは？」

「だろうな。それを危惧《きぐ》した王太子殿下《でんか》が、何とかしようと奔走《ほんそう》されているが……」

婚約者《こんやくしゃ》である王太子・ノアがここで出てきて、私の心臓がギュッと収縮する。

正直に言えば国王よりもノアが心配だった。

「陛下が不在の今、王宮は王妃と殿下の派閥の対立が表面化して通常の状態にはない。末《まっ》端《たん》の文官から議会の代表者たちまで、睨《にら》み合いが続いている。国政も立ち行かなくなってきた。騎士《きし》団に至ってはいつ武力衝突《しょうとつ》が起きるかという緊張《きんちょう》状態にある」

「それほどまでに……。ノア様は、大丈夫でしょうか」

私の問いかけに、父は少し間を置いてから頷《うなず》いた。

「殿下はお強い。それに以前と比べ殿下を支持する人間も増えた。騎士団総団長は王族派だからな。全力で殿下をお守りしているが……近衛《このえ》騎士隊の隊長は貴族派だ。ほとんどの近衛は王妃側についている。警護面で安全とは言い切れないが、それでも殿下はこの状《じょう》況《きょう》に立ち向かわなければならない」

「何か、私にできることはございますか？」

ひとり王宮で戦っているノアを想《おも》い、覚悟《かくご》を決めて尋ねれば、父は鷹揚《おうよう》に頷き言った。

「お前がすべきことは、不用意な言動は慎《つつし》み、身の安全を第一に考えることだ」

父の答えに、思わず沈黙《ちんもく》で返してしまう。

「……お父様。私もそこまで愚《おろ》かではありません」

「愚かだとは思っていないが、無鉄砲《むてっぽう》だとは思っている」

過去の自分のあれこれを思い出してしまい、ぐぅの音も出ない。

父は苦笑《くしょう》しながら、私に封筒《ふうとう》を差し出した。

「王太子殿下からだ。未来の国母として、よくよく考えて行動しなさい」


自室に戻り窓辺に立つと、夜空には静かに星が瞬《またた》き、ノアの瞳のように映った。

国王が倒れたと学園で報告を受けた時、ノアが動揺したのは一瞬《いっしゅん》だった。

『王宮に戻る』

硬《かた》い声で言い、立ち上がったノアの袖《そで》を思わず私は摑《つか》んで止めた。

『ノア様……』

『オリヴィア。……大丈夫だ。後で連絡《れんらく》する』

ヴィンセントから離《はな》れないよう言うと、ノアはユージーンと王宮へ急ぎ戻っていった。

その背中を見送りながら感じた、言い表しようのない不安まで思い出し、体が震《ふる》える。

ノアからの手紙を読むと、内容は私に変わりはないかという心配と、会いたくてたまらないという情熱的な言葉の数々。そして、国王陛下の意識が未だ戻らないという報告だった。

「二日後に迎えを送る……神子として、国王の状態を診てくれないか……？」

私に神子として診てほしいということは、やはり国王は毒で倒れたということか。

恐らくノアは、王妃が国王を毒殺しようとしたと疑っている。長年王妃に毒で命を狙《ねら》われ続けてきたノアがそう考えるのは当然のこと。私も真っ先にその考えが浮かんだ。

私はノアの要望に応《こた》え、国王を診るつもりだ。倒れた原因が毒なら、私の毒スキルで助けることができる。それに国王以上にノアが心配だった。精神的な状態もだが、ノアも知らないうちに毒を盛られてはいないか、しっかり確認《かくにん》しておきたい。国王を排除《はいじょ》した後、王妃が次に狙うのは今度こそノアの命だろうから。

考えこんでいるとノックの音が響《ひび》き、専属メイドのアンがティーセットを運んできた。

「お嬢様《じょうさま》。ご入浴は本邸と離れ、どちらでなさいますか？」

「そうね……今日はこっちで入るわ。ラベンダーのバスソルトを用意しておいて」

天然塩にドライハーブを使ったオリジナルのバスソルトは、発汗《はっかん》・保温《ほしつ》作用があり、血行が促進《そくしん》されデトックス効果が高い。ラベンダーはリラックス、美肌《びはだ》の効果もあって、素晴《すば》らしいデトックス入浴剤《にゅうよくざい》だ。

「今夜は寝《ね》つきが悪くなりそうだから、リラックスしたいの」

「心配事ですか。大丈夫ですよ、お嬢様。大抵《たいてい》の悩《なや》みはお金で解決できますから！」

あまりにもアンが自信満々で言い切るものだから、肩《かた》から力が抜けて笑ってしまった。

「……アンといると、悩んでいる自分がバカらしくなってくるわ」

「いえいえ、それほどでも」

「褒《ほ》めてないか――っ!?」

ツッコミの途中《とちゅう》で突然床《とつぜんゆか》が大きく揺《ゆ》れ、慌《あわ》てて椅子《いす》にしがみつく。

目眩《めまい》かと思ったけど、棚《たな》の化粧品《けしょうひん》や装飾品《そうしょくひん》が音を立てて床に落ち、アンが悲鳴を上げた。

目眩じゃない。地震《じしん》だ、これは。前世で住んでいた日本で地震は日常茶飯事《さはんじ》だったけれど、この世界で体験するのは初めてだ。それくらい珍《めずら》しい現象だった。アンが床に蹲《うずくま》り、真っ青な顔で震えているのがその証拠《しょうこ》だ。

前世の記憶がある私にしてみれば、十六年間も地震がないなんて安全な世界だと思うけれど、この世界しか知らないアンのような人たちにとっては正に天変地異だろう。

「アン、大丈夫。落ち着いて」

「おおおお落ち着けません！　せ、世界が震えてます！」

「あら。面白《おもしろ》い喩《たと》え方をするわね」

「おおおお面白くなんてないですー！」

確かに、地面が震えると書いて地震だ。地震といえば〝揺れる〟のイメージだったので、何だか新鮮《しんせん》に感じてしまったけど、言い表すならアンの方が正しいのかもしれない。

「なぜお嬢様はそんなに落ち着いてるんですか〜！」

「一応驚《おどろ》いてはいるわよ」

「どこがですか！　お嬢様、これはきっと創造神様がお怒《いか》りなんです！」

創造神が？　あのショタ神の怒りで大地が震えていると？

まさか、と鼻で笑ってしまった私を、アンは涙目《なみだめ》になりながらも見逃《みのが》さなかったらしい。

「お嬢様のせいです！」

「は？　なんで私？」

「お嬢様が悪魔崇拝《あくますうはい》なんてされているから！　神子《みこ》のくせに！」

床に落ちたこの部屋のデミウル像たちを指さして、アンが叫《さけ》ぶ。

随分《ずいぶん》増えたデミウル像は、すべてアンが用意したものだ。お祓《はら》いというかお清めというか、そういう意味合いが込められていることはわかっていたけれど、そもそも私は悪魔崇拝もしないがデミウルを信仰《しんこう》してもいないのだが。

「くせに、とは何よ。っていうか、悪魔崇拝じゃなくてヨガだって言ってるでしょ！」

「神子が不良なせいで、世界が滅亡《めつぼう》しちゃうんです〜っ!!」

（めちゃくちゃ濡《ぬ》れ衣《ぎぬ》着せてくるじゃない）

せっかく貯《た》めたお金がと嘆《なげ》くアンにあきれたところで、ようやく長い地震が収まった。

アンがおいおい泣きながら、床に落ちたデミウル像たちをかき集め、必死に拝み始める。

「デミウル様、どうか怒りをお収めください〜！　お嬢様は必ずこのアンが更生《こうせい》させてみせますから〜！」

床にひれ伏《ふ》すアンを見ながら、私のどこが不良神子なんだと憤慨《ふんがい》していると、父が慌てた様子で駆《か》けつけてきたり、執事《しつじ》やメイドたちが大勢部屋の様子を見にきたりと、一気に騒《さわ》がしくなった。

地震に動揺《どうよう》したのはアンだけではないようで、皆《みな》何か不吉《ふきつ》なことが起こるのではと心配していた。平然としているのは私だけみたいで、微妙《びみょう》な気持ちになる。

でも、なぜ十六年も起きなかった地震が突然起きたのだろう。デミウルに聞けば教えてくれるだろうか。後で神獣《しんじゅう》シロを呼び出してみようか。

窓からもう一度星空を見上げ、王宮にいるノアは大丈夫《だいじょうぶ》だっただろうかと、私は思いを馳《は》せるのだった。


次の日、学園ではやはり昨夜の地震についての話で持ち切りだった。

廊下《ろうか》を歩いているだけで、あちこちから「シャンデリアが落ちてきた」「家族が怪我《けが》をした」「あれは何だったのだろうか」と不安そうな声が聞こえてくる。

きっと一般《いっぱん》市民たちの間にも不安は広がっているだろう。貴族の屋敷《やしき》よりもろい建物も多いだろうから、怪我人がいなければいいのだけれど。

廊下の途中、男子生徒たちが数名固まって言い合っている場面に出くわした。

道を塞《ふさ》ぐように立っていたので、自《おの》ずと私も立ち止まることになる。

「創造神様がお怒りなんだ」

「国王陛下が倒《たお》れられたのも、神の怒りなんじゃないのか？」

「何をバカなことを！」

「陛下はご病気なんだ。滅多《めった》なことを言うもんじゃない」

国民の不安を煽《あお》らないよう、陛下が倒れたことについて箝口令《かんこうれい》が布《し》かれてはいるようだが、貴族子弟《してい》ばかりの学園ではあまり意味を成していない。それでも表立って口に出す生徒はいなかったはずだが、昨日の地震がきっかけで不安が爆発《ばくはつ》したのか。

「なぜそう言い切れる？　陛下に病気の兆候は見られなかったと聞いたぞ」

「国王陛下の治世を、創造神はお認めになってないんだ。地方では泉が変色し、畑は枯《か》れ、伝染病《でんせんびょう》まで広がっていると言うじゃないか」

「でたらめを言うな！　不敬だぞ！」

「俺は本当のことを言っただけだ！」

男子生徒の言い争いが殴《なぐ》り合いにまで発展し、私の目の前で倒れたかと思うと、そこにまた何人かが飛びかかり、塊《かたまり》になって転がり始めた。とても貴族子弟のやることではないが、皆の中でそれだけ不安の芽が大きく育っているのだろう。

しかし、このままでは王宮だけでなく学園でも学生が派閥《はばつ》で分裂《ぶんれつ》してしまう。ただでさえ王太子派と第二王子派が存在し、表立って衝突《しょうとつ》はせずとも互《たが》いに意識していたのだ。これをきっかけに対立し始めるのは、ノアやギルバートの望むところではないはず。

止めに入ろうとした時、私よりも先に前に出る者たちがいた。

「あなたたち！　いい加減になさい！」

「そうです！　見苦しいですわよ！」

ピシャリと言ったのは、私の後ろを歩いていた親衛隊のケイトたちだった。

仁王《におう》立《だ》ちで男子生徒たちを見下ろす親衛隊に、彼らは一瞬《いっしゅん》で大人しくなる。

「私たちのような下々の者が、陛下や創造神様について語るなどおこがましいこととは思いませんの？」

「その通りですわ。あなたたち、恥《は》ずかしくってよ」

「お、俺たちは……」

「大体、創造神様が本当にお怒りなら、神子であるオリヴィア様がとっくに怒りを代弁し、世界を終わらせていることでしょう！」

突然ケイトに両手を向けられ、油断していた私はギョッとしてケイトを見る。

「まったくですわ！　少し考えればわかることですのに」

いや、わからないです。私に世界を終わらせるような力はありません。

そう言おうとしたのに、男子生徒たちはケイトたちの言葉に次々頷《うなず》いた。

「確かに……」

「オリヴィア様が普通《ふつう》に学園にいらしているなら、そうなんだろうな……」

納得《なっとく》しちゃうんだ、と少し呆《あき》れたけれど、黙《だま》っておいたほうが良さそうだ。

ここは親衛隊に任せよう。うちの親衛隊の子たちはなんて優秀《ゆうしゅう》なのだろう。いずれ王太子妃《ひ》になった時は、ぜひケイトたちに侍女《じじょ》になってもらいたい。王族に仕える侍女は貴族子女にとって花形の役職なので、きっと喜んで引き受けてくれるはず。

花形でなくても、ケイトたちなら二つ返事で聞いてくれそうだけれど。

「それで、あなたたちはいつまでみっともなく転がっているおつもり？」

「オリヴィア様の通行の邪魔《じゃま》ですわ」

「い、いいえ。私は邪魔だとは……」

そこまで思っていない、と私が言う前に、男子生徒たちが慌《あわ》てて頭を下げる。

「は……！　オ、オリヴィア様、申し訳ありません！」

「すぐに道を空けますので！　おい、お前らさっさと起きろ！」

「えっ。わ、私？」

倒れていた友人たちを引きずり起こす彼らに、とりあえず冷静になってくれてよかったと胸を撫《な》でおろす。まだ彼らは学生なのだ。不安を感じて当然。だが学園も二分されてしまえば王妃の思うツボだろう。

「皆さん。どうか噂《うわさ》に惑《まど》わされることなく、落ち着いてお過ごしください」

それが国の為《ため》になる、という意味をこめて私が言うと、男子生徒や周りで見ていた生徒たちが、揃《そろ》って「おお……」となぜか感嘆《かんたん》の声を漏《も》らした。

「神子様がこうおっしゃっているんだ。無暗《むやみ》に不安を煽る言動は慎《つつし》もう」

「オリヴィア様、ありがたいお言葉をありがとうございます」

神子として言ったわけではないと思いながらも、私は黙って生徒たちに微笑《ほほえ》んでおいた。

その場を離《はな》れケイトたちと教室に向かいながら「皆のお家《うち》は大丈夫だった？」と尋《たず》ねる。

「我が家は飾《かざ》りが落ちた程度です」

「我が家もです。先ほど彼らにはああ言いましたけど、昨日は恐《おそ》ろしい思いをしましたわ」

「そうよね。皆が無事でよかったわ。……セレナさんは大丈夫だったかしら」

ここにはいない親衛隊員の名前を出すと、ケイトたちも顔を見合わせ頷いた。

「国王陛下が倒れられてから、ずっと学園を休まれていますものね」

「心配ですわ……」

ケイトたちがセレナを聖女としてではなく、友人として心配しているのが伝わってくる。

セレナが聞いたら、きっと感動してあのつぶらな瞳《ひとみ》から涙《なみだ》を流すだろう。

「明日、王宮に招かれているの。そこでセレナさんに会えるかもしれないわ。もし会えたら、皆が心配していたと伝えるわね」

「本当ですか」

「どうかお願いいたします、オリヴィア様」

ケイトたちの懇願《こんがん》に、私は力強く頷いて見せた。

✦

馬車に乗り王宮に向かうと、馬車回しの前ではノアが騎士《きし》を引き連れ待っていた。

五日ぶりに会うノアは多少やつれて見えたが、無事だったことに心底ほっとする。

駆《か》け寄ると、長い腕《うで》にしっかりと抱《だ》きとめられた。

「オリヴィア……会いたかった」

「私もです……」

ああ、ノアの匂《にお》いだ。抱きしめ合い、互いの存在に安心した後、私はついでとばかりにノアのステータスを確認《かくにん》した。


【ノア・アーサー・イグバーン】

性別：男　年齢《ねんれい》：16
状態：疲労《ひろう》・睡眠《すいみん》不足
職業：イグバーン王国王太子・オリヴィアの婚約者《こんやく》・オリヴィア業火《ごうか》担《たん》同担拒否《きよひ》

「良かった。疲労と睡眠不足の状態ですが、毒は盛られていませんね」

笑顔《えがお》で私が言うと、なぜか微妙《びみよう》な顔で返される。

「オリヴィア。久しぶりに会ったのだから、もう少し雰囲気《ふんいき》を大事にしてほしいというか」

「雰囲気よりも健康が大事です」

「うん。君らしいし、僕を心配してのことだとはわかっているんだけどね。わかってはいるんだが……僕は欲張りなんだろうか」

ガクリとノアが項垂《うなだ》れた時、彼の背後から豪快《ごうかい》な笑い声が響《ひび》いてきた。

「わははは！　相変わらず、おふたりは仲睦《なかむつ》まじいようで何よりですな！」

「ブレアム公爵《こうしやく》」

まるで熊《くま》のような大きな影《かげ》がずいっと前に出てくる。

頰《ほお》に大きな傷痕《きずあと》があり、私の父より少し年嵩《としかさ》の男性。騎士服にマントを身に着け、勲《くん》章《しよう》をいくつも胸に飾った彼は、私を見下ろしニッと白い歯を見せた。

「神子《みこ》オリヴィア様に拝謁《はいえつ》いたします。本日はこのデーヴィッド・ブレアムが王太子殿下《でんか》とオリヴィア様をお守りするので、どうぞご安心くだされ」

デーヴィッド・ブレアム。数々の武勲を打ち立ててきた公爵家の現当主だ。

騎士団総団長と第一騎士団長を兼任《けんにん》している彼は、ヴィンセントの養父でもある。

「ブレアム公爵にお守りいただけるなんて光栄です。どうぞよろしくお願いいたしますね」

「もちろんでございます！　息子《むすこ》とともに、命に代えても！」

黙って控《ひか》えていたヴィンセントの背中をバシンと叩《たた》き、ブレアム公爵が笑う。寡黙《かもく》な息子とは本当に対照的な父親だと思う。

ブレアム公爵と第一騎士団の騎士数名、ヴィンセント卿《きょう》、それから王太子近衛《このえ》騎士数名に護衛されながら王宮の廊下《ろうか》を進む。近衛騎士はほとんど王妃側についたと聞いていたけれど、ノアの専属騎士たちはそうではなかったようでほっとした。

王宮の中は想像していたより静かだった。ただ、すれ違《ちが》う貴族たちの中にノアを見て挨《あい》拶《さつ》をするどころかそそくさと逃《に》げていく者がいて、ノアの置かれた環境《かんきょう》の厳しさを感じた。

王の寝所《しんじょ》に向かうと近衛騎士たちが扉《とびら》の脇《わき》に立っていた。ノアが目の前まで来ても敬礼するどころか、入ろうとしたところを左右から槍《やり》を交差させるようにして塞《ふさ》いでくる。

「貴様ら、何の真似《まね》だ！　王太子殿下に対しそのような不敬、許されるものではない！」

静かな廊下に公爵の声が響き渡《わた》るが、近衛騎士たちは平然と動かない。

「我々《われわれ》は王太子殿下ではなく、国王陛下に忠誠を誓《ちか》った騎士です」

端的《たんてき》に答える近衛騎士たちに、公爵が唸《うな》るような低い声を出す。

「それがどうした。お前たちが誰《だれ》に忠誠を誓っていようと、陛下の実子である王太子殿下が陛下にお会いすることを拒《こば》む権利は、お前たちにはない」

「陛下たちの安全をお守りする為です」

「何だと？　殿下がおふたりに危害を加えるとでも？　世迷言《よまいごと》を……！」

とうとう剣《けん》の柄《つか》に手をやった公爵に、他《ほか》の騎士たちも後に続く。

けれど近衛騎士はやはり封鎖《ふうさ》を解くことなく、淡々《たんたん》と言った。

「我々は近衛騎士。いくら騎士団総団長の公爵様でも我々を動かす権限はありません」

ちらりとノアを窺《うかが》うと、彼は厳しい顔で黙って近衛騎士たちを見据《みす》えている。

「王妃様から、陛下の寝所には何人《なんぴと》たりとも入れてはならないと命を受けています」

「王太子殿下。ここをお通りになるのなら、王妃様のご了承《りょうしょう》を得ていただきたい」

どうやら国王の近衛騎士は、完全に王妃派に取りこまれたらしい。

ブレアム公爵やノアの騎士たちが青筋を立てて剣を抜《ぬ》こうとする。そしてノアは――。

「そなたらの言い分はよくわかった」

公爵を下がらせ、ノアが一歩前に出た。

近衛騎士たちからわずかに安堵《あんど》したような空気が出た瞬間《しゅんかん》、ノアが指をパチンと鳴らす。

青白い電撃《でんげき》が指先に走ると同時に、目の前に精霊《せいれい》ペガサスが召喚《しょうかん》された。

「寝所番の近衛騎士は命をかけて立派に職務を全《まっと》うしたと、そなたらの主《あるじ》に報告しておいてやろう」

バチバチと青白い電撃を全身に走らせながら、にこりとノアが笑った時。

青褪《あおざ》める近衛騎士たちの背後の扉が、ゆっくりと開かれた。

「何をしている」

咎《とが》めるような声と共に中から顔を出したのは、この国のもう一人の王子だった。

第二王子ギルバートの登場に、近衛騎士たちは慌《あわ》てて敬礼をする。

「ギルバート王子殿下！」

現れたギルバートと視線が合う。彼もまた疲《つか》れた顔をしていた。

ギルバートは何か思案する表情を見せたあと、扉を大きく開いた。

「通してやれ」

「ギルバート殿下、しかし……」

「神子なら陛下をお救いすることが出来るかもしれない。何か問題があるか」

ギルバートの睨《にら》みに近衛騎士たちは顔を見合わせ、躊躇《ためら》うようにようやく槍を下ろした。

寝所に入ると、中は静かだが物々しい雰囲気に包まれていた。近衛騎士や王妃《おうひ》派の大臣、文官たちがずらりと並んでいる。王宮医の姿もあった。大臣たちはノアを見て、気まずそうに形ばかりの礼を取る。

そして大きな寝台の傍《そば》には王妃とセレナがいた。セレナは白い光を放ちながら、寝台の上に横たわる国王に光魔法《まほう》をかけているところだった。

「……ダメです。魔法がまるで効きません」

光が収まると、セレナはガクリとうなだれた。

肩《かた》で息をするセレナに、光の女神《めがみ》も心なしか心配そうな目を向けている。

「そう。王宮医にも聖女にも治せないなんて、どうしたらいいのかしら」

王妃が扇《おうぎ》で口元を隠《かく》しながら、白々しくそんなことを言う。

寝台の王に向ける瞳《ひとみ》は冷たく、夫を心配しているようにはとても見えない。

「すみません。もう一度やってみます」

深く深呼吸し、セレナが決意したようにそう言った。

だがギルバートが歩み寄り、セレナの細い肩を摑《つか》んで止める。

「セレナ。無理をするな。顔色が悪い」

「ギルバート様。でも、私が出来ないと……」

「お前がそこまで責任を感じる必要はない」

きっぱりと言い切ったギルバートに、セレナがぐっと堪《こら》えるような顔をして俯《うつむ》いた。

王妃はパチンと扇を閉じると、わざとらしいほど優《やさ》しげに微笑《ほほえ》んだ。

「聖女にまで倒《たお》れられてはかなわないわね。下がって休みなさい」

「はい……お役に立てず、申し訳ありません」

王妃の侍女《じじょ》に付き添《そ》われ、セレナが退出していく。私に気づいたセレナは一瞬嬉《うれ》しそうに笑ったけれど、その力のない笑みに私は泣きそうになった。

「……それで、誰が彼らの入室を許可したのかしら」

セレナが退出すると、王妃は再び扇を開き、冷たく鋭《するど》い目を私たちに向けてきた。

それまで黙《だま》って事の成り行きを見守っていたノアが、薄《うす》く笑いながら口を開いた。

「王太子であるこの僕が、なぜ父上に会うのにあなたの許可を得る必要が？」

ノアの台詞《せりふ》に、王妃は不快そうに眉《まゆ》を寄せた。

「私は陛下の正妃よ。陛下の意識が戻《もど》らない今、陛下の代わりに謁見《えっけん》の判断を下すのは当然のこと」

「当然、か。陛下の意思を、あなたが理解し代弁出来るとでも？」

ノアのあきらかな嘲笑《ちょうしょう》に、王妃の握《にぎ》った扇がバキリと音を立てた。

寝所の温度がみるみるうちに下がっていくのを感じる。

「陛下がこうなった原因は、王妃にあるのでは？」

「私に？　一体なぜ？　私が陛下を害そうとしたとでも？」

「そこまでは言っておりませんが、まさか心当たりが？」

「馬鹿馬鹿《ばかばか》しい。何の証拠《しょうこ》があって王太子がそのようなことを言うのかわからないけれど、あなたにもそれは同じことが言えるのではなくて？　陛下がご健勝のうちから、足場固めに忙《いそが》しかったようだもの」

今度は王妃がノアを嘲笑し、部屋の空気は完全に氷点下だ。

バチバチ、とノアの体から小さいが青白い電撃が走るのがわかった。まずい。ノアが本気でキレそうだ。王宮に雷《かみなり》の雨が降ってしまう。

止めなければ、とノアの手に触《ふ》れた時、小さな電撃が手のひらから私に流れてきた。

その瞬間感じたのは、不思議な心地《ここち》よさだった。痛い、とか熱いなどの不快な感覚ではなく、どこか懐《なつ》かしさすら覚えるような不思議な時間が、一瞬私を支配した。

「オリヴィア⁉」

ハッとノアが私を見て、焦《あせ》ったように手を離《はな》す。同時にその不思議な感覚は消えてしまい、心配顔のノアに謝られ、それどころではなくなった。

「だ、大丈夫《だいじょうぶ》ですから」

今のは何だったのか考えていると、私たちを庇《かば》おうとするようにギルバートが王妃との間に立った。

「ふたりとも、父上の前でやめてください。兄上をお通ししたのは俺です、母上」

息子の言葉に、王妃は扇の向こうで短いため息をつく。

「ギルバート。勝手なことをされては困るわ」

「申し訳ありません。ですが、父上が助かる可能性が少しでもあるのなら、と」

「ああ……そういえば、神子《みこ》は解毒《げどく》の力があるのだったわね」

王妃が私にちらりと視線を寄越《よこ》す。目が合った瞬間、何か嫌《いや》なものを感じた。狡猾《こうかつ》な獣《けもの》の罠《わな》にかかってしまったような感覚。

「いいでしょう。やってごらんなさい」

あっさりと道を空けた王妃が怪《あや》しすぎてノアを仰《あお》ぎ見る。ノアも思案気な顔をしていたが、私と目が合うと小さく頷《うなず》いた。私に任せてくれたと解釈《かいしゃく》して、王の寝台《しんだい》の前に立つ。

「これは――」

国王の手に触れた直後、電子音と共に現れた半透明《はんとうめい》のステータスウィンドウ。

そこに記されていた国王の状態が予想外で、私は思わず息を呑《の》んだ。

「どうした、オリヴィア」

訝《いぶか》しげにノアが私の顔を覗《のぞ》きこんでくる。

ノアは国王が王妃に毒を盛られたと疑っていた……いや、ほぼ確信しているのだろう。

私もつい先刻まではそうだった。毒なら自分がどうにかできる。そう思っていた。だから、妙《みょう》に堂々とした王妃の態度に違和感《いわかん》を覚えたのだ。

私は悔《くや》しさと歯がゆさに唇《くちびる》を噛《か》みながら、国王のかさついた手を離した。

「ノア様、申し訳ありません。解毒は……出来ません」

隣《となり》でノアが驚《おどろ》いた顔をしたのがわかった。

「神子が解毒出来ないということは、陛下は毒をもられたわけではないということかしら」

「そうなのか、オリヴィア？」

黙ったままただ頷くことしか出来ない私に、王妃は勝ち誇《ほこ》ったような笑《え》みを見せた。

まるでこうなることはわかっていたと、彼女の瞳が語っていた。

「もう用はないわね。さあ、陛下を休ませて差し上げなければ。出ていってちょうだい」

王妃の言葉に今度は逆らうことは出来ず、私たちは王の寝所を後にする他《ほか》なかった。

部屋を出る直前に見た、ギルバートの暗い表情がしばらく目に焼き付いて離れなかった。


王の寝所を追い出された私たちは、王太子宮に移動した。

宮まで私たちを送り届けてくれたブレアム公爵《こうしゃく》は、入り口で他の騎士《きし》とともに膝《ひざ》をつきノアを見上げた。

「王太子殿下《でんか》。どうかお気を落とさず。我々《われわれ》は今後も殿下を支持し、お守りいたします故《ゆえ》」

「ブレアム公爵……貴公らの忠誠心を頼《たの》もしく思う」

「勿体《もったい》なきお言葉。アーヴァイン第二騎士団長とも話し合い、警備を強化しつつ、陛下が貴族派に囲われている状況《じょうきょう》をどうにか出来ぬか考えます」

王妃《おうひ》側の近衛《このえ》騎士とやり合っていた時はあれほど怒《いか》りに震《ふる》えていたのに、ブレアム公爵はすっかり落ち着きを取り戻し、最後にはニッと白い歯を見せ笑った。本当に豪胆《ごうたん》で気持ちの良い方だ。

公爵を見送りノアの部屋に向かうと、彼は私をソファーに座らせ、自分も隣に腰《こし》を下ろした。私を抱《だ》きしめてついた深いため息には、様々な感情が含《ふく》まれているように聞こえた。

「父上は、ご病気なのか？　毒を盛られたわけではなく？」

ノアの問いに、私自身まだ戸惑《とまど》いながらも頷いた。

「毒に冒《おか》されてはおられませんでした。ご病気というわけでもないようで、あの場では何も言えなかったのです」

「では、父上は一体どういう状態なんだ？」

「ただ、衰弱《すいじゃく》とだけ……」

「衰弱……？」

ノアは手で口元を覆《おお》い、思案する仕草を見せた。

「……確かに、ここのところ体調が優《すぐ》れないようだった。食も細くなりお痩《や》せになったので、公務の量も減らし、僕が代わりに引き受けていたんだ」

「そうだったのですか」

「オリヴィアにこれまで教えてもらったデトックスの知識を活《い》かして、適度な運動や休憩《きゅうけい》をとられるよう進言したりもした。王宮の料理長にも健康的な食事を指示し、父上自身も酒を控《ひか》える等充分《じゅうぶん》気をつけた生活をされていたのだが……」

病気でもないのに、なぜ衰弱するのかわからない。そう呟《つぶや》いてしばらくすると、ノアは突然《とつぜん》糸が切れたかのように寝転《ねころ》がり、私の膝に頭を乗せた。

急なことでドキリとしたけれど、腕《うで》で目を覆ったノアが本当にまいっていて心配になる。青みがかった黒髪《くろかみ》にそっと触れると、絹のような柔《やわ》らかさが指の間を通った。

「せっかく呼んでいただいたのに、お力になれず申し訳ありません」

私の謝罪に、ノアが驚いたように目元から腕を外す。

「何を言うんだ。君のおかげで毒ではないと判明したんだ。感謝しているよ。それに……こうしてようやく会えて、ほっとした」

「私もです」

微笑《ほほえ》み合い、部屋の空気が甘く緩《ゆる》むのを感じた。

わからないことで悩《なや》んでいても仕方ない。だったら、今私に出来ることは何か考えよう。

「ノア様。少しお痩せになりましたね。睡眠《すいみん》はとられていますか？」

「君に叱《しか》られるからね、とっているよ。死なない程度には」

「無理はなさらないでください。陛下に続いてノア様まで倒《たお》れられては、国が崩壊《ほうかい》してしまいます」

「崩壊はまずいな。それで困るのは……国民だけかな？」

私を試《ため》すような視線に、思わずムッと頬《ほお》をふくらませてしまう。

「私は困るのではなく、心配しますし、悲しみます」

「それはいけない。君を悲しませない為《ため》にも眠《ねむ》らないとね。でも、色々考えてしまって眠りが浅いんだ」

「では……子守歌《こもりうた》でも歌いましょうか」

笑ってもらえるかと思い冗談《じょうだん》のつもりで言ったのだけれど、ノアは本気にしたらしい。

星空の瞳《ひとみ》を輝《かがや》かせ「それはいいな」と言った。

「オリヴィアの子守歌か。幸せな気持ちで眠れそうだ」

「え？　本当に……？　私、歌はそんなに得意ではありませんが」

「それは余計に楽しみだな」

微笑んだノアの目元を、私は苦笑《くしょう》しながら自分の手で覆った。彼の長いまつ毛が手のひらに当たるのをくすぐったく感じながら、静かにゆっくりと歌い始める。

優《やさ》しい風のような柔らかな旋律《せんりつ》のその子守歌は、遠い記憶《きおく》の中で聴《き》いていた。前世で有名だった童謡《どうよう》とは違《ちが》う。もっと神聖で、細胞《さいぼう》の隅々《すみずみ》まで染《し》みわたっていくような、不思議な響《ひび》きの歌。

それは森の中で眠る子どもの歌だった。子どもはとても気高く、とても賢《かしこ》く、とても強く、とても慈愛《じあい》に満ちていて、皆《みな》に愛され見守られながら眠りにつくのだ。

この歌を私に歌って聞かせてくれていたのは、きっと幼い頃《ころ》に亡《な》くなった母。甘く温かで、何もかもを許し受け入れてくれるような声が、記憶の奥底に残っている。

「不思議だな……。初めて聞く歌なのに、なぜか妙に懐《なつ》かしく感じる」

そう呟いたあと、ノアは眠りについたようで、静かな寝息を立て始めた。

ノアが眠ってからも私はしばらく歌い続け、彼の眠りが深くなった頃そっと歌を終えた。

よくこの子守歌を覚えていたなと、自分で驚いた。母が亡くなってから、私にこの歌を歌ってくれた人はいなかったはず。自分で歌うこともなかったのに、不思議なほど自然と思い出せた。子どもの頃に覚えたことは、体に染みこんで忘れないものなのだろう。

普段《ふだん》より幼く見える彼の寝顔を見つめていると、侍女《じじょ》のマーシャが毛布を手に現れた。

「毛布をおかけしますね」

「ありがとう、マーシャ」

そっとノアに毛布をかけながら、マーシャは首を振る。

「お礼を言わなければならないのはこちらのほうです。実は殿下は、国王陛下が倒れられてからほとんど眠っておられません。私共も何とか少しでもお眠りいただこうとあれこれ考えたのですが……。オリヴィア様にいらしていただけて本当に良かった」

「そう……。次の公務の時間まで、眠らせて差し上げましょう。マーシャもそれまで少し休んでいて」

何度も私に礼を言ってマーシャが退出すると、部屋には静寂《せいじゃく》が訪《おとず》れる。

疲《つか》れの色が濃《こ》いノアの寝顔を見つめながら、私は国王のステータス表示について考えた。

【衰弱】。私が二度目の人生をスタートした時の状態が正にそれだった。あの時の私より、意識のない国王の体の状態は悪いと言える。原因は毒ではない。ノアの話が本当なら、疲疲《ひ》労《ろう》とも違う。食事はとっていたようなので、栄養失調というわけでもない。年齢《ねんれい》が理由になるほど国王は老いてはいない。

国王はなぜ倒れたのか。どうしたら治せるのか。

今のところ、私にわかることは何もない。それがつらい。

ノアの髪を撫《な》でながら、私は自分に何が出来るのか、思いを巡《めぐ》らせるのだった。


王太子宮を後にし、王宮の回廊《かいろう》に入ったところでユージーンと遭遇《そうぐう》した。

ユージーンは疲れた顔をしながらも優雅《ゆうが》に礼を取ると、私の後ろに立つヴィンセントを見て、指で眼鏡《めがね》を押し上げた。わざわざ挨拶《あいさつ》はしなくても、視線を合わせるようになっただけ進歩だ、と異母兄弟たちの様子にひとりほっこりする。

「オリヴィア様。もうお帰りですか」

「ごきげんよう、ユージーン公子。ええ、用事が済みましたので」

「では、国王陛下への謁見《えっけん》は無事終えられたのですね」

現宰相《さいしょう》の跡取《あとと》りとはいえ、学生の身分であるユージーンの、王の寝所《しんじょ》への同行は叶《かな》わなかった。きっと悔《くや》しさを感じながら、気をもんでいたことだろう。

「ええ。陛下にはお会いすることが出来ましたが……私の力及《およ》ばずでした」

「そうですか……」

ユージーンは残念そう、というよりは思案するように視線を落とした。

神子《みこ》である私の力が及ばなかった。つまり国王が倒れた理由は毒ではない。すぐさまそれを察した彼は、今後の展開を考えているのだろう。

「ノア様は仮眠《かみん》を取られ先ほどお目覚めになり、公務の準備をされていますよ」

「殿下《でんか》が少しでもお休みになれたのなら良かった」

「公子も無理はなさいませんよう。そうは言っても、なかなか難しいのでしょうけれど」

「そうですね。今が踏《ふ》ん張りどころですから、多少の無理はいたしますよ」

ユージーンも王宮から帰ることが出来ずにいると、マーシャから聞いている。まだ完全に回復していない姉のユーフェミアを家にひとりにしている状況《じょうきょう》は、さぞ心配だろう。

思わず俯《うつむ》いた私に「オリヴィア様？」とユージーンが怪訝《けげん》そうな声をかけてくる。

「……何だか、皆様《みなさま》を見て申し訳なくなりました。私だけ王宮の外にいて、何もしていないなと。同じような立場のセレナ様も、大変な状況ですのに」

「聖女様は第二王子が後ろ盾《だて》についている分、王妃《おうひ》に近いですからね」

そう、セレナは立場的に私よりずっとエレノアに近い所にいる。それは王妃に守られる、という意味と同義ではない。守られるかもしれないが、王妃の気分次第《しだい》と言えるだろう。

「先ほど陛下の寝所でお見掛《みか》けしましたが、顔色が悪かったのが気になります。ユージーン公子。何とかセレナ様にお会いすることは出来ないでしょうか？」

親衛隊の子たちとの約束もある。心配している。待っている。それだけでも伝えたい。

けれどユージーンは申し訳なさそうに小さく首を振《ふ》った。

「お気持ちはわかりますが……今は難しいかと」

「そう、ですか……」

やはりユージーンでも無理か。今は下手に動くと文字通り命取りになるかもしれないのだ、仕方ない。

王宮内に漂《ただよ》う張り詰《つ》めた緊張感《きんちょうかん》にそう考えた時、

「何が難しいの？」

突然私たちの間に、マントのフードを目深《まぶか》にかぶった怪《あや》しい人物がひょっこりと現れた。

「……っ!? 何者だ！」

ユージーンが私を庇《かば》いながら叫《さけ》ぶのとほぼ同時に、ヴィンセントが剣《けん》を抜《ぬ》き前に出た。

その瞬間《しゅんかん》、キィン！　と金属のぶつかる音が高く響く。ヴィンセントに剣で切りかかる、もう一人の存在がいたのだ。ギリギリと、ふたりの剣がこすれ合う。ヴィンセントの背中がひどく緊張しているように見えた。

先に動いたのはヴィンセントだった。相手の剣を強く弾《はじ》いて切りかかる。相手はそれを素早《すばや》く避《よ》けたが、拍子《ひょうし》に被《かぶ》っていたフードが外れ、顔が露《あら》わになった。

日の下《もと》にさらされた銀の輝きを見て驚《おどろ》いた。

（私と同じ、銀髪《ぎんぱつ》……！）

銀髪はこの世界でも珍《めずら》しい。銀の髪《かみ》色をした人を、私は自分と母親以外に知らない。しかも瞳の色まで同じだ。そのせいか、相手は十は年上の男だというのに、まるで自分を見ているかのような錯覚《さっかく》に陥《おちい》った。

私が驚き固まっていると、ユージーンが「待て！」と冷たい声を発した。

「双方《そうほう》剣を収めなさい。王宮での無暗《むやみ》な抜剣《ばっけん》は禁じられています」

ヴィンセントと銀髪の男は顔を見合わせ、剣で押し合うようにして距離《きょり》を取った。

ふたりが剣を鞘《さや》に納めると、もうひとりの小柄《こがら》な方が前に出てくる。

「ごめんね。私たちは怪しい者じゃないよ」

「怪しくないと言うなら、その深く被ったフードを外してはいかがですか」

ユージーンの言葉に、フードの人物は「それもそうだね」と頷《うなず》くと、あっさりとフードを外して見せた。

「まさか、あなたは……」

現れたのは、人形のように整った顔の華奢《きゃしゃ》な少年だった。隣《となり》のユージーンが息を呑《の》む。

私はというと、目の前の美少年があまりに見知った顔に似ていて、その人物がこんな所にいるはずがないのに思わず叫びかけた。

(デミウル!?)

そう。この世界の唯一神《ゆいいっしん》、創造神デミウルにそっくりな少年だったのだ。

この世界の人々にとってのデミウルは、前世で言う聖母マリアのような姿をしている。長いローブを身に纏《まと》い、男とも女ともつかない優《やさ》しげな顔立ちで地上を見守るデミウル像が、人々の共通認識《にんしき》だ。本当のデミウルはただのマイペースなショタ神だということは、何度かあちらの世界でデミウルと邂逅《かいこう》している私しか知らない真実。

そのデミウルそっくりな少年が、目の前でニコニコと微笑《ほほえ》んでいる。ユージーンは少年に向き直ると、恭《うやうや》しく礼をとった。

「お初にお目にかかります。創世教団のシリル大神官様とお見受けいたします」

(大神官……!?)

数多くいる神官の中でも、創造神から特別寵愛《ちょうあい》を受けているとされるのが大神官だ。神官の頂点であり、神力が非常に高く、度々神託《たびたびしんたく》を授《さず》かるのだという。

私は目の前の少年をまじまじと見た。緩《ゆる》い巻き毛のプラチナブロンド、瞳《ひとみ》は大きな紫《むらさき》水晶《ずいしょう》のように神秘的に輝《かがや》いている。色白で、線が細い。私と同じくらいか、少し年下だろうか。白い神官服姿なこともあり、全体的に真っ白に発光しているように見える。

（うん。ものすごくデミウル……）

本物のデミウルはもっと小柄で髪も真っ白で、更《さら》に人間離《ばな》れした輝きを放っていたけれど、本当によく似ている。見ていると一発殴《なぐ》りたくなってくるほどに。

「確かに私は創世教団の大神官、シリルだけど……どこかで会ったことがあったかな？」

「申し遅《おく》れました。私は王太子殿下の側近を務めております、ユージーン・メレディスと申します」

「ああ、メレディス公爵《こうしゃく》の……。確か何度か面会の申し入れをしてくれていたよね。ごめんね、会ってあげられなくて。教団のお年寄りたちがあれこれうるさくてさ」

大神官の随分《ずいぶん》フランクな話し方に、ユージーンは一瞬硬直《こうちょく》し、私は増々既視《きし》感《かん》を強めた。この軽い感じ、まさにマイペースショタ神だ。実は本人なのでは？

セレナの時のように、体に乗り移ったりしているのではないだろうか。

「勿体《もったい》ないお言葉。祈祷《きとう》の依頼《いらい》は姉の為《ため》でしたが、姉は現在回復しつつあるのでお気になさらず」

「そうなの？　それは良かったね。ヴィンセント卿《きょう》は久しぶりだね。眼帯をしていないよ

うだけど、もしかして魔法《まほう》の効果が切れちゃった？」

私の背後に移動したヴィンセントに話しかける大神官。

そうだ。ヴィンセントの眼帯に光魔法をかけていたのは、彼の親類である大神官だった。

「お久しぶりです、大神官様。俺の目はこちらのオリヴィア様に治していただいたので、もう眼帯は必要なくなりました」

「へぇ。それはよかったね！　あの目を治せるなんてすごいなぁ」

ニコニコと笑いながら、大神官はまた私の顔をのぞきこんでくる。無邪気《むじゃき》な、興味津々《きょうみしんしん》といった表情だ。

「じゃあ、君が例の神子・オリヴィアなんだね？」

「は、初めまして。オリヴィア・ベル・アーヴァインと申します」

「よろしく、オリヴィア。私はシリル。ただのシリルだよ。神官は神殿《しんでん》入りした時点で家名を捨てて、神様の僕《しもべ》になるからね」

あんなショタ神の僕になんてならんでも、とつい不憫《ふびん》に思ってしまったけれど、私に不憫に思われては大神官も心外だろう。私なんて勝手に神子《みこ》にされ、毒スキルなんてものを与《あた》えられた挙句、今では称号《しょうごう》が【毒王】だ。世界一不憫なのは恐《おそ》らく私である。

「大神官様は、」

「シ・リ・ル」

「……シリル大神官様は、国王陛下の治療《ちりょう》にいらしたのですか？」

大神官の巡礼《じゅんれい》については聞いていたが、すでに王都入りしていたとは驚きだ。

「いや、元々は巡礼の一環《いっかん》で、ここの小神殿で祈禱をする予定だったんだ」

「離宮《りきゅう》の傍《そば》の、湖の小神殿ですね」

広大な王宮の敷地《しきち》の西に、歴代の王妃が好んで利用したという離宮がある。目の前には大きな湖があり、その中央に小神殿が建っているそうだ。とても美しい所で、ノアがいつか見せたいと話してくれたことがある。

「でも道中、陛下が倒《たお》れたって報《しら》せを聞いてね。向かおうかと思ったんだけど、案内の人がどこかに行っちゃって戻《もど》ってこなくて。暇《ひま》だから神殿騎士《きし》のトリスタンと散歩していたら、君たちを見つけたんだ」

トリスタン、と呼ばれたのは先ほどヴィンセントと互角《ごかく》にやり合った銀髪の男だ。

長い銀髪を頭の高い位置で結《ゆ》い上げた彼は、マントの下に純白の騎士服を着ていた。

トリスタンは私をちらりと見て目礼する。無礼とまではいかないが、礼儀《れいぎ》正《ただ》しくもない。

ヴィンセントよりも硬質《こうしつ》な感じがした。

「そうでしたか。実は、私は先ほど陛下にお会いしたのですが、聖女様の回復魔法も効かないようでした。病気でも、毒でもないようで、原因がわからず……」

「ふぅん。聖女の魔法が効かないなら、私が魔法をかけたところで意味はなさそうだね」

やっぱり小神殿での祈禱を優先しようかな。そう言うと、シリルはくるりと踵《きびす》を返した。

私は慌《あわ》てて「お待ちください！」とその背に声をかけ引き留める。

「意味がないかはわかりません。どうか陛下に光の御手《みて》をお差し伸《の》べください、大神官様」

私の懇願《こんがん》に振《ふ》り返った大神官は、邪気《じゃき》のない顔で笑った。

「神子にお願いされちゃ断れないね」

「あ、ありがとうございます……！」

「いいよ。近いうちゆっくり話そうね、オリヴィア」

じゃあね、と手を振り、今度こそデミウルそっくりの大神官は去っていった。

トリスタンは始終無言だったけれど、私は最後まで彼の視線を感じていた。私が彼に親近感のようなものを覚えたのと同じように、彼も私に何かを感じたのだろうか。

「驚きましたね。まさか大神官がもう王都入りしていたとは」

「ユージーン公子もご存じなかったのですね。王妃《おうひ》は把握《はあく》しているのでしょうか」

「どうでしょう。教団を巻きこむほど愚《おろ》かではないと思いますが……」

何かが起こる予感がする。揺《ゆ》れる銀の髪《かみ》を見送りながら、そう思った。


夜、王宮から帰宅した父は疲《つか》れた様子だったけれど、私の部屋に招き入れると、顔色は心なしか今朝より良くなって見えた。聞けば、突然《とつぜん》大神官が王宮に現れ、大騒《おおさわ》ぎになったという。やはりお忍《しの》び来訪だったらしい。

しかもどうやったのか、大神官一行は既《すで》に王宮の中にいて、会議の為に宮廷《きゅうてい》内を移動していた宰相《さいしょう》メレディス公爵に「離宮の小神殿に行きたいんだけど、馬車貸してもらえる？」と急に話しかけたそうだ。

前触《まえぶ》れのない大神官の登場に、急遽《きゅうきょ》警備だ歓待《かんたい》だ謁見《えっけん》だと貴族たちが騒ぐ中、いつの間にか大神官の姿は消え、更に宮廷はパニックになった。

父からそんな話を聞き、王宮の混乱具合が容易に想像できて苦笑いしてしまう。

「実は私も今日、王宮で突然フードを被《かぶ》った方に声をかけられたのですが、それが大神官様でした。とても自由なお方のようで。それで、大神官様はその後見つかったのですか？」

「ああ。勝手に王宮馬車を使い、小神殿に行っていた。既に祈禱も済ませたそうだ。一応王宮にも段取りというものがあるのだが……」

ソファーに腰《こし》かけた父は、頭が痛いとばかりに目頭《めがしら》を押さえた。

私の父にストレスをかけるなんて、あの大神官、本当にデミウルが乗り移っていたのだとしたら一発殴るどころでは済ませられない。

「小さなことはあまり気になさらなそうな方ですものね」

「そうなのだろうな。古都からほとんど出たことがないというから、色々なことに疎《うと》いのは致《いた》し方《かた》あるまい。さすがに創世教団のトップに難癖《なんくせ》をつける愚か者は、王宮内にはいないだろうが……」

「幼い方ですしね。難癖をつけられるより、悪い輩《やから》に利用されてしまわないか心配です」

大神官の無邪気な笑顔《えがお》を思い出していると、コツコツと窓を叩《たた》くような音がした。

振り向くと、窓辺に白い鳥が一羽佇《たたず》んでいる。その足には筒《つつ》が括《くく》り付けられていた。

「王太子殿下からか？」

鳥の筒から手紙を取り出した私に、父が尋《たず》ねてくる。

「はい。大神官にお会いしたと書かれています。それから――……え？」

手紙の内容に、私は驚《おどろ》いて思わず便箋《びんせん》を強く握《にぎ》りしめてしまった。

「お、お父様！」

「どうした」

「陛下が……国王陛下が、お目覚めになったと！」

私の言葉に、父が勢いよく立ち上がる。

「本当か⁉」

「はい！　短い間ですがお目覚めになり、少し会話も叶《かな》ったそうです！」

これで国王の環境《かんきよう》や王宮の状況《じようきよう》も変わるだろう。当然、ノアの置かれている状況もだ。

父は脱《ぬ》いだばかりの上着を羽織り直すと、慌ただしく王宮へと戻っていった。

「……よし。ノア様に返事を書かなくちゃ」

シロを呼び出すと、足元に現れるなり『呼んだぁ？』とゴロンとお腹《なか》を見せて転がる。

なんて気の抜《ぬ》ける神獣《しんじゅう》様の登場だろうか。私はあきれながらもにっこりと笑った。

「ノア様に手紙を書くから、届けてほしいの」

『またぁ？　僕は伝書鳩《でんしょばと》じゃないんだけどなぁ』

文句を垂れながら『そこの鳥に任せればいいのにぃ』と、脚《あし》でノアの遣《つか》いの鳥を指す。

「ノア様のご様子も見てきてほしいのよ。そんなこと、伝書鳩には無理でしょ？　強くて賢《かしこ》いシロだから任せられるのよ」

ちょっと大げさに褒《ほ》めてやると、シロはピクピクと耳を動かし起き上がる。

『仕方ないなぁ。帰ってきたら夜食にデトックス料理食べさせてね』

「神獣が夜食って……ンンッ！　もちろんよ、ありがとうシロ」

国王回復の喜びと、学園でも会える時を待っているという内容の手紙を書き、シロに託《たく》す。シロが部屋から飛び立ち、再びひとりになると、私は改めてノアからの手紙を見た。

「どうして国王陛下はお目覚めになったんだろう……」

手紙には、王は衰弱《すいじゃく》しているものの、命に別状はないと書かれてある。

ほっとしたけれど、私が昼間見た国王は、昏睡《こんすい》状態と言っていいほど弱り切っていた。

「セレナ様がかけた魔法で回復された？」

即効性《そっこうせい》はなかったが、じわじわと効いたということだろうか。それとも、何か別の要因があったのか。

今日王宮内で大きな変化があったとすれば大神官が現れたことだが、国王が目覚めたのは大神官が回復魔法《まほう》をかける前だったらしい。

どうしても一発殴《なぐ》りたくなる大神官の笑顔を思い出すと、その姿はすぐに別の人の姿に変わった。

揺れる長い銀髪《ぎんぱつ》の神殿《しんでん》騎士、トリスタン。私と、私の母と同じ色を持つ彼が、デミウルそっくりな大神官よりも正直気になっている。

大神官は近いうちゆっくり話そうと言ってくれた。その時にトリスタンと話すことも出来るだろうか。話してみたい。彼のことが聞きたい。家族はいるのか、出身はどこなのか。

どうして髪や瞳《ひとみ》の色が同じというだけでこんなにも気になるのだろう。

夜空を見上げても、いつもならノアの瞳を思い出すのに、この夜はトリスタンの星の川のような銀の髪ばかりを思い出していた。

第二章

次の朝、学園に着くとエントランスの前に人だかりが出来ていて、騒がしかった。

「どうしたのかしら。もしかして、ノア様がいらしたとか？」

道が塞《ふさ》がれていたのでヴィンセントが「ここで何をしている」と生徒たちに声をかけると、皆一斉《みないっせい》にこちらを振り向いた。

「ブレアム先輩《せんぱい》だ」

「ってことは神子《みこ》様も……」

「おい、皆道を空けろ！　オリヴィア様がいらっしゃったぞ！」

いやいや、そこまでしなくても。王族でもあるまいし、とツッコミを入れる前に人の壁《かべ》が割れ、目の前に道が出来てしまった。私はモーゼか、と前世の聖人を思い出し頰《ほお》が引きつった時、道の先に見えた銀の輝《かがや》きに、呼吸を忘れ目を見開く。

頭の高い位置でひとつにくくられた、長い銀の髪。揺れると太陽の光を反射させ白く輝くその髪は、先ほど馬車の中で思い出していたそれだった。

彼《か》の人がゆっくりと振り返る。神殿騎士《きし》トリスタン。なぜ、彼がこの学園にいるのか。

しかも昨日着ていた神殿騎士の服ではなく、簡易的な神官服に学園の教師が着用するマントを羽織っている。

どういうことだ、と頭が混乱した時、トリスタンの背後からひょっこりと小柄《こがら》な人影《ひとかげ》が現れた。ふわふわとしたプラチナブロンドに、紫水晶《むらさきずいしょう》の瞳を持った彼は――。

「大神――んむっ⁉」

大神官様、と叫《さけ》ぼうとした口を、後ろから伸《の》びてきた大きな手にふさがれた。素早《すばや》い動きで私の口を塞いだヴィンセントが、真顔で首を横に振《ふ》る。

「やあ、神子様。また会ったね」

デミウルと瓜二《うりふた》つの美少年、シリル大神官が無邪気《むじゃき》な笑顔で駆《か》け寄ってきた。

ざわりと周りが一層騒がしくなる。「オリヴィア様と親しいみたい」「一体何者？」「一緒《いっしょ》にいるあの人は新しい教師か」「神子様に似てるような」とたくさんの声が聞こえてきて、私は慌《あわ》ててシリルの背を押し校舎の中に入った。

ひとけのない所まで来て、周りを気にしながらシリルに詰《つ》め寄る。

「なぜ大神官様がこんな所に？」

「シ・リ・ル」

「え？」

「シリルって呼んでって言ったでしょ、オリヴィア」

きゅるんとした大きな瞳で見つめられ、私は一度口を閉じる。

愛らしい人だと思う。無邪気で人懐《ひとなつ》っこくて、古都ではさぞ大切にされてきたのだろう。

だがしかし、私はこのデミウルそっくりの顔を見るとどうしても殴りたくなってしまう。

そうなるのも仕方ないこと。私は悪くない。悪いのはすべてあのマイペースショタ神だ。

「……シリル様。なぜ、大神官であるあなた様が学園に？　しかもお召《め》しになっているのは、学園の制服ではありませんか」

そうなのだ。シリルは厳《おごそ》かな神官服ではなく、学園の男子制服を身に着けていた。

しかも、まるでオーダーメイドのようにぴたりとフィットして見える。

「えへ。似合う？」

似合いすぎて、まるで一枚のスチル絵のようだと思った時、ズキンと頭が痛み、次の瞬《しゅん》間霧《かんきり》がサッと晴れていくような感覚を覚えた。

（そうだ……思い出した！　シリル大神官は四人目の攻略《こうりゃく》対象者じゃない！）

ギルバート、ユージーン、ヴィンセント。この三人のルートを攻略した後にルートが解放される四人目の攻略者。それが愛され弟系の美少年・シリルだ。そして――。

（神学教師、トリスタン。彼もまた、五人目の攻略対象者！）

服装がゲームと同じになって初めて思い出すなんて。あのショタ神、わざとそういう仕様にしたのでは。

「せっかく王都に来たから、学生として短期入学することになったんだ」

「た、短期入学、ですか」

「うん。トリスタンは教師としてね。ちなみに、私が大神官だってことは秘密だから」

さっきは良い判断だったよ、とヴィンセントを褒め、シリルは上機嫌《じょうきげん》に笑う。

「短い間だけど、同級生として仲良くしてね、オリヴィア！」

波乱の予感しかしないシリルの言葉に、私は引きつった笑顔《えがお》を返すので精一杯《せいいっぱい》だった。

トリスタンはそんな私を、凪《な》いだ湖面の色をした瞳で、ただ静かに見下ろしていた。


音も温度も低い美声が、ゆっくりと聖書の一節を読み上げる。近くの女生徒たちの「素《す》敵《てき》ね」「神秘的なお方」という囁《ささや》きを聞きながら、私は教壇《きょうだん》に立つ教師を見た。

神学教師に扮《ふん》しているが、彼の正体は大神官直属の神殿騎士・トリスタン。

三十路前に見えるが、実際のところはわからない。オリヴィアとしての私から見るとかなり年上だけれど、前世の私からすると同世代。だからか、見た目からだけではない親近感を彼には抱《いだ》いている。社会人として、と言ったらいいだろうか。例えば——。

「トリスタンの授業はわかりやすいでしょ？　私も幼い頃《ころ》、彼に色々教わったんだよ」

こんな自由な上司を持って大変ですね、というような。

（なぜ大神官が私の隣《となり》に……）

身分を隠《かく》してはいるが創世教団の頂点に立つシリルは、当然のようにこのロイヤルクラスに編入した。おまけにノアが不在で私の隣が空いていたので、これまた当然のようにその席に収まってしまったのだ。

「オリヴィアは何の授業が好き？　私はね、神学や歴史に関することしか勉強していないから、他《ほか》のことを学べるのが楽しみなんだ～。自分で勉強しようにも、大神殿には神学に関する本しかないし、他国のことや民《たみ》の生活について知りたくても、ご老人たちが必要ないって許してくれなくてね。トリスタンは山奥の生まれで、狩《か》りについてや動植物のことは詳《くわ》しいんだけど、一般《いっぱん》的なことはあんまりで――」

神学の話は聞き飽《あ》きているのか、シリルはトリスタンの授業をまったく聞く様子がなく喋《しゃべ》り続けている。

私の返事は特に必要ないようなので、相槌《あいづち》もそこそこにトリスタンの授業に耳を傾《かたむ》けた。

「遠い昔、この火竜《かりゅう》は人々と共にあった。火竜に仕える者たちが集まり現在の古都が生まれ、仕える者は神官となった。聖書を読んだことのある者ならここまではよく知っているだろう。火竜は人々に安寧《あんねい》をもたらしたが、時には破壊《はかい》を司《つかさど》り、恐怖《きょうふ》を与《あた》え、再生を促《うなが》したとされている」

「先生。安寧をもたらしたり恐怖を与えたり、つまり火竜はどういった存在なのですか？」

手を挙げて問いかけた男子生徒に、トリスタンはひんやりとした眼差《まなざ》しを向ける。

「……どういった。それは、善なのか悪なのかと、そう聞きたいのか？」

「そ、その通りです！」

「答えはどちらでもあり、また、どちらでもない、だ」

ポカンとする生徒たちの顔を順に眺《なが》め、トリスタンは続ける。

「火竜は神に最も近い存在である。光と闇《やみ》、天と地の次に生まれた火竜は、精霊《せいれい》と同じ自然そのものだ。しかし精霊よりも苛烈《かれつ》で猛々《たけだけ》しく、自我も強い。精霊が飲みこまれるのを恐《おそ》れ、近づかないほどに」

「精霊は火竜を嫌《きら》っているのですか？」

「嫌う、ではなく恐れる、だ。いや、畏《おそ》れると言ったほうが近いか」

初めて聞く火竜と精霊の関係に、私を含《ふく》め皆が感心した。

（へえ。火竜も私と一緒で精霊に避《さ》けられてるのね。気が合ったりして）

「火竜は創造神が最初に生み出した生命だ。故《ゆえ》に神の子、神の遣《つか》いと言われることもある」

「神の子……」

「神の遣いって……」

クラス中の視線が一斉《いっせい》に私に向けられ、さすがに顔が引きつる。

伝説の守護竜と同列に見るのはやめてほしい。私はしがない悪役令嬢《れいじょう》だ。

トリスタンも私に目を向けたあと「この世の生命はすべて神が作り給《たも》うた子とも言えるがな」と付け加えた。フォローなのかよくわからなかったが、生徒たちの意識は私からトリスタンへと戻《もど》った。

「それは、竜と人も同じということですか？」

「同じなら、意思の疎通《そつう》は可能なのでしょうか」

「火竜に仕えた神官たちは、どのように交流していたんですか？」

次々とかけられる問いを、トリスタンは教壇に本を置く音で終わらせた。

「静粛《せいしゅく》に。……竜と人が同じ、などという妄言《もうげん》は、火竜、延《ひ》いては神への侮辱《ぶじょく》とみなされる。古都であれば懲罰《ちょうばつ》ものだ」

顔色をなくし口を閉じた生徒たちに、怜悧《れいり》な美貌《びぼう》の神学教師は小さく頷《うなず》く。

「竜と人は同じ神に生み出された生命ではあるが、同格ではありえない。竜は最も神に近く畏怖《いふ》されるべき尊き存在だ。当然人と意思の疎通は不可能とされている」

「で、では、神官たちはどのように火竜に仕えたのですか？」

「良い質問だ。竜と人だけでは意思の疎通は不可能だった。だが両者を橋渡《はしわた》しする存在がいたのだ」

「ということは、竜と人、両方と言葉を交《か》わすことが出来る者がいたと？」

聞いたことがないぞ、と生徒たちが騒《さわ》ぎ始める。

私も初耳だった。聖書にも、神学書にも、歴史書にもそんな存在の記述はなかったはず。

「火竜と人を橋渡しするその一族は、森に住んでいた。古都を囲む森の中に火竜の棲《す》み処《か》があり、その一族は森と火竜を守っていた。神官たちよりもずっと以前から、その一族は火竜と共にあったのだ」

大神殿に仕える神殿騎士《しんでんきし》の口から語られた、私たちの知らない火竜にまつわる存在。

本当にいたのだろうか、と隣のシリルを窺《うかが》うと、彼は私の視線に気づきにこっと笑った。

「その一族はね、森の番人って呼ばれていたんだよ」

「森の番人……ですか？」

「そう。竜の眠《ねむ》りを妨《さまた》げる者には容赦《ようしゃ》なかったんだって」

「その一族の存在は古都では有名なのですか？　なぜ聖書に記されていないのでしょう？」

シリルはきょとんとした顔で首を傾《かし》げた。

「聖書に記されてるでしょ？」

「え？　い、いえ。少なくとも、私の知っている聖書には記述はありませんでした」

「そうなの？　大神殿の図書館には、森の番人について書かれた本は色々あるよ」

「それは……古都以外では知られていないということでしょうか」

「ああ……そうかも。なるほどねぇ」

意味ありげに言うと、シリルは肩《かた》を竦《すく》めた。

「彼らはここでは、忘れ去られし一族ということか」

シリルが呟《つぶや》くと同時に、授業の終わりを告げる鐘《かね》が鳴り響《ひび》いた。

ハッと前を見ると、私と同じ色の瞳《ひとみ》と目が合い、一瞬《いっしゅん》息が止まる。

「……今日の授業はここまで」

短く告げると、トリスタンは教室を出ていった。続いてシリルも「私も行かなきゃ」と席を立つ。学園長に呼ばれているらしく、廊下《ろうか》には既《すで》に迎《むか》えの職員が待っていた。

「また後でね、オリヴィア」

「はい、また後ほど」

軽く手を振《ふ》ると、シリルは跳《は》ねるように教室を出ていく。

その背を見送り、私も少し考えてから席を立った。

「オリヴィア様、どちらへ？」

「気になることがあるから、先生に質問をしに行ってくるわ」

声をかけてくれたケイトにそう言い残し、私は教室を出てトリスタンを追いかけた。

小走りで捜《さが》していると、教員棟《とう》に続く回廊《かいろう》で揺《ゆ》れる銀髪《ぎんぱつ》を見つけ、声をかける。

「トリスタン様。いえ、先生」

緑に囲まれた回廊の真ん中で、トリスタンがゆっくりと振り返る。

やはり肖像画《しょうぞうが》の母とよく似ている。額縁《がくぶち》の中の母は、柔《やわ》らかく微笑《ほほえ》んでいたけれど。

「先ほどの授業の内容について、質問があるのですが」

追いついた私を、トリスタンはまたじっと見下ろしてくる。

「……随分《ずいぶん》熱心だな。王都の貴族は神学にはほとんど興味を示さないと聞いていた」

「確かに、王都の貴族はそこまで信仰《しんこう》に厚いわけではないでしょうね」

デミウルという唯一神《ゆいいっしん》を崇《あが》めるのは貴族も平民も変わらない。が、貴族にとってはどちらかと言うと、信仰しているという体《てい》が大事だ。中には本当に信心深い貴族もいるだろうが、基本的に貴族は序列の高い貴族、そして王族を崇めるほうに熱心なのは間違《まち》いない。

「だが、お前も他の生徒も、積極的に学ぶ姿勢がある」

「それは先生だからでは……いえ。何でもありません。それより、先ほどの竜《りゅう》と人との橋渡し役だった一族についてなのですが」

「ああ。森の番人のことか」

「そのように呼ぶそうですね。大神官様が教えてくださいました。私を含め、生徒はその存在を知りませんでした。古都に住まわれているあなたと大神官様だけが知っていた」

トリスタンは当然だろうと言うように首肯《しゅこう》した。

若干《じゃっかん》不快そうに眉《まゆ》を寄せたのは、私の台詞《せりふ》が彼の矜持《きょうじ》を傷つけたのだろうか。

「竜にまつわることで我々《われわれ》が知らぬことなどない」

「もちろん、大神殿にお勤めの方々ですから、神や竜については誰《だれ》よりお詳《くわ》しいのだと思います。けれど、なぜなのでしょう？　私の読んだ聖書には、一族についての記述はありませんでした。しかし大神官様は、古都にある聖書や他《ほか》の書物にはしっかり書かれていると。本当ですか？」

「本当だ」

「なぜ古都だけ？　その一族について、古都の大神殿の人々しか知らないのですか？　どうしてその一族は、古都以外では忘れ去られてしまったのですか？」

畳《たた》みかけるような私の問いかけに、トリスタンは口を閉じた。またじっと、観察するような目を私に向けてくる。でも、不思議と嫌な感じはしなかった。

「……なぜ、そこまで気になる？」

「え……？」

「次の授業が待てないほど、その一族について気になるのか。私を追いかけてまで今すぐ答えが欲しいと」

言われてみれば確かに、と戸惑《とまど》う。

「……いえ。そう、ですよね。どうしてこんなに気になるんだろう」

「忘れ去られし一族については、今後の授業で知ることになるだろう」

「わかりました……。あの、では、先生についてお聞きするのは構わないでしょうか」

トリスタンは意外そうに片眉を上げた。

「私の何が知りたい」

「ええと……先生は、古都出身なのですか？」

そんなことか、とトリスタンは息をつくと、回廊から北の空を見上げた。

「いいや。北の生まれだ。山奥の小さな集落にいた」

「そういえば、大神官様が先ほどそのようなことをおっしゃっていました。では、ご家族はその集落に？」

もしかして、トリスタンの家族も皆《みな》同じ色の髪《かみ》と瞳を持っているのではないか。

そんな期待をこめて尋《たず》ねたが、トリスタンはあっさりと否定した。

「親はもういない」

「あ……し、失礼いたしました」

「構わない。随分と昔のことだ」

本当にまったく気にしていない様子で淡々《たんたん》と言い、トリスタンは続ける。

「両親が亡《な》くなったのをきっかけに、集落を出て古都に行った」

「なぜ、おひとりで古都に？」

「生まれを辿《たど》ると、祖先は古都の辺りの出だったらしい。見てみたいと思っただけだったが……気づくと神殿騎士見習いになっていた」

「では……他に血縁者《けつえんしゃ》の方はいらっしゃらないのですか？」

踏《ふ》み込みすぎかとも思ったが、聞かずにはいられなかった。

トリスタンは嫌悪感《けんおかん》を見せることなく、やはり私を観察するように見下ろすだけだ。

「……なぜ、そんなことを聞く？」

「おかしなことをと、思われるかもしれませんが……あなたが母に、似ているので」

この世界には前世ではありえない髪や瞳の色を持つ者がいるが、人の多い王都でも私の髪と瞳と同じ色を持つ人には出会ったことがない。初めて会ったのが、トリスタンなのだ。

「シルヴィア、という女性をご存じありませんか？　私の母です。あなたや私と同じ、銀の髪に水色の瞳だったそうです」

「そうです？」

不思議そうに聞き返され、私は頷《うなず》き微笑んだ。

「私の母も、幼い頃《ころ》に亡くなっていますので。あまり母の記憶《きおく》がないのです」

遠い記憶の母の姿はおぼろげだ。肖像画だけが、母の姿をはっきりと私に教えてくれる。

いま母が生きていたら、とたまに考える。もしかしたら父やノアには話せないことも、母には話したかもしれない。前世のことやこの世界のことも相談して、甘えられていたかもしれないな、と。

その時、強く風が吹《ふ》いた。緑の葉が数枚回廊に舞《ま》いこんでくる。

私とトリスタンの銀の髪が、風に吹かれ大きく揺れた。やはり、強烈《きょうれつ》なシンパシーを感じる。こんなにも彼に惹《ひ》かれるのはなぜなのか。

風が止《や》む頃、トリスタンはゆっくりと口を開いた。

「お前は……己《おのれ》の母親が何者か、本当に知らないのか？」

それは問いただすというより、確認《かくにん》に近い口調だった。

どういう意味かと問おうとした時、背後から「オリヴィア」と甘い声に呼ばれた。

振り返ると、笑顔《えがお》のノアがユージーンを連れ歩いてくるところだった。

「ノア、様……」

「大神官に話があって来たんだけど……オリヴィアは、一体彼と何をしていたのかな？」

笑っているのになぜか圧のある顔をトリスタンに向けるノア。

業火《ごうか》担《たん》が完全に誤解しているのがわかったが、私はどう説明するのが正解かわからず、
ノアとトリスタンの顔を交互《こうご》に見やるのだった。

【SIDE：Noah】

学園を久しぶりに訪《おとず》れたノアは、馬車を降りるなり真っ直《す》ぐ教室棟《とう》へと足を向けた。

しかしついてきたユージーンに早々に止められてしまう。

「殿下《でんか》。どちらへ向かわれるのですか」

「もちろん、オリヴィアの所だ」

愚問《ぐもん》を、とばかりに答えたノアに、ユージーンはあからさまなため息をついた。

「殿下……まずは学園長の執務室《しつむ》です。大神官がそこでお待ちのはずですから」

「待たせておけばいい。オリヴィアが優先だ」

「待たせておくべき相手が逆です。むしろオリヴィア様は別に殿下を待っていませんよ。今日学園に来ることをご存じないのですから」

「しかしな……」

「学園長だってお暇《ひま》じゃないんですよ。今日は大神官に祈禱《きとう》の礼を伝えて、晩餐《ばんさん》会に招待するために来たんでしょう。オリヴィア様は後です」

ノアのオリヴィア至上主義には慣れたのか、ユージーンの言葉には迷いも遠慮《えんりょ》もない。ノアは渋《しぶ》ったが、ユージーンにグイグイと背を押され教員棟に向かう羽目になった。

だが教員棟へと続く回廊《かいろう》が見えた所で、ノアは再び足を止めた。ノアの最優先人物がそこにいたのだ。

オリヴィアの美しい銀の髪は珍《めずら》しく、とても目立つので遠目でもすぐにわかる。喜んだのも束《つか》の間、愛《いと》しい婚約者《こんやくしゃ》が誰かといることに気づき、ノアの機嫌《きげん》が急降下した。

オリヴィアが自分以外の人間とふたりきりで話している。しかも相手は背の高い男だ。

「あれは……」

こちらに背を向けて立つオリヴィアの向こう側にいるのは、彼女と同じ髪の色をした教師のようだった。

「オリヴィア様と……あれは大神官の護衛の神殿騎士《きし》ですね。なぜ教員のマントを着ているのでしょうか」

そうだ、昨日王宮で大神官といたあの神殿騎士だ。オリヴィアの銀髪《ぎんぱつ》を唯一無二《ゆいいつむに》のように思っていたノアは、神殿騎士がまったく同じ色をしていたので見た瞬間《しゅんかん》本当に驚《おどろ》いた。

その神殿騎士とオリヴィアが、至近距離《きょり》で見つめ合い、言葉を交《か》わしている。ふたりが並び立つ様子は、まるで兄妹《きょうだい》のような、美しい鳥の番《つがい》のような、親密な姿に映った。

湧《わ》き上がる怒《いか》りを抑《おさ》え込み、ノアは足早に回廊へと向かいふたりに近づいた。

「オリヴィア」

声をかけると弾《はじ》かれたようにオリヴィアが振《ふ》り返る。焦《あせ》った顔に見えるのは気のせいだろうか。まるで浮気《うわき》現場を目撃《もくげき》されたかのような……それはさすがに嫉妬《しっと》が過ぎるか。

「ノア、様……」

「大神官に話があって来たんだけど……オリヴィアは、一体彼と何をしていたのかな？」

オリヴィアは顔を引きつらせながら、神殿騎士から一歩離《はな》れた。

神殿騎士のほうはまるで動じず成り行きを見守っている。その落ち着きが妙《みょう》に癪《しゃく》に障《さわ》る。

「私はただ、先ほどの授業について、質問があって……」

授業の質問。ということは、やはりこの神殿騎士の着用しているマントは、本当に教員のものだということか。

大神殿の伝手《つて》で王立学園に入りこんだのか。信仰《しんこう》を盾《たて》に学園長を抱《だ》きこんだのだろう。

「あなたとは、先日王宮でお会いしましたね。その時は確か、神殿騎士の制服を着ていらしたはずですが」

ユージーンの言葉に神殿騎士はひとつうなずくと、拝礼するでも祈《いの》りの形を取るでもなく、偉《えら》そうに仁王立《におうだ》ちでノアたちを見下ろした。

「神殿騎士、トリスタンだ。大神官がこの学園にいる間、臨時の神学教師として勤めることになった」

不遜《ふそん》すぎるその態度に、ユージーンが不愉快《ふゆかい》そうに眉《まゆ》を顰《ひそ》める。

「あなたの目の前にいらっしゃる方は、この国の王太子殿下であらせられる」

「それがどうした」

「不敬です、と直接言わねばわかりませんか」

声がどんどん低くなるユージーンを、トリスタンは冷めた目で眺《なが》める。蔑視《べっし》しているわけではないようだが、まるで取り合う気はない、といった様子だ。

「私にとって主《あるじ》はただおひとり。貴族だろうが王族だろうが関係ない」

「王太子殿下より、大神官のほうが上だとおっしゃるか」

「ユージーン、構わない。いま彼は臨時といえど教師なのだろう？　そして僕は生徒。教えを乞《こ》う立場だからな」

双方《そうほう》引く様子がないので、ノアは埒《らち》が明かないと判断して止めた。

神殿騎士ごときに侮《あなど》られるのは良くないが、だからといってプライドが傷つけられるということもない。自分が誰《だれ》より尊い身であるかは、自分が一番理解している。

それよりも、オリヴィアに下らないことで争うような姿は見せたくなかった。

「よろしくお願いします、トリスタン先生」

ノアが右手を差し出すと、さすがにトリスタンも無視はせず握《にぎ》り返してきた。

細身に見えて大きく固い、力強い手。相当な手練《てだ》れだ。だが負ける気は一切《いっさい》ない。

「でも、僕の婚約者に手を出したら容赦《ようしゃ》しませんよ」

ノアは笑顔を作り、目の前の相手にだけ聞こえるように囁《ささや》いた。

ノアとトリスタンが握手《あくしゅ》をした直後、なぜかトリスタンが軽く目を見開いた。

笑顔で握手を終わらせたノアが、私の肩《かた》を抱き寄せてくる。まるで目の前のトリスタンに見せつけるかのように。

後ろからユージーンのため息が聞こえ、トリスタンはあきれたような顔をした。

「お前の番《つがい》は、随分《ずいぶん》と狭量《きょうりょう》のようだな」

「はい……？」

いきなり何のことだ、と私は眉を寄せた。なぜか私の肩を抱くノアの手に力がこもる。

「番う相手はよく考え選んだほうがいい」

「ええと……？」

「では、失礼する」

戸惑《とまど》う私を気にすることなく、トリスタンはマントを翻《ひるがえ》し教員棟へと去っていった。

言いたいことだけ言っていなくなるなんて、どれだけ自由な男なのだ。

「何ですか、あの無礼者は」

憤《いきどお》るユージーンに、ノアが苦笑《くしょう》する。

「確かにね。あれほど無礼な態度を取られたのは生まれてはじめてだ」

鷹揚《おうよう》に笑ったノアを、私はじっと見つめる。

「……ノア様。トリスタン様に何か言いました？」

「何かって？」

普通《ふつう》の令嬢《れいじょう》が見たら、見惚《みと》れたまま倒《たお》れてしまうような甘やかな笑顔。でも私は騙《だま》されない。うちの業火担がこういう態度を取るのは、大抵《たいてい》何かを誤魔化《ごまか》したい時だ。

「言ったんですね……。本当に、授業の内容について質問をしていただけなのに」

「ごめんね、オリヴィア。怒《おこ》った？」

「怒ってはいませんけど……」

「許して。君と彼が並んでいる姿に、つい嫉妬してしまったんだ」

素直《すなお》に謝罪されては、私もこれ以上責める気にはなれない。

ただ、ノアに信用されていないという悲しみだけがわずかに残った。

「嫉妬なんてなぜ……」

ノアは迷うような素振《そぶ》りを見せたあと、言いにくそうに答えた。

「君たちが少し、似ていたからかな」

「確かに、私もトリスタン様には妙な親近感を覚えますが」

「まあ、そうだよね。親族とかではない？　母君の遠縁《とおえん》とか」

私と同じことをノアも考えたらしい。この見た目なら当然か。

「ご存じのことと思いますが、私の母は貴族の養女になってから父と結婚しました。その前は血縁者《けつえん》のいない、天涯孤独《てんがいこどく》の身だったと聞いています」

だからトリスタンは血縁者ではないのだろう。しかし、彼は母について何かを知っていそうな口ぶりでもあった。

「でも、オリヴィアは気になるんだね」

私の心を見透《みす》かしたようにノアが言った。驚いて、彼の顔をまじまじと見てしまう。

「ノア様……」

別にトリスタンに男性的な魅力《みりょく》を感じているわけではない。ノアに対して抱《いだ》いているような恋愛《れんあい》感情があるわけでは決してないのに、気まずさを覚えるのはなぜだろう。

「ユージーン。あの神殿《しんでん》騎士について調べてくれないか」

笑顔《えがお》を消したノアの頼《たの》みに、ユージーンは戸惑いを見せる。

「構いませんが……今はそれよりも、王妃《おうひ》側の動向を注視されるべきでは？」

「ユージーン公子のおっしゃる通りです。ノア様はノア様にしかできないことをなさってください」

「でもね、オリヴィア……」

納得《なっとく》のいっていない様子のノアが何か言おうとした時、回廊《かいろう》の向こうから誰かが駆《か》けてくる足音がした。

「あ。いたいた～！」

顔を上げると、ニコニコと笑う大神官シリルが、衛兵を後ろにつけてこちらに手を振りながら現れた。

「遅《おそ》いからこっちから来ちゃったよ。オリヴィアも一緒《いっしょ》だったんだね」

オリヴィア。私をそう呼び捨てたシリルにその場の空気が凍《こお》る。

まず私とユージーンの目が合った。

(なぜ大神官に名前を呼ばせてるんですか！)

(勝手に呼び始めたんです。私のせいじゃありません！)

目だけでそんな会話を交《か》わしたあと、私たちは同時にノアを窺《うかが》い見た。

完璧《かんぺき》な王太子スマイルがそこにあった。絶対に剝《は》がしてはいけないタイプの笑顔である。

「あれ？　どうかした？」

「い、いえ……何でもありません」

「そう？　私って間が悪かったり、空気が読めなかったりするらしいからね。迷惑《めいわく》だったらそう言って」

あけすけなその言い方に、ノアとユージーンが更《さら》に固まるのがわかった。

神官たちに蝶《ちょう》よ花よと育てられたのだろう。人類の中で神に一番近い存在であれば、誰も彼を尊ばずにはいられない。しかもこの愛らしい見た目だ。古都で姫君《ひめぎみ》のように扱《あつか》われていても不思議ではなかった。

「……とんでもない。それよりも、大神官。改めて昨日の御礼《おれい》をさせてください」

気を取り直した様子で、ノアがにこやかに言って頭を下げる。

ノアが頭を下げる相手はこの国で多くない。父親であり国を統《す》べる国王と、形だけだがその伴侶《はんりょ》である王妃。そして王族と対立することもある不可侵《ふかしん》の神域、神に仕える教団のトップである大神官くらいのものだろう。

大神官には国王でさえ敬意を示す。いわば大神官と国王は対等に近い存在なのだ。

「国王を、父をお救いくださり、王族の代表として大神官に深く感謝いたします」

「いいよ、改まらなくって。私は何もしてないしね。陛下が目覚めたのも、私が魔法《まほう》をかける前だったし」

「きっと、大神官が小神殿で祈《いの》りを捧《ささ》げてくれたことで、神のご加護があったのでしょう」

「それなら感謝は私ではなく、創造神デミウル様にするといいよ」

大神官らしいシリルの言葉に、私は思わず遠い目になる。

（いや、あのショタ神に感謝する必要はない）

そんな神子《みこ》にあるまじきことを考えていると、シリルと目が合い、なぜかパチンとウィンクをされた。

「それか、陛下を診《み》るように頼んできたそこの神子様にね」

「え。い、いえ、私はお願い申し上げただけで」

「オリヴィア。ありがとう」

ノアに微笑《ほほえ》まれ、私は気が引けながらも頭を下げた。

何も出来ていないのに、感謝されてしまった。そんな申し訳なさが先に立つ。

「ねぇ王太子殿下。話をするなら、別に学園長室じゃなくてもいいでしょう？」

「それは構いませんが……」

「じゃあどこかでお茶でも飲みながら話そうよ。オリヴィアも一緒に」

頼むからこれ以上気安くしないでくれ、と願いながら「残念ですが」と私は頭を下げる。

「私はこの後、親衛隊の子たちとお茶会が……」

「親衛隊って何？　私もそのお茶会に交ざりたい！」

「ええ……？」

女子会みたいなものなのに、大神官が来ると？　いや、見た目は完全に溶《と》け込むだろうけれど。大神官という立場であることは秘密なのに、ケイトたちにどう説明したものか。

しかしシリルはもう参加する気満々で、衛兵たちに移動を伝えている。ユージーンは学園長への連絡《れんらく》を手配し始めたので、ようやくノアとふたりで話せる時間ができた。

「ノア様。陛下がお目覚めになって、本当に良かったですね」

「うん。そうだ、手紙の返事をありがとう。シロが神獣使《しんじゅう》いが荒《あら》いと文句を言っていたから、王宮の菓子《かし》を与《あた》えておいたよ」

「シロったら……。ノア様、これ以上神獣が太るのはまずいので、あまり餌付《えづ》けしないでください」

肝《きも》に銘《めい》じよう、と畏《かしこ》まった調子で言ったノアに思わず笑ってしまう。

先ほどまでの気まずい空気は霧散《むさん》し、穏《おだ》やかな雰囲気《ふんいき》が訪《おとず》れたことにほっとした。

「あの後、ギルバート殿下やセレナ様にはお会いになりましたか？」

「いや。まだ、個人的に会うのは難しい状況《じょうきょう》に変わりはないよ」

「そうですか……心配ですね」

「ああ。ギルはあれで真面目《まじめ》な奴《やつ》だから、あまり思いつめてなければいいが」

それもあるけれど、私は陛下が目覚めたことで起こるだろう変化が心配だった。

陛下の意識がない間、王妃はここまで王宮で大胆《だいたん》な行動をとってきたのだ。今更《いまさら》引けはしないと、これまで以上の強行を見せそうで恐《おそ》ろしい。

ギルバートとセレナがそれに巻き込まれないことを、心から願った。

【SIDE：Gilbert】

王妃宮にある温室に入る時、ギルバートはいつも緊張《きんちょう》する。

ここの木々や花々が、毒を持つものばかりだと知ったからだろうか。それとも、ここにいる時の母の笑顔が、一層冷たく恐ろしく見えるからだろうか。

「なぜ呼ばれたか、わかっているわねギルバート？」

温室の中心に置かれたテーブルで、母である王妃エレノアがティーカップ片手に言った。

「申し訳ありませんが、皆目《かいもく》見当もつきません」

内心冷や汗《あせ》をかきながら、ギルバートは恭《うやうや》しく頭を下げる。

「お前が聖女を隠《かく》し立てするから、好機を逃《のが》したのよ」

「何のことをおっしゃっているのか……。セレナはずっと体調が優《すぐ》れず臥《ふ》せっておりました。それでも辛《つら》い体を押して父上に癒《いや》しの魔法をかけてくれたのです。でも、彼女の力でも父上が回復されなかったのは、母上もご存じでしょう」

国王が目覚めたのは聖女の魔法のおかげだと貴族たちは騒《さわ》いでいるが、魔法をかけたセレナ自身が、国王に魔法は効かなかったと断言している。国王の目覚めは別の要因からだ。

「セレナは関係ない。好機を逃したとはどういう意味ですか」

「ギルバート。お前がぐずぐずしていたせいで、大神官が王都入りしてしまったわ。あの箱入りが来る前に、王権を手に入れる予定だったのに」

王妃は苛立《いらだ》たしげに音を立ててカップを置いた。

国王の即位式《そくいしき》には大神官が立ち会い、王の象徴《しょうちょう》を新しい王に授《さず》ける習わし。そうして初めて、神に国を統べる許しを与えられた国王として民《たみ》に宣明するのだ。

もちろん即位するのは現王太子である。だから大神官が巡礼《じゅんれい》に出て不在の内に、正式な継承者《けいしょうしゃ》ではないギルバートを強引《ごういん》に王位に据《す》えようとしていたのか。大神官がギルバートを次代の王として認めるわけがないから――。

いや、まさか。さすがにそこまで強引に事を進めるはずがない。進めたとしても、王族派の貴族の反発は必至だ。もちろん教団側も敵に回すだろう。うまくいくはずがないのだ。

実の母であるのに、ギルバートにはエレノアの考えがまったく読めない。いつからか、母は最も理解できない存在になっていた。

「母上……王権などと、滅多《めった》なことを口にしてはいけません。ずっと申し上げてきたはずです。俺は王位など望んでいません、と」

「王位は必ずしも望む者の許《もと》に転がりこんでくるわけではないわ」

「確かに俺は第二王子です。第一王子に何かあれば、二番目の王子が王になることもあるでしょう」

自分が生まれた時から兄の代わりであることはわかっている。たかが数ヶ月の差で、と幼い頃《ころ》は忌々《いまいま》しく感じたりもしたが、今は兄こそが次の王だとギルバートは理解していた。身の程《ほど》はわきまえている。自分も努力をしてきたが、それはあくまで万が一に備えてのこと。兄に何かあった時、無能な王にはなりたくなかった。それだけだ。

「ですが、現王太子は兄上です。正統な後継者は兄上だ」

「正統な？　それを言うなら、この王妃《おうひ》の息子《むすこ》であるギルバートこそ正統な後継者でしょう？」

「兄上は前王妃の子です」

ギルバートが答えた途端《とたん》、エレノアが紅茶が入ったままのカップを投げつけてきた。カップはギルバートのすぐ横を掠《かす》め、後ろの木に当たり音を立てて砕《くだ》け散った。

「だから何だと言うの⁉　あの女はもうこの世からいなくなったのよ！」

憎悪《ぞうお》に満ちた目をして叫《さけ》んだ母を恐ろしく感じながら、憐《あわ》れにも思った。なぜ母は、こんなにも囚《とら》われてしまったのだろう。あまりに浅ましく、醜悪《しゅうあく》で、憐れだ。

「いなくなったのではなく、母上が消したのでしょう」

「まあ……恐ろしいことを言うのね。前王妃は病で亡《な》くなったのよ」

「そうやって、あなたは邪魔《じゃま》な人間を排除《はいじょ》してきた。兄上のこともずっと……」

ギルバートはもう子どもではない。兄がどのような立場に置かれてきたか知っている。そして自分の母にどのような仕打ちを受けてきたかも。

「ですが兄上はご健在で、王の瞳《ひとみ》を持ち、王となるべくして生まれた方だ。兄上こそが王に相応《ふさわ》しい」

「ギルバート！」

「母上。議会を正常な形に戻《もど》してください。これまで通り、陛下の政務は国王代理として兄上にお任せしましょう。母上がなさっているのは国政を無暗《むやみ》に乱れさせる行為《こうい》です」

ギルバートは頭を下げて懇願《こんがん》した。引き返すなら今しかない。これ以上進んでしまえば、母はもう引き返せない所まで行ってしまう。

簡単に人を陥《おとしい》れ、時には命さえ奪《うば》う恐ろしい母。王子として大切にされはしたが、息子として愛されていたとは思わない。だがこんな人でも、母は母だ。見捨てることは出来ない。しかし、息子の愛が届くことはなかった。

「国王不在の今、王妃である私が王の代わりを務めるのが当然なのよ。そんな文句を言う暇《ひま》があるのなら、お前は王妃の子として私を補佐《ほさ》するべきだわ」

「母上……！　目を覚ましてください。俺は王の器《うつわ》ではありません」

ギルバートの訴《うった》えを、王妃は嘲笑《あざわら》う。愚《おろ》かだ、と言うように。

「相応しいとか器とか、そんなことはどうでも良いの。必要なのは、覚悟《かくご》よ」

「覚悟など……俺ではなく兄上がとっくにしている！」

王の瞳を持つノアは、幼い頃から既《すで》に覚悟を決めていた。次なる王として、国の為《ため》に己《おのれ》のすべてを捧《ささ》げる覚悟をだ。溺愛《できあい》する婚約者《こんやくしゃ》が現れたが、あの兄ならば有事の際は彼女よりも国を優先させるだろう。

ギルバートには出来そうにない。国と大切な人を秤《はかり》にかけることが出来ない。大切な人が目の前にいて苦しんでいたとすれば、他《ほか》を後回しにして尽《つ》くしてやりたいと思ってしまうだろう。それが兄と自分の覚悟の差だ。

「……お願いです母上。これ以上俺とセレナの行動を監視《かんし》し、制限するのはやめてください。セレナを学園に行かせてやりたいのです」

どうにかセレナだけでもこの状況から救ってやりたい。今の王宮は、生まれた頃からいるギルバートでも息苦しく感じるのだ。ただでさえ王宮の生活に慣れず無理をしていたセレナの心労はいかばかりか。

どうにか養い親の許に返してやれれば……と考えていたギルバートに、エレノアは扇《おうぎ》を広げながら可哀想《かわいそう》なものを見る目を向けた。

「聖女とその養い親のシモンズ子爵《ししやく》夫妻は、良好な関係だそうね」

ハッとして、ギルバートはエレノアを凝視《ぎようし》する。母は、扇の向こうで笑っていた。

「聖女が王宮に入ってからも、定期的に文《ふみ》を交《か》わしているそうじゃない。仲睦《なかむつ》まじいこと」

「母上、まさか……」

「私の目は常に国中の重要な人間を映しているわ。聖女も、その家族も」

ギルバートと同じ色の瞳をスッと眇《すが》め、エレノアははっきりと告げた。

「王宮から聖女を逃そうとしても無駄《むだ》よ」

「母上！　俺を脅《おど》す気ですか！」

「脅す？　実の息子にそんなひどいことをするわけがないじゃない。私は母として、あなたに選択《せんたく》の余地と、覚悟の時間を与《あた》えてあげているのよ」

優《やさ》しく微笑《ほほえ》みながら、恐ろしい言葉を口にする母を、ギルバートは信じられない気持ちで見つめた。なぜ、ここまで。何が母をこうさせてしまったのか。

「勘《かん》ちがいしないで、ギルバート。お前には私を止める権利も、力もないわ」

従うか、歯向かうか。ギルバートに与えられた選択はそのふたつだけ。そしてそのどちらにも、大きな犠牲《ぎせい》が強《し》いられることはわかりきっている。

とても選べるものではない。ギルバートは俯《うつむ》き、黙《だま》りこむしかなかった。

「王太子の選定のし直しを近日中に議会に提案するわ」

「無理です、母上。貴族にも、国民にも、許されるはずがない……」

「許しなど必要ないの。誰《だれ》にも、神でさえ私を止めることはできないわ」

その時足音がして、王妃の後ろに人影《ひとかげ》が立った。

貴族、いや、王族のように煌《きら》びやかな装《よそお》いをした若い男だ。精巧《せいこう》な人形のように整った顔立ちの男は、目は鮮血《せんけつ》のように赤く、そして頭には禍々《まがまが》しい角が生えていた。

「なんということを……！」

気づけばギルバートは地に膝《ひざ》をついていた。

紛《まご》うことなき魔族。それも限りなく人間に近い人型の、最上位の魔族だ。神話に出てくる魔王、もしくは大公レベルの――。

忌《い》むべき魔族が王宮の真ん中で、ギルバートに道端《みちばた》の小石でも見るような目を向けている。その事実にギルバートは吐《は》き気と震《ふる》えに襲《おそ》われた。

「母上！　あなたは一体、王宮を、この国をどうするつもりだ！」

魔族を後ろに従えて、エレノアはただ微笑んでいる。手遅《ておく》れだ。母はとっくに人の心を失っていたのだ。ギルバートはもう、その事実を認めるしかなかった。

「あなたの歩みの先にあるのは、破滅《はめつ》でしかない……っ」

地面の土を握《にぎ》りしめながらギルバートが未来を訴えても、王妃は毒々しい笑《え》みを消すことはなかった。

「それこそ、望むところだわ」


次の日、私とノアと大神官で、改めて茶会の席を用意した。大神官がお忍《しの》びで来ている以上目立つのはまずいということで、学園の応接室を借り、昼休みのティータイムを過ごすことにしたのだ。

ユージーンとヴィンセントも私たちの後ろに控《ひか》えている。トリスタンはいないが、廊下《ろうか》では大神官を警護する衛兵が入り口を守っていた。

「昨日は驚《おどろ》きました。親衛隊の子たちとあっという間に仲良くなってしまうんですもの」

「私はすぐに打ち解けられる自信があったよ。大神殿《だいしんでん》にいる巫女《みこ》たちからも可愛《かわい》がられているからね」

打ち解けるというか、すっかり馴染《なじ》んでいたような。見た目の可愛らしさもあってか、女子会に違和感《いわかん》なく交ざっていて、ノアだけが妙《みょう》に浮《う》いてしまい居心地《いごこち》が悪そうだった。

「大神官。昨日お話し出来なかった、歓迎会《かんげいかい》を兼《か》ねた晩餐会《ばんさんかい》の件ですが……」

「晩餐会ね。王妃《おうひ》からもそんな誘《さそ》いがあったけど、そういうのはいいよ〜。神官たる者、粗食《そしょく》を尊ばないと。それより、私は神子《みこ》ともっと色々話がしたいなぁ」

呑気《のんき》なシリルの一言に、ノアの額に青筋が浮かんだのを見てしまった。

見た目だけでなく、空気を読まないところも本当にあのショタ神そっくりだ。

「昨日君の親衛隊？　の子たちが言っていた、デトックスについて気になってさ」

「まぁ！　シリル様もデトックスに興味がおありで⁉」

「うん、おあり！」

視界の端《はし》でノアが天を仰《あお》ぐのが見えたが気づかなかったことにする。

さっきまで殴《なぐ》りたい衝動《しょうどう》に駆《か》られていたことを忘れ、前のめりでシリルに布教を始めた。

「デトックスというのはですね、日々の生活の中で体内に蓄積《ちくせき》されている老廃《ろうはい》物や有害な毒素を排出《はいしゅつ》する健康法のことです！　食事や運動が主ですが、様々な方法がありまして、とても奥深いものなのです」

「へえ〜。何だか難しそうだね？」

「そんなことはございません！　簡単なものもありますよ。もちろんかなり難易度が高いデトックスもありますが。例えばヨガの上級者向けのポーズは私でもなかなか大変で」

「ヨーガ？　それもデトックスなの？」

「よくぞ聞いてくださいました！　ヨガとは呼吸や瞑想《めいそう》、全身を使って様々な姿勢を取ることで、体の調子を整え心を安定させる身体技法のことです！　色々な効果がありまして、デトックスはその中のひとつなのですが、興味がおありでしたらぜひ私が――」

お教えいたします、と言おうとしたところで「オリヴィア？」とノアに呼ばれハッとする。

「まさか、かけられた声が不自然なほど穏《おだ》やかすぎて、一気に冷静になった。

「まさか、大神官に悪魔崇拝《あくますうはい》をやらせるつもりじゃないよね？」

「いえいえいえ！　そのようなつもりは微塵《みじん》もありませんが、何度も言っておりますようにヨガは悪魔崇拝ではなくむしろ神聖なもので――」

「いけないよ、オリヴィア」

王太子スマイルで制されて、私は口を噤《つぐ》むしかない。

シュンとして椅子《いす》に座り直した私に、大神官が首を傾《かし》げた。

「よくわからないけど、神子がそんなに勧《すす》めるヨーガがどんなものなのか、気になるなぁ」

「……実は私も、以前から気になっておりました」

ノアの後ろでぼそりと言ったのはユージーンだ。

私はこんな身近にデトックス仲間候補がいたのかとウキウキしたけど、ノアはまるで裏切られたかのような顔でユージーンを振《ふ》り返っていた。

「ヴィンセント卿《きょう》。貴殿はオリヴィア様の警護中に、ヨーガを見たことがあるのでは？」

珍《めずら》しくユージーンに話題を振られ、一瞬《いっしゅん》固まったヴィンセント。気を取り直すように咳《せき》ばらいをしつつ、弟に話しかけられた嬉《うれ》しさを隠《かく》しきれない様子で答えた。

「何度か見たことがあるが、あれは……精神統一訓練に近いものがあるかもしれない」

「なるほど。神子としての祈《いの》りの儀《ぎ》式《しき》のようなものですか」

「すごいねオリヴィア！　今度ぜひ教えてほしいなぁ。帰ったら古都でも広めたい」

ユージーンとシリルの感心した様子に、私はこれまでなかった好感触《こうかんしょく》だと嬉しくなる。

ノアだけが諦《あきら》めたような目をしてお茶を飲んでいた。

「ヨガよりもっと手軽なものもございます。デトックスとは解《げ》毒《どく》という意味ですが、例えばお水をこまめに取るだけでも、利尿《りにょう》による解毒が期待できるんですよ。ちなみに本日ご用意したこちらのお茶は、レモンバームとリンデンのデトックスハーブティーです。利尿や発汗《はっかん》作用が高く、リラックス効果もあります」

「このお茶を飲むだけでもデトックスになるの？」

「ええ、その通りです！　お茶菓子《がし》に炭プリンもご用意してますのでぜひ」

いそいそと私が持ってきた箱を開けると、シリルは早速覗《さっそくのぞ》きこみ、ギョッとしたように仰《の》け反った。

「わっ！　何これ、すごく黒いよ？　食べられるの？」

「炭は最強のデトックス素材なのです。味の保証はうちの食いしん坊《ぼう》がいたしますよ」

シロ、と呼ぶと宙に光の粒子《りゅうし》が集まり、大きなポメラ……仔犬《こいぬ》……狼《おおかみ》が現れた。

随分《ずいぶん》と眠《ねむ》たそうな顔で、着地すると同時にゴロンと寝《ね》そべる。

『なあに～？　僕お昼寝するところだったのにぃ』

「あら。そろそろおやつの時間だと思って呼んだけど、いらないなら戻《もど》っても――」

『わーい僕お腹《なか》ぺこぺこ！　今日のおやつはなぁに？』

「まったく、眠気より食い気ね……。今日のおやつは炭プリンよ」

用意していたシロの分を差し出すと、微妙《びみょう》な顔をしながらも起き上がる。

『また炭かぁ……美味《おい》しいけど、黒いんだよねぇ』

もうちょっとレパートリーを云々《うんぬん》と文句を言うシロを、シリルが興味津々《きょうみしんしん》といった顔で見つめていることに気がついた。そういえば、シリルの前でシロを召喚《しょうかん》するのは初めてだ。

「オリヴィア。もしかして、この大きな犬は噂《うわさ》の……？」

「どんな噂かは存じませんが、これがうちの食いしん坊神獣《しんじゅう》のシロです」

私が「シロ、ご挨拶《あいさつ》」と飼い主として促《うなが》すと、炭プリンに鼻先を突《つ》っこんでいたシロが顔を上げる。そして自分を見つめる大神官を見て、耳と尻尾《しっぽ》をピンと立たせ飛び上がった。

『わぁ!?　デミウ――』

デミウル様、と叫《さけ》びそうになった口を、私は思わずムギュッとわし掴《づか》みして止めた。素《す》早《ばや》くソファーから立ち上がり、シロを壁際《かべぎわ》まで引っ張っていく。

「ちょっとシロ、あれってやっぱりデミウルなの？　なんでデミウルが下界にいるのよ！

こっちの世界には来られないんじゃないの？」

小声で私が抗議《こうぎ》すると、シロはちらちらとシリルを見て首を傾げた。

『え～……何か、違《ちが》うみたい？　そっくりだったから驚いちゃったけど、あれ多分人間だよねぇ。神力はとんでもなく強いけど……うん。普通《ふつう》の人間だぁ。あれ何者？』

「創世教団の大神官よ。本当にデミウルじゃないの？　前にデミウルがセレナの体を乗っ取ったみたいに、大神官の体に乗り移ってるとかじゃない？」

『デミウル様はいないよぅ。そっか、あれが大神官かぁ。デミウル様がね、今代の大神官は、歴代大神官の中でも一番デミウル様の力と親和性が高いって言ってたんだぁ』

「そうなの？　やっぱり今代の大神官は凄《すご》いって噂は本当なのね」

『うん。だから神託《しんたく》も頻繁《ひんぱん》に下せるんだって～』

あのマイペースショタ神から頻繁な神託。想像するだけでげんなりした。

「私だったらいい迷惑《めいわく》だけど……。つまりそれって？」

『あの大神官は、人間の中でも特別デミウル様に近い存在ってことだよぅ』

デミウルに近いと聞いて納得《なっとく》した。だから外見や中身までデミウルによく似ているのか。

私があのショタ神を思い出してついつい殴りたくなってしまうのも、当然ということだ。

「親和性が高いってことは、セレナにしたみたいに大神官の体に入ることもあるんだ？」

『どうかなぁ？　前はオリヴィアがお願いしたからデミウル様が降臨したけど、基本的にデミウル様は神託を下すのみで、こっちに降りてきたりしないんだよぅ』

「ふうん、そうなの。降りてきたら思う存分殴れると思ったのに」

がっかりした私に、シロが若干《じゃっかん》あきれたような、引いたような顔をする。

『大神官を殴る神子ってどうなんだろぉ……』

「だってあの大神官、中身までデミウルに似てるんだもん」

私たちがコソコソ話していると、困ったように微笑《ほほえ》むノアに「オリヴィア」と呼ばれた。

誤魔化《ごまか》すように私も微笑み、大人しく席に戻る。一旦《いったん》プリンで汚《よご》れたシロの口元を拭《ふ》いてやると、そわそわした様子で待っていたシリルが早速話しかけてくる。

「初めまして神獣《しんじゅう》様！　私は大神官シリル。神獣様に聞きたいことがあるんだ」

シロは簡単には懐《なつ》かないぞとでも言うように、澄《す》まし顔で耳だけシリルに傾《かたむ》ける。

「神獣様は、デミウル様にお会いしたことがあるんだよね？」

『……あるっていうか、いつも一緒《いっしょ》だけどぉ』

「じゃあ、デミウル様はどんなお姿をしているの？　デミウル像と同じお姿？　それとも人ではない別の姿をしてる？」

デミウルの姿が気になるとは、やはり大神官もただの人ということか。

いや、神職のトップである分、デミウルへの関心は誰《だれ》より強いのだろう。喩《たと》えはアレだが、アイドルとそのファンクラブの会長、みたいなものだろうか。

『鏡を見ればわかると思う』

　どうでも良さげなシロの言葉に、シリルがきょとんとした顔をしたので、私は話題を変えようとシロの頭を思い切り床《ゆか》に押さえつけながら笑顔《えがお》を作った。

「シ、シリル様！　シリル様は創造神の神託を何度もお享《う》けになっているんですよね？」

「え？　ああ、うん。そうだね。小さい頃《ころ》から時々ね」

「とても興味深いです！　今までどのような神託があったのですか？」

「色々あったよ？　大干ばつがあるとか、魔獣《まじゅう》の大量発生が起きるとか。そんな未来の災《わざわ》いに関する預言が多かったね」

　私の知らない所では、あのショタ神も一応神らしいことをしていたらしい。

　そんな預言が出来るなら、私にももっと有益な情報を与《あた》えてくれてもいいのに。

「デミウル様の神託を王宮に知らせることで、あらかじめ災厄《さいやく》に備えられて国の危機を防ぐことも出来た。後は……学園に聖女が現れるとか」

「聖女出現の預言、セレナ嬢《じょう》ね。セレナ様のことですね」

「そうそう、セレナ嬢ね。昨日親衛隊の子から聞いたけど、聖女もオリヴィアの親衛隊員なんでしょう？」

　出来れば触《ふ》れて欲しくない事実をいきなりつつかれ、頰《ほお》が引きつりそうになる。

「い、一応、なぜか、そういうことに……」

「安心したよ～。神子《みこ》と聖女が仲が良いみたいで。ほら、神子は王太子の婚約者《こんやくしゃ》で、聖女の後見が第二王子って聞いたから。ふたりの王子は仲が悪いんでしょ？」

遠慮《えんりょ》なく繊細《せんさい》な王族事情について尋《たず》ねてくる大神官は、大物なのか大馬鹿《おおばか》なのか。可哀想《かわいそう》に、ユージーンがノアの後ろで無表情のまま青褪《あおざ》めている。

ノアは貼《は》り付けたような笑顔をシリルに向けた。

「王子という立場的には複雑ですが、個人としては僕たち兄弟の仲は悪くはありませんよ」

「そうなんだ？　聞いていた話と違うけど、まあ王族にも色々事情があるよね～。私はとにかく神子と聖女の関係が良好ってことがわかったからよかったよ」

仲良いんだよね？　と念を押すようにシリルに聞かれ、私ははっきりとうなずいた。

「もちろんです。実はセレナ様にもヨガをお教えする約束をしていたんですが……」

「私も聖女には会ってみたいんだけどねぇ。どうも隠されちゃってるみたいで。ねぇ、王太子殿下《でんか》。聖女に会うことはできないのかな？」

「オリヴィアにも頼《たの》まれているので、働きかけてはいるのですが……」

「じゃあこうしよう！　さっきの晩餐《ばんさん》会の話、聖女が出席するなら私も参加を考えるよ」

シリルの提案に、ノアは驚《おどろ》いた顔をしたあと「それなら可能性がある」と笑顔になった。

「ありがとうございます。そのように掛《か》け合ってみましょう」

「うん。でも、王都に長居するつもりはないから、出来るだけ早いとありがたいなぁ」

「承知しまし──」

「だからオリヴィア、そのヨーガはいつやる？　オリヴィアの家にも行ってみたいなぁ。一緒に街の聖堂に祈《いの》りを捧《ささ》げに行くのもいいね？」

今度は私に向き直り、前のめりであれこれと予定を立てようとするシリル。その強引《ごういん》さとマイペースさに、右手がうずうずするのが止まらない。

もう笑って誤魔化そうとした時、ノアがテーブルを強く叩《たた》き、完璧《かんぺき》な王子様スマイルを向けてきた。

「その際はぜひ、僕もご一緒させてください」

──王都に雷《かみなり》の雨が降る前に。

笑顔で大神官を牽制《けんせい》する業火担《ごうかたん》に、私はこれ以上彼が悪化《ランクアップ》しないことを願うのだった。

柔《やわ》らかな日の光が教室の窓から差し込んでいる。午後の神学の授業中、古びた聖典を読み上げているのは、神殿騎士《きし》であり臨時神学教師のトリスタンだ。

「先日の授業で、ある一族について話したのを覚えているか」

トリスタンが生徒たちの顔を順に見て、私と目が合ったところでピタリと止まった。

「オリヴィア・ベル・アーヴァイン」

「は、はい！」

名前を呼ばれるとは思っていなかった私は、焦《あせ》って立ち上がった。

「竜《りゅう》と人の橋渡《はしわた》しをしたという一族の話ですね」

「そうだ。今日は彼らについて少し詳《くわ》しく話をしよう」

無事答えられてほっとしながら腰《こし》を下ろすと、隣《となり》からクスクス笑い声がした。

いつもはノアの指定席なのだが、今日もまた大神官シリルがそこにいた。ノアとシリルと話をしてから二日が経《た》っているが、晩餐会についての交渉《こうしょう》が進んでいないのか、ノアは昨日も今日も学園を休んでいる。

「オリヴィア、緊張《きんちょう》した？」

「はい……。何だか、トリスタン様の前だとひどく緊張してしまいますね」

「わかるよ～。彼、恐～い顔してるもんね。でもあれで意外と優《やさ》しいんだよ？　わかりにくいけどね。ひとりの時間が好きなのに、この旅で私の護衛を買って出てくれるし」

どうやらトリスタンは、常時大神官の護衛騎士というわけではないらしい。

「巡礼《じゅんれい》の護衛を、トリスタン様が自ら志願したのですか？」

「うん。他《ほか》にも何人かいるけど、神殿騎士の中ではトリスタンが一番腕《うで》が立つし、ありがたかったなぁ」

「そうなのですか……」

トリスタンに視線を戻《もど》し、彼の頭から足先まで観察する。隙《すき》のない身のこなしだけれど、容姿があまりに端麗《たんれい》すぎて、守るより守られる側に見えてしまう。女性的というわけではないのだが、雄々《おお》しさもない。本当に腕が立つのか疑いたくなるが、先日王宮でヴィンセントと刃《やいば》を交えていた姿を思い出し納得《なっとく》した。

「彼らは森に住み、自然とともにあった。自然に生き、自然の中で命を終える。大勢が集まり街を作り、自然ではなく利便を求め発展した人間とは真逆だった」

「先生！　それは原始的ということですか？」

生徒の質問に、トリスタンは顔を上げ眉《まゆ》を寄せた。

「原始的……」

トリスタンは眉をひそめて沈黙《ちんもく》したあと、首を横に振《ふ》った。

「それは適切とは言えない表現だ。彼らはどちらかと言えば動物、精霊《せいれい》に近い生き方をしていたのは間違《まちが》いない。だが彼らは原始的と言うには知性が高かった。独自の文化を築いていた。ただ、繁栄《はんえい》する人間との違いは欲があるかどうか。彼らには欲がなかった。静かに、穏《おだ》やかに、多すぎず、少なすぎず、足るを知る、欲とは無縁《むえん》の生活を送っていた」

トリスタンの話を聞きながら、私は思わずほぅとため息をついた。

「何だか、童話に出てくるエルフのようですね」

「近いものはあるかもね。エルフほどじゃなくても、彼らは長命で見目も良かったんだって。老化が緩《ゆる》やかだったという説もあるんだよ～」

「聞けば聞くほど不思議な一族ですね……」

私が感心している間に、トリスタンの話は進んでいく。

「いつからその一族が森に住み、火竜の守護をしていたのかは正確には記されていない。秘密の多い一族なのだ。竜の棲《す》み処《か》である森を守る彼らは森の番人とも呼ばれ、森を荒《あ》らそうとする者には容赦《ようしゃ》がなかった。非常に戦闘《せんとう》能力に長《た》けており恐《おそ》れられていたが、一方で歌を得意とする芸術的一面もあった」

生徒たちが「歌？」と意外そうな反応をする。

「どんな歌ですか？」

「私たちも知っている歌でしょうか？」

「この場に彼らの歌を知る者はいないだろう。詩は聖歌として残されている。今からそれを読み上げよう」

トリスタンが再び聖典に目を落とす。一呼吸置き、彼はその聖歌をゆっくりと読み上げ始めた。

草木がさわさわと囁《ささや》いている
眠《ねむ》れ眠れ気高き者よ

いまは羽を休める時
静かな水に包まれながら
眠れ眠れ賢《かしこ》き者よ
木漏《こも》れ日がゆらゆら揺《ゆ》れている
眠れ眠れ強き者よ
いまは爪《つめ》を休める時
優しい水に揺蕩《たゆた》いながら
眠れ眠れ慈愛《じあい》の者よ

聖歌の詞を口にしながら窓辺に立つトリスタンは、淡《あわ》い光に照らされ神々《こうごう》しく見えた。

彼の低く落ち着いた声に誰《だれ》もが聞き入っている。そんな中、私だけが動揺《どうよう》していた。

(どうして……これは、お母様の子守歌《こもりうた》の歌詞と同じじゃない)

つまり母は、王都の誰も知らない忘れ去られし一族の歌を知っていたということだ。

母は古都の出身なのだろうか。身分が低く、高位貴族の養女となってから父と結婚したことは知っている。しかし母の出生のルーツを知らないことに気がついた。

知りたい。確かめなくてはならない。トリスタンにもう一度話を聞きに行かなければ。

そう思った時だ。突然《とつぜん》、ドンと縦に大きく揺さぶられるような衝撃《しょうげき》に襲《おそ》われた。

窓が割れそうなほど音を立て、棚《たな》に飾《かざ》られていた花瓶《かびん》が落ちて砕《くだ》け散る。教室に生徒の悲鳴が響《ひび》き渡《わた》った。

(また地震《じしん》!?)

「皆《みな》さん! 机の下に身を隠《かく》して!」

私は隣のシリルを机の下に引っ張り込みながら叫《さけ》んだ。

しばらく身を潜《ひそ》めじっとしていると、揺れは段々と収まっていき、やがて静かになる。

周囲の状況《じょうきょう》を把握《はあく》しようと机から頭を出すと、荒れた教室の中でトリスタンだけが、平然とした顔で窓辺に立っていた。

「先日も世界が震《ふる》えて驚《おどろ》きましたのに……」

「今日はもっとひどく感じたな」

机の下に避難《ひなん》していた生徒たちが、徐々《じょじょ》に席に戻りながら不安を口にする。

そんな中でトリスタンが呟《つぶや》いた声が、なぜか私にははっきりと聞こえた。

「イグバーンを守る火竜がお怒《いか》りなのかもしれないな」

✦

その日の夜、私は自室で母の肖像画《しょうぞうが》を眺《なが》めていた。

父が帰宅したら母のことを聞いてみよう。これまで何となく母のことを聞けずにいたが、父は答えてくれるだろうか。答えてくれたとして、父は母のすべてを知っているだろうか。

私が物思いにふけっていると、馬の嘶《いなな》きが聞こえてきた。

父が帰ってきた。急いで出迎《でむか》えに向かうと、険しい表情の父が屋敷《やしき》に入ってきたところで、その後ろには見知った顔が続いていた。

「オリヴィア。急いで王都を出る準備をしなさい」

「お父様。それにシリル様、トリスタン様まで……え」

父、シリル、トリスタン、そして最後に現れた人物に私は仰天《ぎょうてん》した。

「セレナ様⁉」

そこには沈《しず》んだ顔のセレナがいた。先日王の寝所《しんじょ》で見かけたときより、更《さら》に顔色が悪い。

「お会いしたかったです、セレナ様。ご無事でよかった」

セレナに駆《か》け寄ると、彼女は私を見て大きな瞳《ひとみ》をうるませた。

「オリヴィア様……」

「ああ、泣かないでセレナ様」

「私、私……っ」

震えながら泣き始めるセレナをなだめながら、私は父たちを振り返る。

父だけでなく、シリルたちも深刻な顔をしていた。私は護衛でまだ家にいたヴィンセントと目を合わせる。ヴィンセントもこの状況が理解できないようで軽く首を振った。

「それで……一体何があったのですか？」

私たちは応接室に場所を移した。父がフレッドやアンたちに荷造りの指示を出していたけれど、私には何が起きたのか見当もつかない。

セレナを抱《だ》きしめながら父を見つめる。不安が顔に出ていたのか、父は優《やさ》しく私の頭を撫《な》でてくれた。そしてすぐに表情を引き締《し》め、話し始める。

「王の象徴《しょうちょう》が奪《うば》われた」

「王の象徴って……」

イグバーン王家には、代々伝わる三つのレガリアが存在する。

王冠《おうかん》、王笏《おうしゃく》、そして宝珠《ほうじゅ》。この三つは戴冠《たいかん》の儀《ぎ》で使用される国宝で、国教の大神官がそれらを新しい王に授《さず》けるのが習わしだ。王の象徴が三つ揃《そろ》うことで王位を継《つ》ぐことが出来る。逆を言えば、三つ揃わなければ王位を継ぐことは出来ないとされていた。

「盗賊《とうぞく》が王宮に押し入ったのですか？」

「そうではない。国王陛下が再び昏睡《こんすい》状態に陥《おちい》った」

セレナが私のドレスをギュッと握《にぎ》り締める。細いその手を包むように、私は手を重ねた。

「国王陛下が？　でも、陛下は快方に向かわれていると……」

「容態が急変したのだ。陛下の意識がなくなるのを見計らったかのように、王妃《おうひ》が動いた」

「王妃が……まさか」

父は眉《まゆ》を寄せながら「そうだ」とうなずく。

「王冠と王笏を、王妃が手に入れてしまったのだ」

「なぜそんな！　陛下はご存命なのですよね？」

「当然だ。だが、まるで陛下は助からないと確信していたかのような動きだった。水面下で準備されていたようで、私も総団長も、宰相《さいしょう》も向こうの動きに気づけなかった」

口惜《くちお》しげな父の言葉に、私は動揺しながらも確認《かくにん》しなければならないことを聞く。

「そんな……。では、ノア様は？　ご無事なのですか？」

「王太子殿下《でんか》はご無事だ。残った王の象徴、宝珠を探しておられる。どうやら宝珠の保管場所は国王陛下だけがご存じらしく、王妃も突《つ》き止められていないようだ」

「宝珠……」

「王妃の手に渡ってしまう前に、何としても宝珠を見つけなければならない」

父の切羽《せっぱ》詰《つ》まった声を聞きながら、私は自分の中の違和感《いわかん》に集中していた。

王の象徴の強奪《ごうだつ》。宝珠の隠し場所。このキーワードが引っかかり、気になって仕方ない。

頭の中が霞《かす》みがかったようになるこの現象。これは前世でプレイした【救国の聖女】に関する記憶《きおく》が浮《う》かび上がり始めている証拠《しょうこ》だ。

王の象徴、宝珠、王の象徴、宝珠――。

頭の中で繰《く》り返しながら顔を上げる。その時、父の後ろに立つシリルと、トリスタンの姿が映った。

(そうだ！　これは大神官シリルと、神学教師トリスタンルートで起こるイベント！)

確かシリルルートでは宝珠の行方《ゆくえ》の謎解《なぞと》きがメインで、回復や解呪《かいじゅ》が必要なシーンが度々《たびたび》あり、ふたりで協力し犯人を追っていくような話だったはず。

トリスタンルートでは強奪に魔族《まぞく》が関《かか》わっていて、戦闘《せんとう》を繰り返しシナリオが進行していく。戦うトリスタンを聖女が補助し、絆《きずな》を深めていくのだ。

現在ここに、主人公であるヒロイン聖女と、ヒーローの大神官と神殿騎士《きし》が揃っている。一体どちらのルートを進むのか。だがセレナはギルバートルートがほぼ確定していたはずなのに――。

「すでに王宮では騎士団同士の衝突《しょうとつ》が起きている。王妃派、王太子派双方《そうほう》が正統性を主張し混乱状態だ」

「そんな……それではノア様が危険ではありませんか！」

「ああ。だから私もすぐに王宮に戻《もど》らなければならない。だがその前に……」

父がシリルに視線を向ける。シリルはうなずき、笑《え》みを浮かべながら一歩前に出た。

「王太子と第二王子両名から、神子《みこ》と聖女の保護を頼《たの》まれたのだ」

「ノア様と、ギルバート殿下が……？」

「教団と王家は不仲だからね～。中央政権との関係も希薄《きはく》だし。私と共に古都に身を移した方が安全だと、王子たちは判断したんだろうねぇ」

こんな時でもシリルはマイペースに語る。

笑顔も平常時と変わらないもので、逆に違和感があった。

「何とな～く嫌《いや》な予感はしていたんだ。だから王都に長居するつもりはなかったんだけどねぇ。まあ、神子にも聖女にも会えたから、目的は達成できたし、私たちは今すぐにでも引き揚《あ》げるよ。巡礼《じゅんれい》も途中《とちゅう》だけど、今は古都にいたほうが良さそうだ」

ということで、私たちと一緒《いっしょ》に行こう。そうシリルに手を差し伸《の》べられ、私は戸惑《とまど》った。

「私たちだけ安全な場所にいろと？　セレナ様は納得《なっとく》されたのですか？」

セレナは私にぴたりと寄り添《そ》いながら、苦しげに首を振《ふ》る。

「私だって、ギルバート様と一緒にいたかったです！　でも……」

ギルバートに頼みこまれたらしい。どうしても王宮から離《はな》れてほしいと。あまりにも必死なギルバートの様子に、セレナは断ることが出来なかったと泣いた。

セレナの気持ちはわかる。わかるけれど、私は――。

「オリヴィア。王都にいれば、いつこの政変に巻きこまれるかわからない。私もお前には古都で事態が落ち着くのをまっていてほしい」

「ですが、ノア様をひとり残しては行けません！」

私とノアは一蓮托生《いちれんたくしょう》なのだ。彼が苦しむ時は私も苦しむ。死ぬ時も一緒だ。気持ち的にも、設定的にも。でも父は私の肩《かた》をつかみ、珍《めずら》しく声を荒《あら》らげた。

「聞き分けなさい！　殿下はいま王宮を離れるわけにはいかないんだ！」

「お父様……」

「そしてお前がもし敵に捕《つか》まりでもしたら、殿下の足を引っ張ることになる。それこそ殿下の身を危険に晒《さら》すことになるのではないのか」

そんなことはわかっている。わかってはいるが――。

父のもっともな言葉に何も言えなくなった時、第二騎士団の騎士が駆けこんできた。青《あお》褪《ざ》めた騎士の様子に、応接室に緊張《きんちょう》が走る。

「団長！　急報です！」

「何があった」

騎士団長の顔になり振り返った父に、騎士は敬礼もそこそこに衝撃《しょうげき》の事実を告げた。

「王妃殿下の父君、ハイドン公爵《こうしゃく》が挙兵しました！」

第三章

侯爵邸《こうしやくてい》前に用意された馬車に、シリルとセレナが先に乗り込む。ヴィンセントとトリスタンは護衛の為《ため》に馬車ではなく、それぞれ馬に乗った。他《ほか》の神殿騎士は大神官がまだ王都にいると見せかける為に残り、後から追いかけてくることになっているそうだ。

私が馬車に乗る前に、父が私だけに聞こえるように囁《ささや》いた。

「オリヴィア。何かあれば離宮《りきゆう》へ行け」

「離宮……？」

離宮というのは、小神殿の傍《そば》に建つ離宮のことだろうか。先日その小神殿で、シリルが祈禱《きとう》をしたはずだ。歴代王妃《おうひ》に愛された離宮だが、エレノアには離宮は与《あた》えられていないらしいことは耳にしていた。

しかし、なぜ今離宮なのだろう。これから私は王都を出ようとしているのに。

だがそれを聞こうとすると、父は私の肩を掴《つか》み、真剣《しんけん》な顔で続けた。

「何があっても指輪を手放すな」

それだけ言うと、父はもう戻らねばと自身も馬に跨《またが》った。父の外套《がいとう》が夜の闇《やみ》の中翻《ひるがえ》る。

「お父様！」

「無事でいてくれ、私の宝よ」

馬上で父が優《やさ》しく微笑《ほほえ》む。氷の侯爵と呼ばれる父が、私だけに見せる表情だ。

「お父様も、どうかご無事で」

父はうなずくと、部下たちを引き連れ王宮へと馬を走らせていってしまった。

父の無事を神に祈《いの》りたくても、祈る相手があのショタ神だとは。

（お父様に何かあったら呪《のろ》ってやるんだから……）

父の姿が見えなくなり、私はため息をついてヴィンセントを仰《あお》ぎ見た。この国に大変革が起きようとしているのに、ヴィンセントはいつも通りの無表情だ。

「ヴィンセント卿《きょう》。出来ればあなたにもノア様をお守りしていただきたいのですが」

私の頼みに、ヴィンセントは即答《そくとう》した。

「それは出来ません」

「お願いです、ヴィンセント卿……」

「俺の主《あるじ》はオリヴィア様です。王太子殿下《でんか》ではなく、あなたに仕えることを誓《ちか》いました」

確かに、私は聖女を差し置いてヴィンセントから騎士の誓いを受けてしまった。

これはその罰《ばつ》なのだろうか。私が誓いを受けなければ、ヴィンセントは王宮騎士としてノアの傍にいたかもしれないのに。

「私に仕えると言うのなら、私の頼みを聞いてくれてもいいじゃありませんか」

「あなたをお守りすることが、俺の役目です」

ヴィンセントは頑《かたく》なだった。黙《だま》って私たちのやり取りを見ていたトリスタンが「言い合いをしている時間はないぞ」と忠告してくる。

「……わかりました。参りましょう」

ヴィンセントの説得は諦《あきら》め、このまま王都を出ることにした。ぐずぐずしていたら、セレナやシリルを政変に巻きこんでしまうかもしれない。

見送りに表に出ていた使用人たちを振り返る。すぐに歩み出てきたのは私の専属メイドのアンだった。

「オリヴィア様、これを。お荷物は最小限にということだったので、少ないですが」

差し出された鞄《かばん》を受け取り、私は改めてアンのそばかす顔を見た。

私が前世の記憶と意思を得てから、初めて会ったのがアンだ。あの日のことは、今でも昨日のことのように思い出せる。

「ありがとう、アン。……アン、本当にあなたも一緒に来ないの？」

「はい。もう決めました！　フレッドさんたちと屋敷《やしき》に残り、ここを守ります！」

「でも、ここが戦場になるかもしれないのよ？」

三年間離宮にいた時も、アンは片時も離れず傍にいてくれた。いつだって私の身の回りの世話をしてくれたのはアンだ。アンは私にとってメイドであり、友……いや、戦友のようなものだった。少々ビジネスライクな戦友ではあるが。

「きっと旦那《だんな》様が何とかしてくださいます。だから事態が収まったら、絶対無事でお戻りくださいね？　アンはもうお嬢様《じょうさま》なしでは生きられないんですから。金銭的な意味で！」

こんな時でもブレないアンに、私は思わず笑ってしまった。

私の心配を吹《ふ》き飛ばしてくれたアンを抱《だ》きしめる。

「いいわね、アン。絶対にムリはしちゃダメよ！」

「お嬢様こそですよ！　いつも危ない目に遭《あ》ってるんですから！」

反論できずに「うぐぅ」と変な声が出た私に、アンは泣きながら笑った。

「行ってらっしゃいお嬢様！　どうかご無事で！」

アンたちに見送られ私が馬車に乗りこむと、時間が惜《お》しいとばかりに馬車は走り始めた。

泣きそうになってしまい、最後まで侯爵邸を見続けることが出来なかった。

「オリヴィア様、大丈夫《だいじょうぶ》ですか……？」

隣《となり》に座るセレナが心配そうに声をかけてきたが、セレナこそ何日も寝《ね》ていないような顔をしている。

「こんな風に言うのも何ですが、オリヴィア様が一緒で良かったです」

「それは私もです……。セレナ様、手を握《にぎ》っても？」

「も、もちろんです！」

私とセレナが手を握り合うと、向かいに座った大神官もなぜか手を差し出してきた。

「私の手も握る？　落ち着けるよう祈りを捧《ささ》げるよ」

本気で言っているのだろうか。セレナが隣で固まってしまったではないか。

「シリル様は、随分《ずいぶん》落ち着いていらっしゃいますね」

お忍《しの》びで王都に入り、こんな大変な事態に遭遇《そうぐう》してしまったのだ。不安はないのだろうか。しかしシリルは私の言葉に、バカなことをとばかりに笑った。

「私は大神官だよ？　創造神様のご加護を信じているのさ」

(それ、一番信用しちゃいけないやつ……)

神子《みこ》らしからぬツッコミを脳内で入れながら、私はただ、私の大切な人たちの無事を祈るのだった。


途中《とちゅう》、念のため別の馬車に乗り換《か》えた際、私たちはそれぞれ変装をした。

商団関係者とその護衛という設定だが、ヒロインと攻略《こうりゃく》対象者、そして悪役令嬢という面子《メンツ》なので、どうしても華《はな》やかさは消しきれない。こういう時に美形は不便だなと思う。

平民女性の格好に扮《ふん》したセレナは、王宮のある方向の空を見上げてはため息をついた。

「ギルバート殿下が心配なのですね」

私が声をかけると、セレナはハッとした顔をしてからうなずいた。

「心配です。色々な意味で……。あの、オリヴィア様。今回のことは、ギルバート様が望んでいたわけじゃないんです！」

「わかっています。ギルバート殿下は、いつもノア様を立てていらっしゃいましたし。おふたりの仲はそう悪いものではなかったと、私も思っておりますから」

私の言葉に、セレナはほっとしたように肩《かた》から力を抜《ぬ》く。

「そう、そうなんです。でも、だからこそギルバート様のお心が心配で……。出来ればお傍にいたかった」

涙《なみだ》を耐《た》えるように目を瞑《つぶ》り、セレナは祈る形に手を組む。その姿を見て胸が痛んだ。

「以前から、ギルバート殿下はセレナ様を王宮から遠ざけようとされていましたね。今回のようないざこざには巻きこみたくなかったのでしょう。それに……」

言い淀《よど》んだ私に、セレナは「王妃様のことですよね」と悲しげに呟《つぶや》いた。

本来の物語であれば王太子になるはずだったギルバート。彼はノアが生き延びたことで、現王妃の実子でありながら第二王子という複雑な立場になってしまった。

通常のギルバートルートでは王妃と対立することはなかったはずだ。ただ、ファンディスクでは物語の真の黒幕は王妃となっていたようなので、もしかしたらそこで争うこともあったのかもしれないけれど。

「ギルバート殿下から、何か聞いていらっしゃいましたか？」

「いいえ。でも何となく、ギルバート様が私を王妃《おうひ》様に会わせないようにしているのは感じていました」

やはりギルバートはセレナを守ろうとしていたのか。味方もなく、ひとりきりで。

「今の王妃様は恐《おそ》ろしい方だってことは、私も聞いているよ～」

まるで世間話でもするように、シリルが普段《ふだん》通りの調子で話に入ってくる。

「シリル様もですか？　古都まで王妃様の話が？」

「教団の信者が何人いるか知ってる？　国中の情報が古都には入ってくるんだよ。例えば、王の隣に咲《さ》く花は、美しいが決して近づいてはならない毒花だ、とかね。神官たちが大げさに言ってるだけかと思っていたけど……どうやらそうでもないみたいだね？」

青褪《あおざ》めながら手を握り合う私たちの反応に、シリルは感心したようにうなずいた。

「こうなってくると、前王妃を暗殺した、なんて噂《うわさ》も信憑性《しんぴょうせい》を帯びてくるなぁ」

「そんな噂までご存じなのですか」

「まあね～。古都の年寄りはお喋《しゃべ》りが好きだから。王妃が噂通りの毒花でも、ふたりの王子はまともなようで少し安心したよ」

今の状況《じょうきょう》はちょっと心配だけど、と付け足しシリルはにっこり笑った。

「出来たら王子たちが協力して王妃を討《う》ってくれると、万々歳《ばんばんざい》だよね？」

あまりにも率直《そっちょく》すぎる意見に、私とセレナはポカンとしてしまった。

「神に仕えるお方が、なかなか過激な思想ですね」

「そう？　もっと言ってあげようか。私たちは王家のあれこれに口を出す権限はないけれど、抵抗《ていこう》する手段ならそれなりにある。特に君たちを守るという口実でなら、いくらでもやりようがあるよ。ある意味内輪揉《うちわも》めをする王家よりも、神子と聖女を擁《よう》する教団の方が民衆の支持は得られるだろうね」

エスカレートしていくシリルの発言に、セレナは小さく震《ふる》え出した。

「ま、まさか。いざとなったら、教団が王家と戦うと……？」

「もしもの話さ～。その為《ため》には君たちには無事でいてもらわないとね」

どこまでも軽い調子で話すシリルは、本気なのか冗談《じょうだん》なのかわかりにくい。

どう反応していいのか判断出来ずにいると、馬車の外が騒《さわ》がしくなってきた。小窓から様子をうかがうと、既《すで》に王都の門の前まで来ていたようで、民衆が大勢集まっていた。

「すごい人ですね……」

「どうやら王都を出ようとする民《たみ》と衛兵が言い争っているみたいだね」

王宮で政変が起きた影響《えいきょう》が、市井《しせい》にも出てしまっているようだ。

騎士《きし》が数名到着《とうちゃく》したが、騒ぎが収まる様子はなく、とうとう民衆が雪崩《なだれ》のように殺到《さっとう》し、閉じられていた門が民衆の手によって開かれていった。

「あっ！　門が……っ」

「この機に乗じて門を突破《とっぱ》する。多少荒《あら》い運転になるぞ。絶対に顔を出すな」

御者台《ぎょしゃだい》へと移動していたトリスタンが淡々《たんたん》と告げた途端《とたん》、馬車が勢いよく走り始める。

民衆の怒号《どごう》、馬の嘶《いなな》きがあらゆる方向から響《ひび》いてきた。「危ない！」「早く行け！」「順番だ！」「止まれと言っているのが聞こえないのか！」と、まるで暴動でも起きたかのような喧騒《けんそう》の中、私たちはひたすら身を小さくして王都を出る時を待った。

私とセレナは寄り添《そ》い震えていたけれど、ふと見たシリルはひとり、憂《うれ》いの表情を小窓に向けていた。

【SIDE：Noah】

王太子ノアが王宮前庭で騎士たちを揃《そろ》え出陣《しゅつじん》の準備をしていると、大神官や聖女を秘密《ひみつ》裏《り》に逃《に》がす為に外に出ていたアーヴァイン侯爵《こうしゃく》が戻《もど》ってきた。

ノアは近衛《このえ》の隊長に指示を出してから侯爵に駆《か》け寄る。

「オリヴィアは？」

ノアの問いを予想していたように、侯爵は礼を取りながらすぐに答えた。

「ご命令通り、大神官と共に王都から脱出《だっしゅつ》させました」

「そうか。……古都まで無事にたどり着いてくれるといいのだが」

無事を祈《いの》ることしか出来ない自分に腹が立つが、ノアは王太子としての立場を捨てられない。歯痒《はがゆ》い思いを呑《の》み込み、空を見る。オリヴィアは今頃《いまごろ》、どんな気持ちで古都へと向かっているだろうか。

「……娘《むすめ》は最初、古都行きを拒否《きょひ》しましたよ。殿下《でんか》をひとり残しては行けないと」

そう言ったオリヴィアの姿を想像し、ノアはグッと奥歯を噛《か》みしめる。

「僕も、オリヴィアをひとり行かせるのは嫌《いや》だった。傍《そば》で僕が守りたかったさ」

「殿下の英断に感謝いたします」

アーヴァイン侯爵の慰《なぐさ》めに、ノアは皮肉げに笑った。

今すぐ追いかけて抱《だ》きしめに行きたい。なぜ、それが出来ない。敵がいるからだ。平和を脅《おびや》かす憎《にく》き敵が。だったらその敵を一秒でも早く蹴《け》散《ち》らし、迎《むか》えに行けばいい。

「侯爵も彼女だけ送り出すのは不安だったろうに、よく残ってくれた」

「それが臣下の務めですから。娘には優秀《ゆうしゅう》な護衛騎士がついています。彼の実力は信頼《しんらい》できる。何より娘には創造神のご加護があります。必ず神がお守りくださるでしょう」

「神か……」

その神を、神子本人はどうも信頼していないような雰囲気《ふんいき》が言葉の端々《はしばし》に感じられていたが。果たして神の加護を信じて良いものかどうか。だが、今は信じて祈るしかない。

ノアは剣《けん》を取り、しっかりと前を見据《みす》えた。

「では行くぞ。まずは父上を救出せねば」

「はっ！」

ノアはアーヴァイン侯爵を始めとした第二騎士団の騎士たち、それから自身の近衛騎士を引き連れ王の寝所《しんじょ》へと向かった。

途中《とちゅう》王妃側の騎士たちと何度か戦闘《せんとう》になったが、予想していたよりも遥《はる》かに数が少ない。不審《ふしん》に思いながらも、先頭に立ち剣を振《ふ》るっていれば、然《さ》して時間もかからず寝所までたどり着いてしまった。

だが以前はいた寝所の前の護衛がおらず、その不可解さに思わず足を止める。

「……なぜ誰《だれ》もいない？」

アーヴァイン侯爵と顔を見合わせる。罠《わな》かもしれない、と警戒《けいかい》しながら中に入ったが、まったく人の気配がない。やはり中にも騎士どころか医官、侍従《じじゅう》さえいなかった。

「見張りさえひとりもいないとはどういうことだ」

「やはり罠でしょうか。殿下、お気をつけください」

慎重《しんちょう》に寝台に向かうと、空かと思ったそこには父王が横たわっていた。

あまりに血の気のない顔と、呼吸の音さえ聞こえないことに、ノアは青褪《あおざ》める。

「父上……っ」

そっと父の口元に耳を近づける。すると、止まっているように見えた息が微《かす》かにかかった。首元に触《ふ》れると微かに脈もあった。

「王太子殿下。陛下はご無事ですか」

「……息はある。医官を呼べ！」

安心で膝《ひざ》が崩《くず》れかけたが、無理やり自身を奮い立たせ指示を飛ばした。

「寝所内を隈《くま》なく捜《さが》せ！　王宮内で捜せていないのは、ここと王妃宮だけだ！」

寝台を離《はな》れ、ツカツカと壁際《かべぎわ》に寄る。

壁掛《かべか》けの燭台《しょくだい》に手をかけ、強く下に引くと、棚《たな》が音を立てて動き、狭《せま》く暗い通路の入り口が現れた。これは王族だけに知らされている、非常時に利用する脱出経路のひとつだ。

「この隠《かく》し通路内を念入りに捜せ。中に敵が潜伏《せんぷく》している可能性もあるから気をつけよ」

この通路を王妃が知っていたかはわからない。

随分《ずいぶん》とこの部屋を王妃の陣営《じんえい》に占拠《せんきょ》されていたが、通路が発見されていなければ、宝珠《ほうじゅ》はここにある可能性が高い。というか、他《ほか》の隠し通路は捜索《そうさく》済みで、他に思い当たる場所がもうないのだ。

必ず宝珠はここにある。その確信にも似たノアの願いは叶《かな》わなかった。

「申し訳ありません、殿下……」

宝珠を見つけられず頭を下げる騎士たちに、ノアはため息を飲み込み首を振る。

「謝る必要はない。見つからなければ出口を塞《ふさ》げ。恐らくもうこの道は使えない」

王妃《おうひ》に見つかった可能性があるのなら、通路はまた別に作らねばならない。

新しく指示を出していると、アーヴァイン侯爵が戦況《せんきょう》を報告してきた。

「殿下。王妃一派は王妃宮に集まり、抗戦《こうせん》の構えを見せているそうです」

「そこに王妃はいるのか？」

「今の所、王妃も第二王子殿下も姿を見せていないと」

「そうか。まだ向こうも宝珠を見つけたわけではない……」

言葉にしながら、違和感《いわかん》が膨《ふく》らむのをノアは感じた。

なぜ、王妃は宝珠の在り処《か》を掴《つか》んでいない半端《はんぱ》な状況《じょうきょう》で動き出したのか。

このまま宝珠が見つからなければ、現状第二王子であるギルバートを王位に就《つ》かせる為に何枚もの壁《かべ》を壊《こわ》すような強硬《きょうこう》手段を取らなければならなくなる。念願叶いギルバートが王になったとしても、教会や民衆の反発は免《まぬか》れず、安泰《あんたい》の治世になるとはとても思えない。

前王妃を排除《はいじょ》し、ノアの命を狙《ねら》い続け、聖女を手にし、ここまで用意周到《よういしゅうとう》に動いてきたあの毒婦が、なぜここに来てこんな粗雑《そざつ》な手段を取ったのか。

ふと、書棚《しょだな》を見ると小さな絵が飾《かざ》られていることに気がついた。描《えが》かれていたのは見覚えのある美しい貴婦人。今は亡《な》きノアの母親、前王妃だった。

「殿下。いかがいたしますか」

「……アーヴァイン侯爵。現在王宮に残っているのは近衛隊と？」

「我が第二騎士団の中隊三隊です。他は全《すべ》てブレアム総団長が率い、王都郊外《こうがい》にて陣形《じんけい》を広げ、ハイドン公爵軍の侵攻《しんこう》に備え待機しております」

王妃の父・ハイドン公挙兵の報《しら》せに王宮には激震《げきしん》が走った。だがノアはいずれこうなるだろうことは、ずっと以前から予想していた。

ハイドン領はイグバーン王国一の広さを誇《ほこ》り、その中には辺境も含《ふく》まれている。深い森の広がる山を有し、常に他国の侵略、それから魔獣《まじゅう》の襲撃《しゅうげき》に備え軍を配備しているのは周知の事実。そして最近軍事面の強化が進められているとの情報も得ていた。何か企《たくら》んでいるだろうことは明らかであり、そこには必ずエレノアが関《かか》わっているだろうと考えていた。

侯爵の答えにうなずくと、ノアはマントを翻《ひるがえ》し騎士《きし》たちの顔を見据えた。

「では、近衛隊は国王陛下を安全な王太子宮へとお連れし警護に当たれ！　第二騎士団は二隊で王妃宮を包囲し、出入りを封《ふう》じよ！　こちらからは攻《せ》めず、出て来た者だけ拘束《こうそく》、連行するように！　残り一隊は僕に続け！」

騎士たちは王太子の命令に士気を上げ、勇ましく返事をすると一斉《いっせい》に動き出した。

そのまま剣を持ち寝所を出ようとしたノアを、アーヴァイン侯爵が慌《あわ》てて止めに入る。

「殿下、どちらへ？」

「離宮《りきゅう》へ向かう」

「離宮というと、大神官が祈禱《きとう》を捧《ささ》げた――」

「そう、湖の小神殿のある離宮だ」

その湖畔《こはん》に建つ離宮は、歴代の王妃が所有してきた別荘《べっそう》で、ノアの母親である前王妃も深く愛した、思い入れのある建物である。美しく透《す》き通る湖は国の中心にあり、創造神デミウルがはじめて流した涙《なみだ》で出来た、などという逸話《いつわ》もある、王都の聖域とされていた。

国王と前王妃が仲睦《なかむつ》まじく余暇《よか》を過ごしていたことでも有名な離宮だが、あそこは滅多《めった》に使われることがなく、元々警備が薄《うす》い。そんな場所に大切な宝珠を隠すだろうか。

それもあってか、侯爵《こうしゃく》は意外そうに目を見開いたが、すぐに表情を引き締《し》めた。

「では、最後の王の象徴《しょうちょう》、宝珠は離宮に？」

「わからないが残る可能性はそこしかない。アーヴァイン侯爵はここに残って指揮をとれ」

「なりません、殿下！　私も殿下と共に参ります！」

どこに伏兵《ふくへい》がいるかもわからない状況なのはノアにもわかっている。それでも信頼できる将にこの場を託《たく》さなければ、離宮には向かえない。なんとか侯爵を説得しようとした時、

「その通りです、殿下」

新たに騎士たちを引き連れ現れたのは、モスグリーンの長い髪《かみ》を束ねた貴族の男だった。

「メレディス公爵！」

「無事だったか宰相《さいしょう》」

　イグバーン王国の宰相であり、ノアの側近・ユージーンの父親でもあるメレディス公爵は、ノアに一礼すると冷静な眼差《まなざ》しを向けてきた。

　この状況下でも普段《ふだん》と変わらない宰相の落ち着いた様子に、ノアも少し平静を取り戻《もど》す。

「王宮内の敵は制圧しました。殿下《でんか》、離宮に向かうのであれば侯爵をお連れください。国王陛下の護衛と王妃宮の監視《かんし》は、私と陛下の近衛《このえ》隊長にお任せを」

「……そうだな。宰相の言う通りにしよう」

「ありがとうございます。ところで……うちの愚息《ぐそく》はお傍《そば》には？」

　ただの確認《かくにん》か心配か。宰相の問いに、ノアは彼とよく似た男の姿を思い浮《う》かべ微笑《ほほえ》む。

「ユージーンには別の仕事を頼《たの》んでいる」

「そうでしたか。お役に立てているのなら良いのです」

「もちろん、もうひとりにもだ」

　一瞬《いっしゅん》、宰相の動きが止まるのがわかった。

　もうひとりの宰相の息子《むすこ》、ヴィンセント。今は騎士団長ブレアム公爵の養子だが、本来彼は宰相の長男で、ユージーンの腹違《はらちが》いの兄だ。宰相が現在ヴィンセントに対しどういう気持ちでいるのかわからないが、伝えておくべきだと思った。

「彼らにしか任せられない重要なことがあってね」

「……光栄の極《きわ》みです」

幾分神妙《いくぶんしんみょう》な様子で頭を下げた宰相にうなずき、ノアは今度こそ歩み始める。

「ではここは任せた。行くぞ、侯爵！」

「御意《ぎょい》」

「殿下。あの女の居所は不明のままです。どうかお気をつけください」

そんな宰相の言葉を背中に受けながら、ノアは振《ふ》り返ることなく王の寝所《しんじょ》を後にした。

離宮に到着《とうちゃく》する頃《ころ》にはすっかり夜も更《ふ》けていた。

湖に映る月がやけに明るく見えるのは、辺りに明かりが一切《いっさい》ないせいだ。

普段使われていない離宮でも、管理と警備をする者は常駐《じょうちゅう》している。湖の中心に建つ小神殿には神官も在籍《ざいせき》し、魔除《まよ》けに聖なる篝火《かがりび》が夜通し焚《た》かれているはずだが、人の気配も明かり一つもない。

嫌《いや》な予感は的中した。まず離宮に向かうと、入り口にも建物の中にも人の姿はなく、代わりにあったのは、騎士や侍従《じじゅう》たちのものであろう衣服や装備品だ。それはホールや廊下《ろうか》に脱《ぬ》ぎ捨てたかのように無造作に置かれ、傍には灰のようなものがあった。

「これは……」

「殿下。不用意に触れてはなりません」

しゃがみこみ確認しようとしたノアを、侯爵が止める。

伸《の》ばしかけていた手を戻し、ノアは立ち上がった。

「侯爵。僕はこの灰に思い当たる節があるぞ」

「奇遇《きぐう》ですね。私にもございます」

目を合わせ、互《たが》いにうなずく。

「……魔族だな」

王宮で魔族に体を乗っ取られたオリヴィアの義母、侯爵の後妻は最後灰になって消えた。

王都連続失踪不審死《しっそうふしんし》事件では、魔族の毒にやられた人々が、固い岩になり、砂のように崩《くず》れて死んだ。目の前の灰は、それとよく似ている。

「殿下。私の傍から離《はな》れませんよう」

最大限警戒《けいかい》を強めながら離宮を探索《たんさく》したが、やはり宝珠《ほうじゅ》は見つからなかった。

あちこち荒《あ》らされた形跡《けいせき》があり、すでに敵が離宮内を調べていたことがわかる。離宮の地下から天井裏《てんじょう》まで調べつくしたが、手掛《てが》かりひとつない。

「ここにもないか……」

「戻られますか」

侯爵に問われ、ノアは窓から湖を見る。月の反射する湖に、神殿が暗く浮かんでいた。

「いや……神殿内も見てみよう」

騎士たちを数名連れ、湖にかけられた石橋を渡《わた》り小神殿に向かう。

篝火の消えた入り口の前にも、神殿騎士の服と装備品が落ちていた。風に吹《ふ》かれて散ってしまったのか、灰は見当たらない。

「神殿騎士もやられたか」

「後で教会側がうるさいでしょうね」

「離宮の者たちも含め、丁重《ていちょう》な弔《とむら》いを」

騎士に指示を出し、ノアは自ら神殿の扉《とびら》に手をかけた。

「殿下。もう少し警戒をしていただかなくては」

「さすがに魔族も神殿内部には入れまい」

侯爵が止めるのも聞かず、そのまま扉を開き中に入る。

中も明かりがなく、人の気配もない。静まり返った神殿内部を見回し、ノアはパチンと指を鳴らした。途端《とたん》に壁際《かべぎわ》を電撃《でんげき》が走り、壁掛《かべか》けの燭台《しょくだい》に一斉に火が灯《とも》る。

「神殿長！　無事か！」

声を張ったが、広い天井に響《ひび》き渡っただけで返事はない。騎士たちも中に入れ、蔵書室や執務《しつむ》室を調べさせる。しかしいるはずの神殿長の姿はなかった。

ノアはいくつも並ぶ長椅子《ながいす》のひとつひとつを確かめながら、デミウル像の祀《まつ》られた祭壇《さいだん》へと足を進める。

「いませんね。まさか……」

背後で侯爵が硬《かた》い声で呟《つぶや》いた時、ノアはたどり着いた祭壇で発見してしまった。

「その、まさかのようだ」

月の明かりが差しこむ祭壇の裏。デミウル像に見下ろされ、神官服と灰が人の影《かげ》のように残されていた。アーヴァイン侯爵の顔が、みるみる険しくなっていく。

「これは……神官まで」

神殿内で、高位神官が魔族に殺された。この事実は脅威《きょうい》だ。魔除けと加護が強い神殿に侵入《しんにゅう》し、神殿内でも変わらず力を振るうことができる魔族がいる。しかも魔族にとって天敵と言える、神力の強い高位神官を砂にした相手。

「一体どれほど高位の魔族でしょうか」

「さあな。少なくとも、加護や高位神官レベルの神力をものともしない相手ということだ」

ノアの頭に、王都を騒《さわ》がせた事件の際に現れた、大公と呼ばれていた魔族が浮かぶ。

あれが神話に登場する本物の大公ならば、神官を手にかけるなど容易《たやす》いことだろう。魔王の次に強い存在なのだから。

それから神殿内を隅々《すみずみ》まで捜《さが》したが、結局宝珠を見つけることはできなかった。

「ここにもないのか……」

祭壇の奥に飾《かざ》られた、創造神と火竜《かりゅう》の像を見上げる。

信仰心《しんこうしん》は人並み以上にあるほうだ。何せ神子《みこ》を婚約者《こんやくしゃ》に持つのだから。だが、今はその信仰心が揺《ゆ》らぎかけている。なぜ神はこんなにも、オリヴィアや自分に試練を与《あた》えるのか。

「父上、一体あなたはどこに宝珠を隠《かく》したのです……！」

思わず叫《さけ》んだ時、火竜の像の口の中に、何かが見えた気がした。

目をこらし、手を伸ばしかけた時、突然《とつぜん》すぐ後ろに複数の気配が現れた。

「まあ、王太子も知らされていなかったの」

かけられた声に振り返りながら、同時に剣《けん》を抜《ぬ》き払《はら》う。

しかし相手は一瞬のうちに祭壇の向こうに移動していた。豪奢《ごうしゃ》な赤いドレスの女に、仮面をつけた背の高い貴族風の男が寄り添《そ》っている。

「せっかく待ってやったのに、無駄《むだ》だったみたいね」

顔を隠していた扇《おうぎ》を下ろすと、現れたのは異母弟と同じ新緑の瞳《ひとみ》と、毒のある微笑み。

「お前は……エレノア！」

行方《ゆくえ》がわからなかったノアの宿敵、王妃《おうひ》エレノアがそこにいた。

隣《となり》にいるのは魔族だ。頭の上にそそり立つ角が、差しこむ月の光で禍々《まがまが》しく光る。

「まあ。義理の母を呼び捨てるなんて、礼儀《れいぎ》がなっていないわね」

「戯言《たわごと》を！　王冠《おうかん》と王笏《おうしゃく》を返せ！　あれは父上のものだ！」

ペガサスを召喚《しょうかん》し、剣を構えるノア。アーヴァイン侯爵《こうしゃく》や他《ほか》の騎士《きし》も、ノアを守るようにして魔族を囲んだ。

「そうねぇ。王とあなたが死んだら、墓に手向《たむ》けてあげるわ。そんなものが作られればの話だけれど」

「やはりお前が父を……！」

ノアが剣を振り下ろすと、青白い電撃がエレノアを襲《おそ》った。だが魔族の男が軽く手をかざしただけで、電撃は進路を真上に逸《そ》らされる。天井が壊《こわ》れ、無数の瓦礫《がれき》が降ってきた。

「あなたの父親は中々しぶとい男だわ。結局象徴《しょうちょう》も三つ揃《そろ》わなかったし、思った通りにはいかないものね」

「貴様……っ」

「でも、王も象徴もそれほど重要じゃなくなった。すでに次の段階に入っているのだから」

意味ありげに呟くと、エレノアは魔族にしなだれかかる。

魔族はエレノアの腰《こし》に手を回すと、ふわりと宙に浮《う》かんだ。

「王太子。お前はいつまでも宝探しを続けていればいいわ」

「何を……」

「その間に、彼がこの国を壊してくれる」

エレノアは徐《おもむろ》に魔族の仮面を外した。

現れたのは、あの事件の夜、突如《とつじょ》として現れた大公と呼ばれる魔族だった。

「お前は……大公というのは本当か！」

大公は煩《わずら》わしげな目をノアに向けると、指を鳴らした。

すると穴の開いた天井から次々と、人型の魔族や魔獣《まじゅう》たちが降ってきた。大公を囲むどころではなくなり、新たな魔族や魔獣と、騎士たちが交戦を始める。

「エレノア！　王妃が魔族と契約《けいやく》するなどあってはならないこと！　乱心したか！」

「乱心？」

ノアの非難の叫びに王妃は一瞬《いっしゅん》目を丸くすると、たまらないとばかりに笑い声を上げた。

「あははは！　ええ、そうね！　お前の父親に嫁《とつ》いだ時にはすでに、私はおかしくなっていたのよ！」

笑いが止まらない王妃を、ノアは怒《いか》りに震《ふる》えながら睨《にら》みつける。

これほど人を恨《うら》み、憎《にく》んだことはない。目の前にいる女は、ノアにとって何度殺したとしても恨みを消すことの出来ない相手だ。

「お前の狙《ねら》いは何なのだ！　魔族を使い、僕を殺し、ギルバートを王にすることか！　それを成したとて何になる⁉　お前は一体何がしたい！」

国を混乱に陥《おとしい》れ、この先何が待っているかわからないほど愚《おろ》かな女ではないはずだ。

エレノアは笑いを収めると、扇で顔を隠して言った。

「その答えは、墓の下で知るといいわ」

黒い影がエレノアと大公を一気に包み込んでいく。

反射的に電撃を走らせたノアだったが、黒い影に弾《はじ》かれた。

「待て、エレノア！」

「可哀想《かわいそう》な王太子に教えてあげる。反乱軍はもうすぐそこまで来ているわ。率いるのは私の愛するギルバートよ」

エレノアの言葉に、ノアは信じられない気持ちで頭《かぶり》を振《ふ》った。

「息子《むすこ》を戦いの道具にしたのか！　あいつはこんなことは望んでいないはずだ！」

「そうね。本当にバカな子。だから自ら望めるようにしてあげるのよ」

憐《あわ》れむような声だった。嫌《いや》な予感がノアの中で膨《ふく》らむ。

「あいつに何をするつもりだ」

「……王太子。お前は何を守り、何を切り捨てるのかしらね」

「待て、エレノア！」

影が完全にふたりを包み隠すと、そのまま夜の闇《やみ》に溶《と》けるようにして消えてしまった。

「エレノアー!!」

襲い掛《か》かってくる魔族を剣で倒《たお》しながらノアは叫んだ。怒りが溢《あふ》れて止まらない。なぜあんな邪悪《じゃあく》な者が存在するのか。なぜあれが王妃なのか。

残った魔族と魔獣をすべて倒し、ノアは怒りに任せ床《ゆか》に剣を突《つ》き刺《さ》した。どす黒い感情に呑《の》まれかけていたノアの肩《かた》を、アーヴァイン侯爵が強く摑《つか》み揺さぶってくる。

「殿下《でんか》。戻《もど》りましょう」

ノアが昏《くら》い目を向けると、理知的な瞳が叱《しか》るように見据《みす》えてきた。

「向こうに第二王子殿下がいるとなると、こちら側にも戦う正当な理由が必要です」

そうだ、ギルバート。邪悪な母親に巻きこまれてしまった憐れな異母弟が、戦場で待っている。

「僕たちが、その理由となるか。……行くぞ」

「どこまでもお供いたします」

宝珠《ほうじゅ》は見つからなかった。やるべきことは、絞《しぼ》られた。


門前の混乱に乗じなんとか王都を脱出《だっしゅつ》した私たちは、街道《かいどう》を休まず走り抜け森に入った。

一度馬を休憩《きゅうけい》させる為《ため》に馬車が停《と》まる。大神官が外へ出たので、車内でセレナとふたりきりになった。

「殿下たちは、大丈夫《だいじょうぶ》でしょうか……」

「ギルバート殿下は王妃様の実の子ですし、命の心配はないでしょう。大丈夫です」

答えながら、しかしこれではセレナは安心できないだろうこともわかっていた。

（ノアと対立してしまった場合、どうなるのかはわからないものね）

ノアからギルバートを傷つけることはないとしても、ギルバートが王妃《おうひ》側につき、ノアに剣を向けた場合の安全の保証はない。それはノアにも言えることだ。そうならないことを願うしかなかった。

「あの……オリヴィア様にこんなことを聞くのは、いけないと思っていたのですが……」

言いにくそうなセレナの様子に、私は首を傾《かし》げる。

「何ですか？　遠慮《えんりょ》せず、何でも話してください。私たち、お友だちでしょう？」

私の言葉に、セレナはなぜか泣きそうな顔をした。

「ご、ごめんなさい。友だちはちょっと図々《ずうずう》しかった――」

「オリヴィア様は！」

「はい!?」

「オリヴィア様は……ギルバート様のことを、どう思っていらっしゃいますか？」

何やら思いつめた顔のセレナに詰《つ》め寄られ、私は戸惑《とまど》う。

「ギルバート殿下、ですか……？」

「ギルバート様のこと、お嫌《きら》いですか？」

嫌いかという問いに答えるとするなら――正直微妙《びみょう》だ。逆行前のギルバートは毒を盛ってやりたいくらい嫌いだが、今の彼にはそんなドス黒い感情は持ち合わせていない。

攻略《こうりゃく》対象として俺様キャラは好みではない。好みではないけれど、不器用で兄に対しコンプレックスを抱《いだ》いていて、囚《とら》われた私を救おうとしてくれたり、王妃からセレナを守ろうとする、優《やさ》しい心を持っているギルバートのことは、人として好ましく思ってはいる。

けれどそんな複雑な感情を上手《うま》く口にできる気がしないので困った。

「それとも、好ましく思っていらっしゃいますか？」

「いえ、あの……」

「もちろん、オリヴィア様が王太子殿下のことを深く愛していらっしゃるのはわかっています！　王太子殿下は素敵《すてき》な男性ですし、オリヴィア様のことをとても大切にされてますし。でも、ギルバート様だってオリヴィア様のこと……」

段々と声が弱々しくなっていくセレナを見て、彼女が何を言わんとしていたのか、さすがに私にもわかった。

乙女《おとめ》ゲームの主人公は、恋《こい》に悩《なや》む乙女の顔をしていた。

「……セレナ様。ギルバート殿下にとって、私はただの兄の婚約者《こんやくしゃ》です」

「そんなはずありません！　ギルバート様はオリヴィア様のことを、特別に思っていらっしゃいます……」

「ギルバート殿下が特別に思っていらっしゃるのは、私ではありません」

しっかりとセレナの手を握《にぎ》り、正面から彼女の目を見つめた。

涙《なみだ》を湛《たた》えた大きな瞳《ひとみ》が揺《ゆ》れる。不安でセレナの心が弱っている。私と違《ちが》って、セレナには知らされていないことが多いせいもあるだろう。

王妃がノアの命を脅《おびや》かし続けていることや、聖女セレナを利用しようとしていたこと、大勢の命を駒《こま》のように扱《あつか》い、捨ててきたこと。知る必要はあったのかもしれない。けれど、ギルバートはセレナには知ってほしくなかったのだろう。

「ギルバート殿下がセレナ様を王宮から遠ざけようと尽力《じんりょく》されていたのは、あなたが大切だったからです。ギルバート殿下はセレナ様を守りたかったのです。だからあなたは今ここにいるのでしょう？」

とうとう、セレナの瞳から涙がこぼれ出す。

「でも、私……何のお役にも立てなくて。守ってもらってばかりで。全然お返しが出来なくて……」

「役に立つとか、立たないとか、そういったことは、愛し愛される理由にはならない気がします」

私もそれで悩んだ時があったけれど、大切なのはそこではないと今はわかっている。

「それよりも、この騒動《そうどう》が収まって次にギルバート殿下にお会いした時は、もっと彼を頼《たよ》られてはいかがでしょう」

「頼るって、でもこれ以上何かをしてもらうわけには……」

「ギルバート殿下が自ら好きでやってきたことでしょう？　そうではなくて、セレナ様から殿下を頼り、お願いするのです。あれがしたいこれがしたい、もっと一緒《いっしょ》にいたい、とか。そう言ってもらえたほうが、ギルバート殿下はきっと嬉《うれ》しいと思います」

私がはっきりと答えると、なぜかまた、セレナはしおしおと萎《しお》れた花のように俯《うつむ》いてしまった。

「オリヴィア様は、ギルバート殿下のことがよくわかるんですね……」

なるほど、そうくるか。相当心が弱っているなと内心ため息をつく。

さすがにこれではギルバートが可哀想だ。

「すみません、私ったら……。言ってることがめちゃくちゃですね」

「セレナ様。ギルバート殿下を理解しているのではなく、ただ私ならそのほうが嬉しいと思っただけです」

少し語気を強めた私に、セレナは目を瞬《またた》かせる。

「オリヴィア様なら……？」

「そうです！　私なら、ノア様に役に立てないと距離《きょり》を取られるより、頼られたり、お願いをされる方がずっと嬉しいです！」

自分で言っていて耳が痛いやら恥《は》ずかしいやらで、叫《さけ》び出したい衝動《しょうどう》に駆《か》られる。

（まぁ、ノア様には割といつもお願いされてるんだけど！　主にイチャイチャする種類のやつで！）

やけくそ気味になった私に、セレナはしばらくポカンとしていたけれど、やがて小さく笑って、涙を拭《ぬぐ》った。

「そうですね……次にギルバート様にお会いしたら、やってみます」

なんとかセレナの心を落ち着かせることができたようでほっとした。

彼女には笑顔《えがお》でいてもらわなければ。聖女の笑顔は世界を救う。冗談《じょうだん》ではなく、セレナの笑顔にはそういう力があるのだから。


森の夜は想像以上に静かで暗かった。高い木々が夜空の星を隠《かく》し、焚火《たきび》の明かりだけが辺りを照らしている。

森の途中《とちゅう》まで進んだ所で日が沈《しず》み、私たちは野宿を決めて火を起こした。

「まさかセレナが魚釣《さかなつ》りの名人だとは、意外だったなぁ」

焚火の傍《そば》で焼かれる魚を見つめながらシリルが楽しげに言い、セレナが照れ笑いする。

「名人というほどでは……。私、元々平民でしたから、友だちと川で魚を釣るのは夕食の調達であるのと同時に、遊びでもあったんです」

「いいなぁ。私は今日初めて魚釣りをしたよ。釣れなかったけど。次は釣れるかなぁ」

無邪気《むじゃき》なシリルの言葉に、親戚《しんせき》にあたるヴィンセントが思わずといった様子で口を挟《はさ》む。

「大神官。神官は殺生《せっしょう》は禁止のはずでは」

「ヴィンセント卿《きょう》。固いこと言わないで。今の私は商会主の跡取《あとと》り息子《むすこ》、シリルだよ」

唇《くちびる》を尖《とが》らせたシリルに、ヴィンセントは「はぁ」と納得《なっとく》しているのかいないのか、微妙な返事をする。先ほどの言葉も、シリルを咎《とが》めたというよりも、ただの確認《かくにん》だったようだ。

ヴィンセントはすぐに興味を無くしたように、傍《かたわ》らで寝《ね》そべるシロをそっと撫《な》で始める。

野宿の癒《いや》しと温《ぬく》もり要員にシロを呼び出したのだが、デトックス料理が作れない状況《じょうきょう》だとわかると、食いしん坊神獣《ぼうしんじゅう》はふて寝を始めてしまった。寝ているだけでもヴィンセントにとっては充分《じゅうぶん》癒し要員らしい。

ヴィンセントがシロに夢中になっている間に、セレナとシリルは子どもの頃《ころ》の遊びの話題で盛り上がっていた。木登りがどうとかいう会話を聞きながら、私はそっと焚火の輪から抜《ぬ》け出した。

少し離《はな》れた所で倒木《とうぼく》に腰《こし》かけているトリスタンを見つけ声をかける。

「トリスタン様。お聞きしたいことがあるのですが」

腕《うで》を組み目を閉じていたトリスタンは、顔を上げて私を見ると目を細めた。

「また、母親のことか」

「はい。以前、私の母が何者か本当に知らないのか、とおっしゃいましたよね。トリスタン様は母について何かご存じなのでしょう？」

「なぜ、そう思う」

私と同じ色の瞳が、じっと私を見上げてくる。

やはり対峙《たいじ》すると不思議な気持ちになった。懐《なつ》かしいような、そうでもないような。妙《みょう》な親近感と、引力のように惹《ひ》かれる感覚。

「先日の授業でトリスタン様が読み上げられた聖歌ですが、あれは母がよく歌ってくれた子守歌《こもりうた》でした。母の記憶《きおく》はあまりないのですが、あの歌はなぜか覚えているのです」

これは間違いなくオリヴィアの、私自身の記憶だ。

前世とは関係のない、乙女ゲーム【救国の聖女】には登場しなかったこと。

「あれは子守歌ではないのですか？」

トリスタンの視線を正面から受け止めながら問いかける。

お互《たが》いしばらく黙《だま》って見つめ合っていたけれど、先に視線を地面に落としたのはトリスタンだった。

「……お前の言う通り、あれは子守歌だ」

ドクンと大きく心臓が脈打つ。やはり、あの聖歌は母が聴《き》かせてくれた子守歌だった。

「では……」

「そして私は、お前の母を知っている」

あっさりと肯定《こうてい》を示したトリスタンに驚《おどろ》き、思わず彼に詰《つ》め寄る。

「ほ、本当ですか？　やはり、血の繋《つな》がりが？」

「まあ、遥《はる》か昔を辿《たど》れば繋がりはあるのかもしれない」

「それは、どういう……？」

随分《ずいぶん》と遠回しな表現に戸惑《とまど》うと、彼は徐《おもむろ》に立ち上がり、私を見下ろした。

指の長い骨ばった手が、私の髪《かみ》をひと房《ふさ》取る。まるで壊《こわ》れ物を扱うような、慎重《しんちょう》な手つきだった。

「我々《われわれ》は同族。そして数少ない生き残りだ」

いつも温度の感じない低い声に、わずかに温かさがこもったような響《ひび》きだった。

トリスタンは目を細めながら私をじっと見つめている。何かを、懐かしむかのように。

(同族？　生き残り？　一体どういうことなの)

戸惑いで言葉の出てこない私に、トリスタンは続ける。

「学園で私が教えたのは確かに子守歌だ。そして子守歌と対《つい》になるもうひとつの歌がある」

「もうひとつの歌、ですか？」

トリスタンは頷《うなず》き、顔を近づけてきた。まるで口づけをされるようで、固まってしまう。

「目覚めの歌だ」

「目覚め……？」

「お前も知っているはずだ。目覚めの歌は古都の神官も知らない、我々の魂《たましい》のようなもの」

「私は子守歌しか覚えていないのですが」

「聞いているはずだ、必ず。どちらか片方では意味を成さないのだから」

ますます意味がわからない。

もっと直接的な答えがほしいと思った時、背後でカサリと葉を踏《ふ》む音がした。

「ふたりで何を話してるの？」

振《ふ》り返ると、焚火の前にいたはずのシリルがすぐ傍に立っていた。

トリスタンの手が、私の髪から離れていく。

「あ……その、古都や大神殿《だいしんでん》について聞いていました。私は古都に行ったことがないので、少し不安で」

私の言葉に、シリルの背中からセレナが「私もです！」とひょっこり顔を出した。

「実は私も初めて行きます。聖域と呼ばれる場所ですし、格式高い所なんだろうなって、ちょっと心配で」

私たちの言葉に、シリルは若干《じゃっかん》あきれたように笑う。

「神子《みこ》と聖女がそろって何を言ってるんだか～。古都はいい所だよ。王都と違《ちが》って栄《さか》えているわけじゃないけど、静かで、趣《おもむ》きがあって、美しい。朝日が昇《のぼ》ると都全体が照らされ白く輝《かがや》くんだ！」

「それは素敵《すてき》ですね！　見てみたいです」

「見せてあげる。さあ、そろそろ魚が焼けた頃だよ。食べよう」

セレナとシリルが焚火の傍へと戻《もど》っていく。

私も続こうとした時、背後に立ったトリスタンが囁《ささや》いた。

「大神官を信用し過ぎるな」

その不穏《ふおん》な囁きに思わず振り返る。

「え……？」

「聖者が善とは限らない」

トリスタンは淡々《たんたん》と言った。とても神殿騎士《きし》の言葉とは思えない。

「それは……大神官様は、悪ということですか」

「善悪は立場で決まるものではないということだ。そもそも善と悪のふたつにはっきりと分かれているわけでもない。ふたつは大抵《たいてい》混じり合っている。その混じり具合に違いがあるだけだ」

確かにその通りではある。人には善い部分と悪い部分があるのは当然で、私だって神子などと呼ばれているけれど、元々は悪役令嬢《れいじょう》。悪人だとは言わないけれど、完璧《かんぺき》な善人だとも言えない。

一度目の人生では神を恨《うら》んだし、今も割と根に持っているし。打算的だし、嘘《うそ》もつく。

「では、その濃淡《のうたん》によると？」

「いいや。見る者の視点による、ということだ」

つまり、熱心な創世教の信者にとっては大神官は間違いなく善だが、異教徒にとっては悪になる、というようなことだろうか。だとすれば、私にとって大神官はどうだろう。善なのだろうか。悪なのだろうか。

『大神官を信用し過ぎるな』

その言葉が、しばらく頭から離れなかった。


次の日、朝になり私たちは移動を始めた。追っ手が現れることもなく順調に森の中を進んでいたが、途中《とちゅう》不自然に馬車が停《と》まったので、シリルが小窓から外を覗《のぞ》いた。

「シリル様。何か見えますか？」

「わからない。倒木でもあったのかな？」

ほどなくして馬車の戸が開かれ、ヴィンセントが顔を出す。

「ヴィンセント卿。何かあったのですか？」

「この先に誰《だれ》かいます」

「それは……追っ手ですか？」

「わかりませんが、馬は二頭、人は男女ひとりずつのようです」

私たちが確認《かくにん》の為《ため》に馬車を降りると、確かに道の先に、木にもたれるようにして蹲《うずくま》る若い女性と、心配そうに寄《そ》り添う男性がいた。すぐ傍《そば》には木に繋がれた栗毛《くりげ》の馬が二頭。

「あれは……」

「何かあったのでしょうか」

確認してみよう、と全員でふたりの許《もと》に向かう。

シリルが慈愛《じあい》のこもった微笑《ほほえ》みを浮《う》かべながら「こんにちは」と声をかけた。

「何かお困りですか？」

私たちを見て、男性のほうがほっとしたような顔で頭を下げた。

「身重の妻の体調が悪くなってしまって、休んでいるところです」

言われて女性を見ると、確かにお腹《なか》が大きく膨《ふく》らんでいた。

この世界に生まれて初めて妊婦《にんぷ》を間近で見た。人は母親のお腹で大きくなり、生まれてくる。当たり前のことだが、やはりゲームの世界とは違うのだとより感じた。

「それは大変ですね。良ければ奥様の様子をうかがっても？　簡単なものですが、回復魔《ま》法《ほう》が使えるので」

自らそう声をかけたセレナは堂々としていた。治《ち》癒《ゆ》院でたくさんの患者《かんじゃ》に回復魔法をかけてきた経験が、彼女を強くしたのかもしれない。

　セレナの言葉に、男性はパッと顔を明るくさせた。

「本当ですか！　それはありがたい！　おい、お前。こちらの方が回復魔法をかけてくださるそうだ」

　女性がお腹をさすりながら、弱々しく私たちを見上げる。

「まあ、本当に……？　それは、ありがとうございます」

「いえいえ。気休め程度にしかならないかもしれませんが」

「とんでもない。次の町まで距離《きょり》がありますし、妻も初産《ういざん》で、どうしたらいいのかと困っていたんです。本当にありがとうございます」

　男性はセレナの手を握《にぎ》り、何度も何度も頭を下げる。

　この世界で治療《ちりょう》を受けるのは簡単なことではない。どの町や村にも医者がいるわけではなく、電話一本で救急車が来てくれることも勿論《もちろん》ない。前世では簡単に治せていた怪我《けが》や病気が、こちらでは死に繋がることもあるのだ。出産も命がけなのだろう。

「森の中で不安でしたよね。奥様、症状《しょうじょう》は？　痛みや吐《は》き気はありますか？」

　セレナが女性に寄りそうのと同時に、シリルが離《はな》れていく。

　最初に声をかけたきり、シリルは黙《だま》ってセレナを見守っていた。

「シリル様はいいんですか？」

　私も下がり、シリルに声をかけると、彼は軽く肩《かた》をすくめた。

「今の私はただの商会の跡取《あとと》り息子《むすこ》だからね」

「その正体は、稀代《きたい》の大神官様、ですよね」

「でも妊婦さんには、セレナのような女性がついたほうがいいでしょ」

意外とまともなことを言われ、私は感心しながらうなずく。

「確かにそうですね。私は回復魔法は使えませんけど、何か手伝えないか聞いてみます」

扱《あつか》えるのは毒だけど私も一応女性だし、とセレナたちの所に戻り声をかけた。

「エレナさん。お手伝いします」

エレナは偽名《ぎめい》だ。聖女や神子の名前は既《すで》に知れ渡《わた》っているので、念《ねん》のために変装する時、名前も考えておいたのだ。

「オリ――ビビアンさん。ありがとうございます」

ハッと口を一度手で覆《おお》ってから言い直すセレナの可愛《かわい》らしいこと。

気づいてえらい、と内心で彼女の頭を撫《な》でながら、座りこんだままの女性を見る。

「どうしましょう？　横になれるよう敷物《しきもの》を持ってきましょうか？　それともどこかさすりますか？」

「すみません……。では、腰《こし》の辺りをさすっていただけると……」

「謝らないでください。では、失礼しますね」

断りを入れて女性の背中に触《ふ》れようとして、首の裏に落ち葉がついているのを見つけた。

取ってあげようと、女性の首筋に触れた瞬間《しゅんかん》、頭の中で電子音が鳴り響《ひび》いた。

【ドーラ・ナッシュ】
性別：女　年齢《ねんれい》：26
状態：正常　職業：密偵《みってい》・王妃《おうひ》の手先

「え――」


現れたウィンドウに、思わず後ずさりした時、獣《けもの》の遠吠《とおぼ》えが辺りに響き渡った。

いや、獣の遠吠えとは明らかに違《ちが》う、ゾッとする不快な叫《さけ》び声。

「何!?」

周囲を見回すと、木の陰《かげ》から次々と異形の獣たちが現れた。普通《ふつう》の獣とは違う大きく発達した牙《きば》や爪《つめ》、濁《にご》ったよだれを垂らし、赤い目をギラギラさせて私たちを狙《ねら》っている。

「魔獣《まじゅう》か。こんな時に……」

シリルやヴィンセントたちが周囲を警戒《けいかい》しながらこちらに寄ってくる。

セレナは青い顔をしながらも、女性の手をしっかりと握った。

「大変。馬車の中に逃《に》げなくちゃ。旦那《だんな》さんも――」

何の警戒もなく、男性と一緒《いっしょ》に身重の女性に肩を貸そうとするセレナ。

「あっ！　ダメ、セレナ様！」

セレナを偽者《にせもの》の夫婦《ふうふ》だろうふたりから引き離そうとしたが、それよりも前に女性が勢いよく立ち上がり、セレナの首にナイフを当てた。

「え――!?」

驚《おどろ》き固まるセレナ。女の足の間から、ぼとぼとと重しの入った包みが落ちる。あれを服の下に詰《つ》めて、妊婦に見せかけていたのだ。

人の好さそうな夫の振りをしていた男も、表情を消してマントの下から剣《けん》を取り出した。

「セレナ様、王妃の手先です！」

私の言葉にセレナは目を見開き、次の瞬間暴れ始めた。自分が捕《つか》まったらギルバートに迷惑《めいわく》がかかると悟《さと》ったのだ。

しかし男の方がセレナに布を押し当てると、彼女は一瞬で気をうしなったようにガクリと頽《くずお》れた。電子音がまた頭の中で鳴り響き、男の布に意識消失と麻痺《まひ》の毒が沁《し》みこんでいたのがわかった。

「セレナ様！」

私が助けようとすると、男が手を伸《の》ばしてきた。

「お前も来い！」

けれど捕まる直前に、ふたりの騎士《きし》が目の前に飛びこんでくる。

「オリヴィア様！」

「ヴィンセント卿《きょう》！　トリスタン様！」

助かったけど、シリルは⁉　と振《ふ》り返ると、シリルは光魔法の防御壁《ぼうぎょへき》を展開していた。

「ちっ。仕方ない、行くぞ」

男は一瞬で判断し、剣を収めると同時にセレナを担《かつ》ぎ上げた。

女が暗器を複数同時に飛ばし攻撃《こうげき》してくる。それをヴィンセントたちがはじき返している間に、王妃の手先たちは手際《てぎわ》よく馬に跨《また》がっていた。

馬が駆《か》けだすと、代わりのように木の上から新たな魔獣が飛び降りてきて、私たちの行く手を阻《はば》んだ。

「待ちなさい！　セレナ様を返して！　シロ！」

シロを呼び出しセレナを追いかけようとして、ヴィンセントに抱《だ》きしめられるように止められる。

「いけません、オリヴィア様！」

「でも、セレナ様がっ」

光魔法で敵の攻撃をはじきながら傍まで来たシリルが「ダメだよオリヴィア」と初めて見る厳しい顔で私を窘《たしな》めた。

「落ち着きなさい。君まで捕まったらどうするの」

「私は、でも、セレナ様は」

トリスタンが魔獣を切り伏《ふ》せながら、苛立《いらだ》ったように声をかけてくる。

「おい。聖女を取り返すより先に、こっちをどうにかしなければならないんじゃないのか」

「その通りだね」

魔獣の数が異常に多い。用意されていた罠《わな》なのだろう。

ヴィンセントも剣と魔法で次々と魔獣を倒《たお》すが、次々と新たな魔獣が現れ、すぐに動ける状況《じょうきょう》ではなくなった。

馬はとっくに私たちの視界から消え、森の奥へと行ってしまった。

「セレナ様……セレナ様――!!」

魔獣の断末魔《だんまつま》の叫びと共に、私の声が深い森に虚《むな》しく響き渡るのだった。

【SIDE：Gilbert】

夜も更《ふ》け、王妃宮は静まり返っていた。昼間は貴族派が大勢集《つど》い騒《さわ》がしかったが、いまは明かりも消え、王妃宮の入り口に築かれた防塞《ぼうさい》の篝火《かがりび》が灯《とも》るだけ。

その闇《やみ》に乗じ、ギルバートは軟禁《なんきん》されていた部屋から抜《ぬ》け出し、ひとり王妃の執務室《しつむ》に忍《しの》びこんでいた。

「ない……ここにも、ない。一体どこに……」

王妃の寝所《しんじょ》は、エレノアが不在の間に確認《かくにん》していた。寝所には王冠《おうかん》も王笏《おうしゃく》も見当たらず、あるとしたら執務室しかないと思ったのだが見つからない。

まさか国宝を持ち歩いているのだろうか。だとすると取り返すのは簡単なことではない。お付きの侍女《じじょ》が所持しているのか、それともあの禍々《まがまが》しい気配の魔族が手にしているのかでも対応は変わってくる。

一旦《いったん》部屋に戻《もど》り、別の手を考えるか。そう考えた時――。

「何をしているの？」

背後から声がして、ギルバートは勢いよく振り返る。

そこには母、王妃エレノアが入り口を背に立っていた。

「母上……」

「何をしているのと聞いたのよ、ギルバート」

コツコツとヒールを鳴らしながら、エレノアが近づいてくる。

目の前まで来ると、エレノアはため息とともに軽く頭を振った。

「あなたは王子で、次期国王なのよ？　それがこんな夜中にコソコソと、盗人《ぬすっと》のような真似《まね》をするなんて。まったく嘆《なげ》かわしい」

盗人はそちらではないか、とギルバートは奥歯を噛《か》みしめる。

父王から王冠と王笏を奪《うば》い、命と共に王座を奪おうとしているエレノアこそが盗人だ。王妃という立場にありながら国賊《こくぞく》だ。それこそ、息子《むすこ》として嘆かわしい。

「俺は王にはなりません」

きっぱりと、ギルバートは母の野望に拒絶《きょぜつ》を示した。

しかしエレノアは気にした様子もなく扇《おうぎ》を広げ肩《かた》を竦《すく》める。

「そう。でも、あなたの意思は関係ないわ」

「母上！」

「それに王の座になど、もう大した意味はないのよ」

予定が崩れてしまったのだ、とエレノアはなぜか楽しげに言った。

何が楽しいのか、ギルバートには少しも理解できない。

「俺には、母上が何を考えているのかわからない……」

握《にぎ》った拳《こぶし》を震《ふる》わせながら、ギルバートはエレノアを真正面から見据《みす》えた。

「もうこのようなことはお止《や》めください、母上！」

エレノアのしていることは全《すべ》て、国に対する反逆だ。王族として恥《は》ずべき行為《こうい》だ。

第二王子でも、兄のスペアであっても、ギルバートは己《おのれ》が王族であるという矜持《きょうじ》は持ち続けてきた。それなのに、自分の母親が父を、兄を、国を裏切るなんて。とても許せることではない。

「俺と兄上を争わせて何になるというのですか。ただ国が無駄《むだ》に荒《あ》れるだけだ」

それでもギルバートはエレノアを見捨てることはできなかった。

決して愛情溢《あふ》れる人ではなかった。母親の温《ぬく》もりをくれる人ではなかった。

だが、父を含《ふく》め周りが誰《だれ》もギルバートに期待をしていなかった時も、エレノアだけはギルバートに期待をしていた。それが利己心からくるものであっても、誰かに期待されるという事実は、ギルバートにとって支えでもあったのだ。

「母上。王冠と王笏を父上に返してください。今ならまだ間に合う」

母の罪は一緒《いっしょ》にかぶる覚悟《かくご》だ。罰《ばつ》もともに受けよう。

それが済んだら王宮を出て、政《まつりごと》から遠く離《はな》れた土地で、ひっそりと暮らせたら。母が異常なまでの執着《しゅうちゃく》を手放すことが出来たなら、普通《ふつう》の親子として、これまで持てなかった家族の時間を過ごしたい。

多くを捨てなければならないが、ギルバートはそれでも良かった。しかし——。

「間に合う？　間に合うですって？」

エレノアは弾《はじ》かれたように笑いだした。まるで痙攣《けいれん》を起こしたような激しい笑いだった。

「一体何に間に合うというのかしら！」

「母上」

「これは必然。仕方がないことなの。手遅《ておく》れなのよ。私が生まれてしまった瞬間《しゅんかん》から、もうとっくに！」

エレノアの笑いは止まらない。だがその姿はギルバートの目にはなぜか、泣いているようにも映った。

戸惑《とまど》いを感じた時、バルコニーから物音がした。途端《とたん》にエレノアは笑いを止め、バルコニーを振り返る。

「来たわね」

「母上……？」

「残念ながら、あなたの覚悟とやらが決まるのを待ってあげられる時間はもうないの」

そう言うと、エレノアはバルコニーの窓を開け放った。風が吹《ふ》きこみ、カーテンが大きく揺《ゆ》れる。

「あなたが自ら私に従いたくなる、素敵《すてき》なプレゼントよ」

そこには、大きな黒い羽を広げ、魔族の男が立っていた。禍々しく反り立つ角が、恐《おそ》ろしいほど整った美貌《びぼう》が、月の光に照らされぼんやりと光っている。

そして魔族の腕《うで》の中では、ぐったりと目を瞑《つぶ》るセレナがいた。

「セレナ……！」

瞬時にイフリートを召喚《しょうかん》したギルバートだったが、突然斬撃《とつぜんざんげき》のようなものが撃《う》ち込まれ、イフリートはかき消されてしまった。

鞭《むち》のようになる魔族の尾《お》が、鋭《するど》い衝撃波《しょうげきは》を走らせたのだと気づいたのは、床《ゆか》が抉《えぐ》れているのを見てからだ。

「母上……！　一体セレナに何を⁉」

ギルバートの怒号《どごう》に、エレノアは扇で顔を隠《かく》しながらひとつため息をつくだけだ。

「何をそんなに怒《おこ》っているのかしら。聖女を保護してあげただけよ」

「保護？　ふざけるな。おい、魔族！　セレナから離れろ。彼女に手を出すな！」

魔族はギルバートを一瞬見ただけで、動かない。

お前を相手にする気はない、と赤い目が語っている。

「母上、セレナを返してください」

「ああ、可愛《かわい》いギルバート。それはあなた次第《しだい》よ」

エレノアは扇を閉じると、その先端《せんたん》をギルバートに突《つ》きつけた。

「聖女を守りたければ、覚悟を決めなさい」

母のその言葉に、ギルバートは落胆《らくたん》を超《こ》えて絶望した。

前回は脅《おど》しだった。しかし今度は違《ちが》う。実際にセレナを人質《ひとじち》にとったのだ。実の息子を、ギルバートを、操《あやつ》り人形にする為《ため》に。

エレノアの言う通り、もう手遅れなのだと悟《さと》った。

「母上……今度こそ教えてください。あなたは一体何をするおつもりですか。この国を、どうなさりたいのですか」

ギルバートの悲哀《ひあい》のこもった問いかけに、エレノアは口の端《はし》を持ち上げた。

悪意と憎《にく》しみに満ちた夜が、更《ふ》けていった。

森を抜《ぬ》けた先にあった小さな村。その村唯一《ゆいいつ》の宿屋の一室で、私はベッドに腰《こし》かけながら、もうひとつの空いているベッドを眺《なが》めた。本当はセレナが使うはずだったベッドを。

森の中で拉致《らち》されてしまったセレナ。あの後、呼び出したシロにセレナを追ってもらったけれど、彼女が戻ることはなかった。森の中はひどい臭《にお》いが充満《じゅうまん》して鼻が利《き》かないと、消沈《しょうちん》したシロだけが帰ってきた。

「オリヴィア様……」

入り口に控《ひか》えていたヴィンセントが、私の何度目かのため息のあと声をかけてきた。

「申し訳ありません」

深く頭を下げるヴィンセントを横目に、私は俯《うつむ》いたまま、またため息をついてしまう。

「それは、何に対しての謝罪ですか」

「オリヴィア様の安全を優先させ、聖女様を助けなかったことです」

私は苛立《いらだ》ちを口にしてしまいかけたけれど、唇《くちびる》を噛みしめ耐《た》えた。彼を責めるのはあまり理不尽《りふじん》だ。

「……ヴィンセント卿《きょう》は悪くありません。それに、あなたはもしあの時に戻《もど》ったとしても、また同じ選択《せんたく》をするでしょう？」

「……はい」

「正直ですね。では謝る意味はありません。私のことを守ってくださり、ありがとうございます。でも、申し訳ありませんが今はひとりにしてください」

顔を上げないまま私がそう言うと、ヴィンセントはしばらく沈黙《ちんもく》のまま立っていたけれど、やがて静かに部屋を出ていった。

ため息が止まらなかった。ヴィンセントは悪くない。彼に腹が立っているわけではない。腹が立っているのは王妃《おうひ》に。そして彼女の一番傍《そば》にいながら、助けることの出来なかった自分にだ。

私こそ、後でヴィンセントに謝ろう。そう反省した時、ノックの音が響《ひび》いた。現れたのはショタ神……ではなく、シリルだった。

「ヴィンセント卿に何を言ったの？　珍《めずら》しくしょげてたよ」

「そうですか……」

「元気がないね」

当然のことを言われ沈黙する。王妃の手先に捕《と》らわれた、ぐったりした様子のセレナが頭から離れない。

セレナの追跡《ついせき》を諦《あきら》め、この村に到着《とうちゃく》するまで半日が経《た》っていた。もう彼女は目覚めただろうか。恐ろしい思いをしていないだろうか。

「セレナは大丈夫《だいじょうぶ》だよ。聖女を殺す理由はないし、殺すつもりならわざわざ連れ去らない。命の危機はないだろう」

「……セレナ様を連れ去った目的は、一体何でしょうか」

「私は政治的なことには疎《うと》いほうなんだけどね。まあ、人質か、大義名分の為か、もしくは聖女の光魔法《まほう》が必要か。そのどれかなんじゃない？　でも正直セレナはまだまだ成長途《と》中《ちゅう》だから、光魔法が必要なら私を連れ去ったほうがいいよねぇ」

「確かに、そうですね」

「だから消去法で人質か、大義名分の為かだろうね～」

まるで他人事《ひとごと》のように話すシリルに違和感《いわかん》を覚える。なぜ彼はまったく焦《あせ》った様子がないのだろう。

「でも王妃と敵対しているのは王太子殿下《でんか》でしょ？　王太子にとって聖女は人質になるのかな？」

こてんと首を傾《かし》げて私を見るシリルに、私は目を伏《ふ》せる。

（多分、ならない。ノア様は聖女と国なら、迷わず国をとるわ。でも、ギルバートにとっては……）

セレナを盾《たて》にとられたら、ギルバートは王妃には逆らえないだろう。ギルバート自身がノアと敵対する意思がなくても、王妃の言いなりになるしかない。

「聖女が人質にならないなら、大義名分の為だろうね」

私が王族ならそうする、と呟《つぶや》いたシリルに驚《おどろ》いた。

思わずデミウルと瓜二《うりふた》つな顔をまじまじと見てしまう。

「何？　大神官がなんてこと言うんだって思った？」

「ええ……正直に言うと」

「私だから言うのさ。今の王族には詳《くわ》しくないけど、王家の過去ならよく知ってるからね」

「王家の過去、ですか……？」

シリルは両足をぶらぶらと揺らしながら、梁《はり》が剝《む》き出しな天井《てんじょう》を見上げる。

「今も変わらず、王家は欲深いね。オリヴィアは、なぜ遷都《せんと》が成されたか知ってる？　古都へリシアギが聖域と呼ばれる理由は？」

「歴史書には、そのような神託《しんたく》があったと書かれていましたが」

お妃《きさき》教育で学んだことを思い出しながら私が答えると、シリルは軽く首を振《ふ》る。

「そんな神託は存在しない。王家が捏造《ねつぞう》した偽《にせ》の記録さ」

「捏造？　王家が？」

「現王家はね、昔々、森の番人たちをそそのかし、神の遣《つか》いである火竜《かりゅう》を今の王都に移したんだ」

「王都に火竜を？　え……ええ⁉　では、王都に火竜がいるのですか⁉」

驚きのあまり立ち上がった私を見上げながら、シリルは肩《かた》をすくめた。

「さあ。今もいらっしゃるのかは不明だ。何せ御姿《おすがた》が確認《かくにん》できなくなって何百年と経っているからね」

「あ……そう、ですよね」

火竜は山のような巨軀《きょく》で、大きな羽は空を覆《おお》うと言われている。そんな火竜が王都にいれば、誰《だれ》だって気づくはず。やはり火竜は神話の中の存在であるか、王都から既《すで》に棲《す》み処《か》を移したか、とっくに亡《な》くなっているかのどれかだろう。

不敬すぎるので、とても神官の前でそれを口にするわけにはいかないが。

「神官は神に仕えし者であり、当時神の遣いである火竜にも同じようにお仕えしていた。それを火竜を独占《どくせん》していると言いがかりをつけ、古都近くの森にあった竜の棲み処を勝手に移してしまったのが王家さ」

「本当なのですか？　でも、一体なぜ……」

「自分たちこそ神の遣いを独占したかったってわけ。吐《は》き気がするほど強欲《ごうよく》じゃない？」

シリルは笑顔《えがお》で言ったが、その目は笑っていなかった。王家を軽蔑《けいべつ》していると、彼の目が物語っている。王家と教会の不仲は、遷都がきっかけだったのかもしれない。

「火竜の移動とともに、ほとんどの森の番人たちも王都近くの森に移ったけど、火竜の姿が消えると同時に彼らもいなくなってしまった。王家に始末されたのだろうと、大神殿の記録に残されているよ」

「そんな、まさか……」

「神子《みこ》であり、未来の王太子妃である君は、そんな王家の所業をどう思う？」

母の子守歌《こもりうた》をかつて歌っていた、忘れ去られし一族。その一族を、王家が滅《ほろ》ぼした？ 神子としての資質を試《ため》すかのような問いかけに、私は何も答えることができなかった。

明朝、私は外から聞こえてきた声で目が覚めた。

ベッドから身体《からだ》を起こし、窓辺に向かう。外を見ると、宿屋の庭に人が集まっていた。その中にシリルやトリスタンもいたので、急いで着替《きが》えて廊下《ろうか》で護衛をしていたヴィンセントと共に庭に向かう。

人が集まる井戸《いど》の前で、シリルたちは話し合う村人たちの様子を眺めていた。

「おはようございます」

「やあ。おはよう、ふたりとも」

「朝から、何かあったのですか？」

シリルは頷《うなず》き、井戸に視線をやった。

「どうやらね、この村の井戸の水が使えないみたいで」

「井戸の水が？」

「村の人たちの話によると、村の傍にある泉が最近濁《にご》り始めたらしくて、その影響《えいきょう》じゃないかって」

今朝から宿屋の井戸だけではなく、村全体の井戸の水が変色し、異臭《いしゅう》を放っているそうだ。少し歩くが近くの川まで水を汲《く》みに行くしかないかと、今村人たちが話し合っている。

「トリスタンと話して、出発前にその泉の様子を見に行ってみようかなと」

「私もその泉に一緒《いっしょ》に行って構いませんか？」

何となく気になりそう尋《たず》ねれば、シリルはにこやかに、どこか嬉《うれ》しそうにうなずいた。

「もちろん構わないよ～。じゃあ泉の様子を見たらそのまま出発しようか」

上機嫌《じょうきげん》なシリルの後ろ。トリスタンが井戸に近づき、汲み上げられた水をじっと眺《なが》めていた。いつもより厳しそうな横顔に見える。

「戻って支度《したく》をしよう。水の調達はどこかの川でやるしかないね」

「はい……」

私たちが宿の中に入る時まで、トリスタンは桶《おけ》の水を見下ろしたままだった。

私たちが村を出立し森に入ると、例の泉はすぐに見つかった。

小さな泉の周りは雑草が綺麗《きれい》に刈《か》られ、古いデミウル像が祀《まつ》られていた。

「ここがその泉？」

「ひどい臭いですね……」

泉の周りは綺麗でも、水は赤黒く濁り、鉄が錆《さ》びたような臭いが立ち込めている。とても近づく気にはなれなかった。シロを呼び出していたら、鼻を押さえて転がり回っただろう。

「オリヴィアは初めて見る？　実は国中でこういう被害《ひがい》が相次いでいると、各地の神殿から報告が上がってるんだ」

「国中で……？　だからシリル様が巡礼《じゅんれい》に出られたのですか？」

魔族の毒による、行方《ゆくえ》不明者や死者が多く出た事件。あれもあちこちの貴族領で発生していたと聞いたけれど、並行して水の変質騒《さわ》ぎが起きていたのだろうか。

「そう。きっと火竜がお怒《いか》りなんだ」

どこか確信しているようなシリルの言い方が気になった。

「なぜ、そう思われるのでしょう？」

「最近世界が揺《ゆ》れる現象が続いているでしょ？　神殿《しんでん》に残された記録によると、大地が激しく揺れる時、怒れる竜が舞《ま》い降りて、すべてを焼き払《はら》う——とあるんだよ」

シリルは空を見上げて、憂《うれ》いの表情を浮《う》かべた。

それが本当なら、火竜は一体何に怒《おこ》っているのだろう。すべてを焼き払うというのは、イグバーンという国を焼き消すという意味だろうか。

（守護竜なのに、そんなことある？）

ここに来て何だか色々なことを知り過ぎて、何を信じていいのかわからなくなってきた。無性《むしょう》にノアに会いたくなった。ノアがいれば、彼だけは信じられるから。

歴史の中で葬《ほうむ》り去られた王家の所業を、ノアは知っているのだろうか。国中で起きているという異変も、把握《はあく》しているのだろうか。

王太子である彼はきっと、私の知らないことをたくさん背負っている。

私も知らなければ、と一歩泉へと近づいた時、頭の中で響《ひび》いた電子音。同時に目の前に現れたのは真っ赤なウィンドウだった。

【毒の泉：ドミネラの角（毒Lv.3）】

まさかのウィンドウに、私は一瞬《いっしゅん》固まった。

（泉が毒に冒《おか》されている？　なぜ？）

ドミネラの角などという名の毒は聞いたことがない。私が読んできた書物にはなかった未知の毒だ。シリルは国中で似たような現象が起きていると言っていたが、まさか全《すべ》て毒が原因なのだろうか。

ゴクリと喉《のど》が鳴る。私は不自然にならないよう、何となく思いついたという風に尋ねた。

「あの……地震《じしん》はともかく、泉の穢《けが》れは人為的《じんい》である可能性はないのでしょうか？」

「人為的？　……それは考えたことがなかったなぁ」

シリルは泉をじっと見つめた後、とりあえず祈禱《きとう》してみようと、胸元《むなもと》から創造神の姿が彫《ほ》られたロザリオを取り出した。

ロザリオを握《にぎ》りしめると目を瞑《つぶ》り、ゆっくりと祝詞《のりと》を上げ始めると、シリルの体が淡《あわ》く輝《かがや》きだした。それに呼応するように泉も輝き始め、祝詞が進むと光は強くなっていく。

やがて輝きが収まると、赤黒く異臭を放っていた毒の泉はすっかり変貌《へんぼう》していた。

「綺麗……こんなに透《す》きとおった泉だったんですね」

底まではっきりと見えるほど青く澄《す》んだ泉からは、鼻を突《つ》く臭《にお》いは完全に消えていて、シリルの祈禱によってしっかり浄化《じょうか》がされたのがよくわかる。

ウィンドウ表示も毒の泉から小さな泉に変わっていた。

「トリスタン」

「ああ」

シリルに名を呼ばれたトリスタンは、わかっているとばかりに頷くと、靴《くつ》を脱《ぬ》ぎ泉に足をつけた。そのまま水をかき分け泉の中心へと進んでいく。

「……あったぞ」

泉の真ん中で立ち止まると、トリスタンは腕《うで》を沈《しず》め何かを拾い上げた。

彼の手に握られていたのは、曲がった太い岩のようなもの。

「それは……」

トリスタンが拾ったものを手に戻《もど》ってくる。

泉から上がった途《と》端《たん》、赤いウィンドウが表示された。あれが毒の原因だったドミネラの角で間《ま》違《ちが》いない。

トリスタンが私たちに拾ったそれを差し出す。間近で見て、私は思わず叫《さけ》んでいた。

「魔族の角……！」

「魔族？　魔獣《まじゅう》じゃなくて？」

驚《おどろ》いたようなシリルの問いに、私ははっきりと頷く。

「魔族の角です。その角とよく似た角があった魔族を知っています。同じ魔族に殺され、角を奪《うば》われていましたが……」

「魔族が同士討《う》ちして、角を奪ったの？　へぇ……」

シリルも私と同じことを考えただろうか。国中で起きている異変が、魔族の手によるものではないかと。

ノアに知らせるべきだ。だが今そんな報《しら》せを送ったところで、政変危機の渦中《かちゅう》にいる彼に何が出来るだろう。ノアの負担を増やすだけではないか。

どうするべきか悩《なや》んだ時、村の方角から馬に乗って駆《か》けてくる男がいた。

「大神官様！」

旅人の格好をした若い男の登場に、シリルがパッと笑顔《えがお》を見せる。

「ああ、無事追い付いたんだね！　他《ほか》のみんなは？」

そこでようやく、男がシリルの護衛についていた神殿騎士《きし》のひとりだと気がついた。

「私だけです。なんとかご報告に上がらねばと、皆《みな》の協力で私だけが……」

疲労《ひろう》の色を濃《こ》く浮かべた神殿騎士に、シリルがすぐに回復魔法をかけ始める。

「何があったの？」

「国内各地で戦火が上がり、イグバーンは内戦状態に入ったようです」

内戦。その言葉にふらついた私を、控《ひか》えていたヴィンセントが後ろから支えてくれた。

とうとう王宮内だけの抗争《こうそう》ではなくなってしまった。父は、屋敷《やしき》のアンたちは大丈夫《だいじょうぶ》だろうか。学園の友人たちはどうしただろう。

ギルバートは、セレナは。ノアは無事なのだろうか。

「ハイドン公爵軍《こうしやくぐん》が王都近郊《きんこう》に到着《とうちやく》し、包囲するように陣《じん》を敷《し》きました。王都もいつ戦場と化してもおかしくありません」

緊張《きんちよう》を孕《はら》んだ騎士の報告に、その場が静まり返る。

私の目には火の海となる王都が広がって見えた。

戦争。それはオリヴィアである私にとっては、歴史の中で起きた遠い過去の出来事だ。何の罪もない多くの人が傷つき、亡《な》くなるのが戦争だ。善悪《ぜんあく》も正偽《せいぎ》も争いの中でやがて意味を失い、大人も子どもも関係なく命を奪われていく。

穏《おだ》やかな生活は問答無用で破壊《はかい》され、幸せは蹂躙《じゆうりん》される。

戦地では人の尊厳は消え失せ、残るのは瓦礫《がれき》と化した都市、荒《あ》れ果てた大地、そして悲しみと憎《にく》しみだけ。

昨日笑い合った大切な人が、次の日には隣で事切れている。

そんな恐《おそ》ろしい世界が私たちを呑《の》み込もうとしていた。

「大丈夫ですか、オリヴィア様」

支えてくれたヴィンセントの腕を押し返し、私はなんとか両足に力を入れて立った。

「私、戻らなきゃ……」

ノアの、父の、大切な人たちの所に。大切な人たちを、守らなければ。

ふらつきながらも歩き出した私を、ヴィンセントが腕を摑《つか》んで止めた。

「いけません、オリヴィア様」

「放して、ヴィンセント卿。行かないと」

「承服しかねます。何の為《ため》にここまで来たのですか？」

何の為に。本当に、何の為だろう？　私は何の為にここにいるのだろう。セレナをさらわれ、ひとりだけ何の為に古都に行こうとしているのだろう。

古都に私の大切なひとはいないのに。皆、王都にいるのに。

「戦争が始まるのですよ⁉　王都が、皆が大変なことに……」

ヴィンセントの腕を掴み返し、縋《すが》るように赤い瞳《ひとみ》を見上げる。

「あなたもノア様が、ブレアム公爵が心配でしょう？」

私の問いかけに、ヴィンセントは一瞬目を細めたけれど、すぐに感情を消し去り首を横に振《ふ》った。

「俺はオリヴィア様の専属騎士《きし》です。あなたの安全が何より優先されます」

「ヴィンセント卿！」

私の専属騎士は、私の身体《からだ》は守っても、心を守ってはくれないのか。

こうなったら、と私はヴィンセントを突き飛ばし、シロを呼び出した。

光をまといながら宙に現れたシロは、私とヴィンセントの間に降り立つと、周囲を見回し首を傾《かし》げた。

『んん？　これ、どういう状況《じようきよう》～？』

「シロ、逃《に》げるわよ！」

『んぇ⁉』

「オリヴィア様！」

「王都に戻るの！」

にらみ合う私とヴィンセントに挟《はさ》まれ、シロが『え？　え？』と戸惑《とまど》っていると、

「戻るって、王都に？」

背後からそう声をかけられた。いつもより少し低く、落ち着いたシリルの声だった。

振り返ると、まるで動じていないような彼の瞳が、真っ直《す》ぐに私を見ていた。

「シリル様……」

「戻ってオリヴィアに何が出来るの？」

それは問いかけるというより、窘《たしな》めるような口調だった。

「戻ったところで、もし聖女のように捕《つか》まれば、王太子の足を引っ張ることになるって言われたよね？」

わかっている。そう言われたから私は仕方なく王都を出たのだ。

けれどハイドン軍が王都に押し寄せ、私が足を引っ張る以前の問題になってしまった。

「捕まらなければいいのでしょう⁉　私にはシロがついています！」

「本当に？　神獣《しんじゅう》様がついていれば、君は無敵なの？」

痛いところを突《つ》かれ、押し黙《だま》るしかなかった。

私は無敵ではない。毒では死なないというだけで、物理的ダメージは受けるし、私自身は非力だ。そしてシロは五大精霊《せいれい》と同等の力が使えるけれど、燃費が悪くすぐにへばる。

私もシロも全然無敵ではない。

「何の為に王太子やアーヴァイン侯爵《こうしゃく》が君を王都から逃がしたのか、わからないわけじゃないでしょ？」

そんなことはわかっている。ノアや父は私を守ろうとしてくれたのだ。私が彼らを守りたいのと同じように思ってくれた。私はただ、その気持ちを無下にすることが出来なかったからここにいる。

どうしたらいいのかわからずに俯《うつむ》くと、シリルの白い手に手を取られた。

「オリヴィアの気持ちはよくわかるよ。私だって王都の神官や民《たみ》たちが心配だもの。自分だけ安全な場所にいるのはつらいよね」

先ほどまでの口調とは明らかに違う、優《やさ》しく包み込むような声だった。

まるで誘《さそ》われるように、身体の奥から涙《なみだ》が込み上げてくる。

「だからこそ、今は聖域に逃げるんだ。それが君の大切な人を守ることに繋《つな》がるんだよ」

本当にそうだろうか。私が聖域に行くことで、ノアたちを守ることが本当に出来るのだろうか。

「王都は大丈夫さ。火竜《かりゅう》が棲《す》み処《か》を移した場所だもの」

神のご加護があるはずだ。シリルはそう言ったけれど、そんなもの期待できないことは、私がいちばんよく知っている。何せ痒《かゆ》い所に手が届かないことで（私から）定評のある創造神だ。システム更新《こうしん》さえままならない神が、内戦程度で都を守ってくれるとは思えない。

本当にこのまま古都に行って良いのだろうか。後悔《こうかい》することにならないだろうか。

「それに……避《さ》けられない争いというものもある。王妃《おうひ》と王太子の対立は古都でも有名だ。遅《おそ》かれ早かれ、いずれは起こっていたことだよ」

「だから仕方ないとでも言うのですか？」

他人事《ひとごと》のように聞こえ、思わずシリルを睨《にら》みつけてしまう。

シリルは「そんな恐《こわ》い顔しないでよ」とおどけて肩《かた》をすくめた。

「戦いによってしか出せない膿《うみ》というものがあるんだよ。歴史の中でも幾度《いくど》となく繰《く》り返され、その度《たび》に膿が出て、少しずつ浄化《じょうか》されてきた」

シリルの言いたいことはわかる。膿にしか成りえないような、どうしようもない悪人は存在する。それくらい私も知っているけれど——。

「人が人である限り、争いは必然なんだ。悲しいことにね」

「私は……必然だなんて思えません。争いなどないほうが絶対にいい。罪のない人が大勢亡くなるかもしれないのですよ」

「そうだね。だから私たちは、争いの先にある浄化された世界の為に、祈《いの》りを捧《ささ》げるんだ」

それがお前の仕事だと、言われたような気がした。

聖域に行き祈りを捧げる。神子《みこ》としてそれは正しい行いなのだろう。

けれど私の心は、受け入れがたいと叫《さけ》んでいた。

馬車に揺《ゆ》られながら、私はぐったりと壁《かべ》にもたれ目を瞑《つぶ》っていた。

村を出発して半日ほど経《た》った。馬車は今、王都と古都の間に位置する山道を走っている。舗装《ほそう》された道ではないことと、貴族仕様の馬車ではないので、揺れと衝撃《しょうげき》がひどい。あまり眠《ねむ》れていないのもあって、どんどん気分が悪くなる。出発前に聞かされた王都のことも気がかりで、頭痛に吐《は》き気まで起こる始末。

情けない。心を強く保たなければ。

「オリヴィア、大丈夫《だいじょうぶ》？」

向かいのシリルが、大きな目をうるうるさせながら顔を覗《のぞ》きこんでくる。

一瞬《いっしゅん》、デミウルと間違《まちが》えて殴《なぐ》りそうになったのでやめてもらいたい。

「大丈夫です……。少し酔《よ》った、だけですから」

「ごめんね。馬車で通れる道がここしかなくて。山を迂回《うかい》すると遅くなっちゃうし、もっと早く山を越《こ》えるなら馬車を捨てて、馬で行くしかないからなぁ」

馬より、シロに乗って移動したい。燃費が悪くて長距離《ちょうきょり》移動は出来ないし、人目に付きやすいけれど。

「気休めだけど、回復魔法《まほう》をかけておくよ。どうしても辛《つら》かったら眠りの魔法もかけられるから言ってね」

「ありがとうございます……」

シリルが光魔法をかけてくれると、全身が淡《あわ》く輝《かがや》き始めた。

身体のだるさが消えていくのと同時に、セレナの魔法を思い出す。セレナがかけてくれた魔法はとても温かかったな、と。シリルの魔法も温かさを感じるが、セレナの魔法は全身を柔《やわ》らかな毛布で包まれるような、格別な温《ぬく》もりと安心感があった。

セレナは今、どこにいるのだろう。やはり王都に連れて行かれたのだろうか。無事でいるだろうか。恐《おそ》ろしい思いをしていないだろうか。

シリルの魔法のおかげで頭痛が治まったところで、馬車がゆっくりと停車した。

窓からシリルが外を確認《かくにん》し「崖路《がけじ》に出たみたい」と言って、扉《とびら》を開ける。

「トリスタン。どうしたの？」

馬から下りていたトリスタンが、前方を見ながら答えた。

「崖崩《がけくず》れがあったようで、道が塞《ふさ》がれている」

シリルと私は馬車から顔を出し、道の先を確認する。

土砂《どしゃ》と私の腰《こし》ほどの高さのある岩等で、確かに崖沿いの道が一部塞がれてしまっていた。

「それは困ったなぁ。引き返す？」

「いや。そうひどくはないから、岩や土砂をどける」

完全に道が塞がれているわけではないから、引き返すよりは確かに時間はかからないかもしれない。それでも今から土砂を片付けるとなると、日が暮れてしまいそうではあるが。

「手伝おうか？」

「いらん。邪魔《じゃま》だ」

素っ気なく言うと、トリスタンは先に岩の撤去《てっきょ》作業を始めていたヴィンセントの許《もと》に向かった。

ヴィンセントは土魔法で土砂と岩を崖下へと押し流そうとしている。トリスタンは何をするのかと思えば、倒木《とうぼく》に一瞬で火をつけた。彼は火の精霊と契約《けいやく》しているらしい。

私もシロを呼び出して手伝ったほうがいいだろうか。

「オリヴィア、向こうを見て」

シリルが崖の端《はし》に立ち、遠くを指さし言った。

その方向を見ると、広がる森のずっと奥の方に、町らしきものが見える。

「あれが古都だよ。大神殿《だいしんでん》がある、我《われ》らが神の家」

「あれが……」

この山を越え森を抜《ぬ》ければ、古都に着く。着いてしまう。

本当にそれでいいのかと考えた時、ピィ！　と鳥の鳴き声が響《ひび》いた。空を見上げると、大きな鷹《たか》が舞《ま》い降りてくるところだった。

驚《おどろ》く私の横でシリルが伸《の》ばした腕《うで》に、鷹がバサリと羽を広げながら止まる。

「教団の鷹だ」

鷹の脚《あし》にくくられていた筒《つつ》を抜き、中から手紙を取り出したシリルは、内容に目を通し眉《まゆ》を寄せた。

「王都近くの町からの報《しら》せだ」

「王都で何かあったのですか」

「とうとうハイドン公の率いる反乱軍の将に、第二王子が正式に立ったみたいだよ」

「ギルバート殿下が……？」

憂《うれ》いを帯びた新緑の瞳《ひとみ》を思い出した後、連れ去られるセレナの姿が頭に浮《う》かび、口元を手で覆《おお》った。

「セレナ様を人質《ひとじち》にとられたからだわ」

確信した私の言葉に、シリルが鷹を空に放ちながらうなずく。

「第二王子が王位を狙《ねら》っていたわけじゃないなら、そうかもね」

「私のせいだ……！　私が、セレナ様をお守りできなかったから！」

顔を覆って叫ぶ私に、シリルは「それは違うよ」と慰《なぐさ》めを口にする。

「聖女を守るのは、神子の役目じゃないでしょ。何度でも言うけど、これは私たち教団側の落ち度だよ」

その言葉は間違いではないのかもしれないけれど、あの時セレナの傍《そば》にいたのは私だ。私がもっと早く気づいていれば、セレナを守ることが出来たはずだった。

「ギルバート殿下は……王位を狙ってなどいませんでした。王太子は兄だと、彼はいつも一歩引いていた。異母兄のノア様のお力を認めていらっしゃったのです」

「そうみたいだねぇ。むしろそこまで第二王子が王太子を認めて立てていることは奇跡《きせき》だよ。母親が違って、でも年は一緒《いっしょ》で、王太子の母親は既《すで》に亡《な》く、第二王子の母親が現王妃。自分もライバル視したくなるだろうし、周りだって比べてくるでしょ」

「ええ、もちろん。幼い頃《ころ》からそうだったようです」

「だとしたら、第二王子はよほど出来た人だね。二番目であることが惜《お》しいくらい」

当然だと思いながらも私は沈黙《ちんもく》を通した。

本来であれば、王太子になっていたのはノアではなくギルバートだ。私がノアを毒殺から救ったことで、本来物語の主役になるはずだったギルバートが、第二王子という脇役《わきやく》になってしまった。

ノアの王太子としての資質は本物だけれど、ギルバートにも同様にその資質はあるはずなのだ。それなのに、ヒーローであるはずのギルバートが反乱軍の旗頭《はたがしら》として祭り上げられてしまった。こうなったのは私のせいで間違いなかった。

元凶《げんきょう》である私は、なぜここにいるのだろう。こんな所にいていいはずがない。

「王都の騎士《きし》団のほとんどが王太子側についたみたいだけど、ハイドン公率いる反乱軍は王都へ向かいながら他領を侵略《しんりゃく》し軍を大きくしていったらしい。第二王子が擁立《ようりつ》されたことで、いつ決戦の火蓋《ひぶた》が切られてもおかしくない。現状、王太子側が数的不利――だって」

「そんな……」

ノアとギルバートが剣《けん》を交える姿なんて、想像できない。

やはり私はこんな所にいるべきではない。今すぐ戻《もど》らなければ。そう思った時――。

「大誤算だ」

手紙を握《にぎ》り潰《つぶ》しながら、普段《ふだん》より低い声でそう呟《つぶや》いたのはシリルだった。

デミウルによく似た横顔が、初めて見る冷え冷えとした表情を浮かべていた。

「……え？」

「聖女が奪《うば》われた今、何としても王太子に勝ってもらわないといけないのになぁ」

「シリル様、一体何を――!?」

いつもと様子が違《ちが》うシリルに不穏《ふおん》な空気を感じた時、突然《とつぜん》下から突《つ》き上げられるような衝撃《しょうげき》があった。

大地の唸《うな》り声のような音が響き渡《わた》る。

（また地震《じしん》⁉）

真っ直《す》ぐに立っていられないほどの揺《ゆ》れの中、パラパラと上から小石が落ちて来てハッとした。ここは既に崖崩れが起きた場所だ。この地震で再び崖が崩れるかもしれない。

その可能性に気づいた時には、既に事は起きていた。

崖の上から岩が転がり落ちてくるのが見えた。けれど、体が動かない。

「オリヴィア様！」

ヴィンセントがこちらに駆《か》けてくる。手を伸ばしてくる。けれど、間に合わない。

シリルが私を守るように前に出たその瞬間《しゅんかん》、銀の風が吹《ふ》く。

トリスタンがシリルを、ヴィンセントに向かって放《ほう》り投げるのが見えた。その反動を使うようにして、トリスタンは私を抱《かか》えて飛んだ。

「きゃあっ⁉」

トリスタンに抱えられながら地面を転がる。

地鳴りと共に大地が揺れるのを感じ、ここで死ぬのかと本気で思った。

トリスタンの腕の中から、すぐ傍をいくつもの大岩が転がり落ちていくのが見えた直後、大量の土砂が崖を流れていくのを、私はぼう然と見送った。

「……収まったか」

やがて地鳴りも土砂崩れも収まると、安全だと判断したのかトリスタンが私の上から身体《からだ》をどかせ、立ち上がった。

彼の手を借りながら私もヨロヨロと立ち上がる。

私とシリルがいた場所は、何本もの倒木と大量の黒い土砂で埋《う》まっていた。

あのままあそこにいたら、私たちは土砂に呑《の》みこまれ崖下に流されていただろう。

「トリスタン様、ありがとうございました」

震《ふる》える手をギュッと握りながら頭を下げる。

トリスタンは何も言わなかった。特別なことは何もしていない、といった顔だ。

「完全に土砂で道が塞がれてしまいましたね」

私の背の何倍もの高さの土砂を見上げ、途方《とほう》に暮れる。馬車と馬はこちら側に停《と》めていてかろうじて無事だったけれど、これでは進むことは出来ない。

「ヴィンセント卿《きょう》！　シリル様！」

呼びかけてみたが返事は聞こえない。まさかふたりとも土砂に呑《に》まれてしまったのだろうか。いや、ヴィンセントならシリルを守りながら土砂から逃げることは出来たはず。

「おふたりは無事でしょうか……」

私は黙《だま》ったままのトリスタンを振《ふ》り向き尋《たず》ねた。

「トリスタン様。なぜシリル様ではなく、私を守ってくださったのですか？」

「……私が神子《みこ》を守るのはおかしいか？」

「でも、あなたは大神官シリル様をお守りするのが使命の、神殿騎士なのでしょう？」

私の問いかけに、トリスタンは更《さら》なる疑問を抱《いだ》かせるようなことを答えた。

「私はいま神殿に属してはいるが、大神官を守ることが使命ではない」

「それはどういう――」

聞き返しかけて、私は首を振った。

「……今はそんな話をしている場合じゃありませんね。シリル様たちと合流しなければ」

まずはふたりの無事を確かめないと。話はそれからだ。

「まずはシロを呼び出して土魔法《まほう》で土砂《どしゃ》を……いえ。シロに乗って向こう側に飛んだほうが早いですね」

土砂をどうにかするのはその後でもいい。そう考え、シロを呼び出そうとした時、土砂の向こうから声が聞こえた。私を呼ぶ声。シリルとヴィンセントのものだ。

無事だったか、とほっとして返事をしようとした瞬間、首の後ろに衝撃を受けた。

ぐわんと脳が揺れるような感覚に襲《おそ》われる。何が起きたのかわからない。

体が傾《かたむ》く。倒《たお》れていく途中《とちゅう》、私をじっと見下ろすトリスタンが視界に映った。

（一体、なぜ——……？）

答えは得られないまま、私は意識を手放した。

第四章

歌が聴こえた気がして、私はゆっくりと目を覚ました。

視界に映るのは見覚えのないベッドの天蓋《てんがい》だ。私はひとり、大きなベッドに横になっていた。

「ここは……？」

身を起こして辺りを見回す。そこは村の宿屋とはまるで違う、貴族が使うような調度品が揃《そろ》えられた広い部屋だった。明るいが静かで、人の気配がまるでしない。

「私、どうして……」

自分がなぜこんな所にいるのかわからない。どうして私はここに寝《ね》ていたのだろう。

「そうだ。また地震が起きて、崖《がけ》が崩《くず》れてきて、それで……」

ヴィンセントとシリルと分断されてしまったのだ。合流しようとして、誰《だれ》かに気絶させられた。誰か、と言ってもあの場にはトリスタンしかいなかったが。

なぜトリスタンが私を気絶させたのか。シリルやヴィンセントはどうなったのだろう。

「それに……ここ、どこ？　まさか古都に来ちゃったの？」

ふとベッドにドレスが無造作に置かれていることに気が付いた。

改めて自分の格好を見ると、気絶する前に着ていた服のまま、あちこち土がついた状態だった。眠《ねむ》る私に触《ふ》れないよう気を遣《つか》ってくれたのだろうが、汚《よご》れたベッドを見て申し訳ない気持ちになる。

迷った末に、私は置かれていたドレスに着替《きが》えた。サイズが少し小さく、デザインも流《は》行《や》りの過ぎたものだった。誰かのドレスなのだろう。必ず返します、と心の中で誓《ちか》う。

ベッドを離《はな》れ、窓を開け放つと、そこに広がっていた美しい光景に息を呑んだ。

「これは、海……じゃなくて、湖？」

目の前には、日の光を反射させキラキラと輝《かがや》く、広大な水面が広がっていた。

その湖の中心に、白い建物が見えた。それは湖畔《こはん》から延びた石橋で繋《つな》がった神殿だった。

「湖の上に神殿がある……ということは、ここは離宮《りきゅう》？」

凪《な》いだ水面の上に浮《う》かぶ小さな神殿は、古都の大神殿《だいしんでん》の次に歴史のある、聖なる建築物だ。歴代の王妃《おうひ》に愛されていたという小神殿の傍《そば》の離宮は、現在王太子であるノアが所有しているはず。

王妃の指輪もだが、国王は前王妃にまつわるものは、エレノアではなく出来るだけノアに継《つ》がせたかったのだろう。

「気を失っている間に王都に戻《もど》ってきた？　でもどうして、どうやってトリスタン様が私をここに……？」

わからないことだらけだが、ここにいても答えは得られないだろう。

まずは部屋を出ようとした時、部屋の壁《かべ》に飾《かざ》られている絵に気がついて足を止めた。

「この絵は……先代王妃様？」

美しい装飾《そうしょく》の額縁《がくぶち》に入れられていたのは、ふたりの女性の絵だった。

ひとりは黒髪《くろかみ》の、理知的な眼差《まなざ》しの貴婦人。ノアに肖像画《しょうぞうが》を見せてもらったことがあるので、すぐに先代王妃だとわかった。しかも彼女のドレスは、私がいま着ているものと同じだ。どうやら私は先代王妃の遺品のドレスを着てしまったらしい。

「それから……私のお母様よね、これ」

先代王妃の横で共に椅子《いす》に腰《こし》かけ微笑《ほほえ》んでいるのは、私の部屋に肖像画が飾られているその人。私と同じ銀色の髪を持つ、母シルヴィアだった。

「ふたりは仲が良かったの？　一緒《いっしょ》の絵がここに飾られるくらい」

自分の母親とノアの母親が並んでいる絵。私はそれを不思議な気持ちで見つめた。もうとうに亡《な》くなっているふたりだが、妙《みょう》に近くに存在を感じる。

ノアは以前、私の母に会ったことがあると言っていた。先代王妃と私の母が友人だったからだろうか。

そういえば、私が王都を出るとき、父は何かあれば離宮へ行けと言っていた。古都に向かおうというのに、なぜ離宮なのか不思議だったけれど、ここに何かあるのだろうか。

それから私はそっと部屋から廊下《ろうか》に顔を出し、辺りを見回した。

「……誰もいない」

室内同様、廊下はシンと静まり返り、物音ひとつしない。まるでこの離宮の中には、私ひとりしかいないかのような静けさだ。普段《ふだん》使われない離宮であっても、管理する人間は必ず置かれているはずなのに。

「これって逃げるチャンス？　でも、逃げるって……何から？」

私をここに連れてきたのがトリスタンなら、彼もこの建物の中にいるのだろう。

トリスタンと遭遇《そうぐう》したら、私は逃げるべきなのだろうか。彼は敵なのだろうか。実は教団に送りこまれた王妃のスパイだったのだろうか。セレナのように、私も人質《ひとじち》にする為《ため》に王都に連れ戻したのだろうか。

(だとしても、どうして王宮ではなく離宮なのかしら)

やはり答えは出ない。トリスタン本人に聞くしかないだろう。

尋ねるより逃げる方を優先させるのが正解なのかもしれない。けれど私は、私や母によく似た風貌《ふうぼう》の彼を、どうしても敵と思うことが出来なかった。

「ここが本当に離宮なら、王宮まで行けばノア様に会えるかな」

何を迷う必要があるのか。行こう。ノアたちの無事を確かめたい。そちらのほうがトリスタンの真意を確かめるよりずっと重要だ。

私は音を立てないよう、警戒《けいかい》しながら部屋を出た。一度目の人生含《ふく》め離宮に来たことはないので、建物の構造がわからない。どこに向かうべきか迷いながらも歩き始める。

両階段が交差する踊《おど》り場に下りると、部屋にあったものよりも大きな肖像画が飾られていた。肖像画に描《えが》かれていた人物を見て、私の呼吸が一瞬《いっしゅん》止まる。

「え？　これって——」

描かれていたのは一組の男女。ひとりは青みがかった黒髪に、青い瞳《ひとみ》を持つ若い男性。どことなくノアに似ている。もうひとりは椅子に腰かけた、凛《りん》とした表情の女性だ。

その女性は銀の髪に水色の瞳をした、少女と言ってもいい年頃《としごろ》で——。

「私……？」

まるで自分が額縁の中からこちらを見ているような錯覚《さっかく》に陥《おちい》るほど、私に似ていた。

「私、なわけないよね」

私はこんな絵を描《か》いてもらった覚えはないし、隣《となり》に立っている人も知らない。

絵の下のプレートにはこう彫《ほ》られていた。

「初代国王夫妻？　じゃあ、この人……」

私と瓜二《うりふた》つなこの女性は、初代王妃ということか。

（偶然《ぐうぜん》……なんてこと、あるかしら）

トリスタンは私を同族だと言った。同族で、数少ない生き残りであると。

同族だから、同じ銀髪《ぎんぱつ》と水色の瞳を持っている。だとすれば、初代王妃も私たちと同族ということだろうか。

「私たちは、忘れ去られし一族、森の番人なのですか……？」

肖像画に語りかけるが、当然答えを得られるわけもなく。私は一礼して階段を下りた。

一階のエントランスにもやはり人の姿はなく、離宮の外へ出る。

「中には誰もいなかったし。やっぱりこのまま王宮に向かうしかないか」

遠くまで見渡《みわた》そうと目を凝《こ》らすが、見えるのは広い湖と、その奥の林だけだ。確か離宮から王宮まではなかなかの距離《きょり》がある。私の足で歩いていては日が暮れるどころか、日をまたいでしまうだろう。

「シロ、おいで」

あまり目立ちたくはないが、ここはシロに乗って空をひとっ飛びするのがいい。そう思い名前を呼んだが、いつもならすぐに宙に現れるのに、少し待っても白い獣《けもの》は現れない。

「……シロ？　聞こえないの？　シロ？」

何度か繰《く》り返し名前を呼んだが、しばらく経《た》ってもシロは現れなかった。

まさか昼寝でもしているのだろうか。あの怠《なま》け者神獣《しんじゅう》ならあり得なくはない。

「もう。肝心《かんじん》な時にいないんだから……」

文句を口にしながらも不安が募《つの》る。これまで名前を呼んでシロが現れなかったことは一度もないのだ。

「もしかして、これって夢の中なのかな？　だからシロが出てこない、とか」

だとしたら、神殿に行けば創造神デミウルがいたりするのかもしれない。

湖の上に立つ白い神殿を見つめ、ひとりうなずく。

「……行ってみるか」

湖畔に向かうと、石橋は古いが頑丈《がんじょう》な造りをしていた。透《す》きとおった湖面を眺《なが》めながら橋を渡り、浮島《うきしま》に建つ神殿に向かう。

「本当に綺麗《きれい》なところね。歴代王妃様に愛されていたのもわかるわ……」

ここに、私の母も来たことがあるのだろうか。先代王妃と一緒に。

橋を渡り切り小神殿にたどり着くと、扉《とびら》は閉まっていたが鍵《かぎ》はかけられていなかった。緊張《きんちょう》しながら中に入ると、神殿内は薄暗《うすぐら》く、所々窓から差し込む光に照らされた部分だけが淡《あわ》く輝いていた。

「失礼いたします。どなたかいらっしゃいますか？」

王妃側の手先がいないことを祈《いの》りながら、声をかける。しかし返事はない。

「神官様？　いらっしゃいませんか？」

離宮《りきゅう》と同じように無人なのか。やはりここは夢の中で、デミウルが私を待ちかまえていたりするのか。

ふと奥の祭壇《さいだん》に目をやると、誰《だれ》かが立っていることに気づいた。

「あなたは――」

そこにいたのは味方か、裏切者か。銀色の騎士《きし》が、創造神と火竜《かりゆう》の像の下に佇《たたず》んでいた。

私が近づくと、祭壇にいたトリスタンはゆっくりと振《ふ》り返る。

「目が覚めたか」

淡々《たんたん》とした声だが、敵意は感じられない。私を害する気はないようだ。

まあ、その気があれば私が気を失っている間に出来ただろうが。

「トリスタン様、教えてください。なぜ私をここに連れてきたのですか？」

トリスタンは答えない。ただ、黙《だま》って私を見下ろしている。感情の読めない水色の瞳で。

「あなたは、味方ではないのですか？」

敵か味方かわからないまま、私は一歩彼に近づく。

「王妃《おうひ》の手先、なのですか」

私の何もかもを見透《みす》かそうとするような瞳を、ぐっと目元に力をこめて見つめ返す。

しばらくトリスタンは黙っていたけれど、徐《おもむろ》に私に向かって右手を差し出した。

「鍵を出せ」

「……は？　か、鍵？」

なぜ今、この場面で鍵？　私の話を聞いていなかったのだろうか。

混乱する私に、トリスタンは重ねて言った。

「鍵だ。歴代王妃が受け継《つ》いでいると聞いている。今はお前が持っているはずだ」

「鍵なんて……」

持っていない、と言いかけてはたと気づく。歴代王妃が受け継いでいる。そう言われているものに、私はひとつだけ心当たりがあった。

思わず自分の胸元《むなもと》に手をやる。ノアから贈《おく》られた指輪は常に肌身《はだみ》離《はな》さず持ち歩いていた。

「もしかして、王妃の指輪のこと？」

「形は知らん。見せてみろ」

ずい、と更《さら》に手を差し出され、一歩後ずさりする。

この指輪は国宝級の、イグバーンにとって歴史的にも政治的にも重要なものだ。そして婚約者《こんやくしゃ》から贈られた大切な指輪であり、ノアの母の形見でもある。簡単に他人に手渡せるものではない。

「なぜあなたに見せなければならないのですか。これを奪《うば》えと王妃に言われたのですか」

「今の王妃に用はない。あれは正統な王妃ではないからな」

私の言葉に、トリスタンはわずかに不愉快《ふゆかい》そうに眉《まゆ》を寄せて言った。

「どういう意味です……？」

「そのままの意味だ。王妃の指輪を受け継ぐものこそがこの国の正統な王妃。正直王妃が誰であろうと我々《われわれ》に興味はないが、正統なる王妃には役目がある」

それはつまり、王妃の指輪を持たないエレノアは、正統な王妃ではないということだろうか。てっきり、国王が亡《な》くなった前王妃を愛していたから、指輪をエレノアではなくノアに預けたのだと思っていた。

エレノアが王妃の指輪を受け継げなかった理由が他《ほか》にあるのか。

「正統なる王妃の役目とは、何なのですか」

私の問いかけに、トリスタンは迷うことなくこう答えた。

「火竜の守護者」

「は……」

祭壇に祀《まつ》られたデミウル像と、その下で羽を広げる火竜の像。

聖なる像を背に、トリスタンは静かに、だがはっきりと私に言った。

「正確には、火竜の眠《ねむ》りを守ること。それが王妃の役目だ」

火竜の眠りを守ることが、王妃の役目？

この状況《じょうきょう》で、そんな神話の世界のような話をされるとは思わなかった。もしかして、何かを比喩《ひゆ》した表現だったのだろうか。わからないが、トリスタンは至極真面目《しごくまじめ》な顔のまま、再び私に手を伸《の》ばした。

「鍵を」

「……必ず返すと、約束してくれますか」

「元より奪うつもりなどない」

迷いはあったが、それ以上に知りたかった。私がこの指輪を手にした意味を。自分に何が出来るのかを。

私が指輪を取り出しトリスタンに渡すと、彼は火竜の像に向き直った。

「お前をここに連れてきたのは、この神殿が入り口だからだ」

「入り口、ですか。でも、それならなぜ私が古都に行くのを止めなかったのです？」

「問題がないからだ。古都に行くことでお前の安全が守られるなら。王都がどうなろうと興味はない。重要なのは、お前と指輪を守ること。王都が戦場となり、王が替わろうとも、お前と指輪が無事であれば」

トリスタンは今にも炎《ほのお》を吐《は》き出しそうな口をした、火竜の像に触《ふ》れる。

デミウルの足元に伏《ふ》せながら翼《つばさ》を広げる火竜の像は、命が宿っているかのような迫力《はくりょく》があった。本物の火竜は、一体どれほど大きいのだろうか。

「だが状況が変わった。正しくは、現状を理解した、か。この国の異常が何によってもたらされているかがわかった。あのまま古都に向かっていたら、手遅《ておく》れになるかもしれない。だから戻《もど》ってきた」

火竜の像にあちこち触れていたトリスタンは、口の中に手を入れるとその動きを止めた。

「……あった。これだな」

火竜の口の中で、何かが嵌《はま》ったような音がする。

トリスタンは私を見ると、くいっと顔を火竜に向けた。

「竜の口の中に手を入れてみろ」

言われた通り火竜の口の中に手をやると、奥の辺りで指先に触れたのは金属の輪だった。

「鍵穴《かぎあな》に指輪をはめた。そこにお前の魔力《まりよく》を流してみろ」

驚《おどろ》いた。本当に王妃の指輪が鍵だったのか。

私は指輪に触れながら戸惑《とまど》いいっぱいでトリスタンを見上げる。

「魔力、ですか？　でも私、魔力はあっても魔法の適性がなくて」

「関係ない。必要なのは魔力だ」

「そ、そうは言われても、どのようにして魔力を流せば……」

いつもシロは呼べば出てきたし、頼《たの》めば魔法を使ってくれた。特に私が魔力をこめていたわけではないのだ。

私が困っているとトリスタンが真後ろに立った。そして私の手の甲《こう》を撫《な》でるように、手を重ねてくる。

「こうだ」

彼の銀の髪《かみ》がさらりと下りてくると、森の、植物の匂《にお》いがした。

少しドキリとした瞬間《しゅんかん》、トリスタンに触れられた部分が急に熱を帯び始めた。

(あ、これ。この感覚知ってる。毒スキルが発動する時に似てるんだ)

何となく感覚を摑《つか》んだ私は、見よう見まねで指輪に魔力を流してみた。

すぐに体の中から力を吸い取られるように感じた直後、像が小刻みに振動《しんどう》を始めた。

驚いて、つい指輪ごと手を引き抜《ぬ》いてしまう。

「さ、祭壇が動いてる⁉」

揺《ゆ》れているのは像だけではなく、祭壇全体だった。いや、神殿《しんでん》自体が揺れているのかもしれない。ただ、これまで何度かあった地震《じしん》のような、下から突《つ》き上げるような揺れとはまったく違《ちが》うものに感じる。

「下がっていろ」

トリスタンに促《うなが》され数歩下がると、ゆっくりと像の飾《かざ》られた大きな台座が、奥へと移動し始めた。

「これは……！」

「この神殿は、湖の底への入り口だ」

トリスタンの言った通り、台座が移動を終えると階段の入り口が現れた。

暗闇《くらやみ》の中、下に向かう階段がずっと奥へと続いているのが見える。

「行くぞ」

トリスタンが先に階段に足をかける。

やっぱり下りるのかと思いながらも、確認《かくにん》せずにはいられなかった。

「一体どこへ向かうのですか？」

私を振《ふ》り返り、トリスタンは真面目《まじめ》な顔でこう言い切った。

「我らが神の御許《みもと》へだ」

【SIDE：Tristan】

オリヴィアの母親、シルヴィアと出会ったのはトリスタンがまだ子どもの頃《ころ》。古都の傍《そば》にある森の中でのことだった。

両親が亡くなり、北の山奥から古都にやってきたトリスタンは、古都の森を数日かけて探索《たんさく》した。ひと通り探索し終えるとやることがなくなり、泉のほとりで寝転《ねころ》び微睡《まどろ》んでいた時、シルヴィアが現れたのだ。

「まあ。この森に、まだ仲間が住んでいたなんて」

彼女は水色の瞳《ひとみ》を大きく見開き、木の根元に寝転ぶトリスタンを見下ろしてそう言った。

森を吹《ふ》き抜ける、風のような声だと思った。

「……お前も竜人族《りゅうじん》か」

トリスタンが尋《たず》ねると、シルヴィアは嬉《うれ》しそうに微笑《ほほえ》んだ。

「そうよ。小さな同胞《どうほう》さん」

木苺《きいちご》でいっぱいのカゴを手にしながら、シルヴィアは辺りをキョロキョロと見回した。

「あなたひとり？　ご家族は？」

「両親は死んだ。だからここに来たんだ」

「そう……。じゃあ、あなたは別の所に住んでいたのね。どうして古都へ？」

トリスタンは身を起こし、シルヴィアの後ろにある泉を眺《なが》めながら答えた。

「……見てみたかっただけだ」

「見てみたかった？」

「古都の森は、竜人族のはじまりの地だと父が言っていた。だから死ぬ前に一度見ておこうと思った」

そう、自分は古都を見てみたかっただけだ。両親はいつも、古都についてまるで夢のように話していた。憧《あこが》れを抱《いだ》く子どものように。だからトリスタンは、ひとりきりになって気づけば古都に来ていたのだ。

「死ぬ？　あなたは死んでしまうの？」

シルヴィアは不思議そうに首を傾《かし》げて言った。

それはそうだろう。トリスタンは病気もケガもない健康体だった。子どもだったが狩猟《しゅりょう》技術には長《た》けていたので、食うに困ることもなく、見た目に問題はまるでなかったはずだ。けれど問題は表層ではなくもっと奥、見えにくい場所にあった。

「……生きる理由がない。私はひとりになった」

言葉にして初めて、トリスタンは納得《なっとく》した。

古都の森に来た。隅々《すみずみ》まで見て回った。他《ほか》にはもうすることがない。目的は達成されたのだ。あとはもう、ここでゆっくりと朽《く》ちていくだけだ。

両親は我々《われわれ》には大事な役目がある、それを忘れるなと死の間際《まぎわ》まで口にしていたが、トリスタンにとってそれはあまり重要ではなかった。

山奥からここに来る旅の中で、自分の目で見て世界を知った。とても平和で、竜や一族がいなくても人間は穏《おだ》やかに問題なく暮らしている。だったら自分が最後の竜人族となっても、何も変わらないのではないだろうか。

それを悟《さと》った途端《とたん》、急に体がズシリと重くなるのを感じた。今目を閉じたら、きっともう動けない。それも悪くないかと瞼《まぶた》を閉じかけた時、そよ風のような笑い声がした。

「ばかね。理由がなくても生きていいのよ」

優《やさ》しい言葉に目を見開くと、シルヴィアが笑っていた。

ただ、声の感じよりもずっとずっと寂《さみ》しげな笑顔《えがお》だった。思わず手を伸《の》ばし、慰《なぐさ》めたくなるくらいに。

「それにあなたはひとりじゃないでしょう？　私がいるもの」

「は……？」

「一緒《いっしょ》に行きましょうよ。私ね、今は古都の大神殿に住んでいるの」

「大神殿に？　何の為《ため》に」

ここに火竜はいないのに。

口にはしなかったが、シルヴィアはトリスタンの考えを正確に読み取ったようだった。

「私もひとりになってしまったからよ。私はこの国の生まれじゃないの。でもご先祖様はこの国の森の民《たみ》だった。両親が亡《な》くなって、自分のルーツを辿《たど》ってみたくなったのね」

イグバーンの生まれではないことを除けば、それはトリスタンとまったく同じだった。

その時のトリスタンの感情をどう言い表せばいいのか。シルヴィアはトリスタンの顔を見て、今度は朗《ほが》らかに笑った。

「私たち、似たもの同士ね」

懐《なつ》かしい、遠い過去の記憶《きおく》を思い出し、トリスタンは暗闇の中で目を細めた。

今も目を瞑《つぶ》ると、シルヴィアの風のような声が聞こえてくる気がするのは、それだけトリスタンにとって彼女が特別だったということだ。

「我々は竜人族。かつて森の番人と呼ばれた、竜と人とを結ぶ存在だ」

後ろを歩く、シルヴィアとよく似た娘《むすめ》に真実を告げる。

シルヴィアがただの人間と番《つが》い、生み落としたただひとりの娘、オリヴィア。

彼女は予想していたのか、黙《だま》ってトリスタンの話を聞いていた。

「竜人族は見た目は人に近いが、竜の血を受け継《つ》いでいるとも、竜の眷属《けんぞく》であるとも言われている」

「それって……人ではない、ということですか？」

緊張《きんちょう》した声が後ろからかけられた。

トリスタンは階段を下りていた足を止め、オリヴィアを振り返る。

「……お前はほぼ、人だな」

「私は？」

「昔の竜人族は、もっと竜に近い形態を取ることが出来た。爪《つめ》や鱗《うろこ》、翼《つばさ》を意識的に出すことが可能だった。血が濃《こ》ければ濃いほど顕著《けんちょ》だったそうだ」

「竜に変身出来た、と？　本当にそんなことが？」

「ああ。竜か人か、どちらでもあり、どちらでもないのか。はっきりとはわからない。ただ、竜人族は竜と意思疎通《いしそつう》ができ、竜のように精霊《せいれい》に恐《おそ》れられている」

「精霊に……あっ。だから私、魔法《まほう》が使えないの？」

驚《おどろ》く声に、シルヴィアは本当に娘に何も教えなかったのだなと、トリスタンは理解した。

もしくは、教えられるほどオリヴィアが成長する前に亡くなったか。

シルヴィアが貴族に嫁《とつ》いだ後、トリスタンは一度神殿《しんでん》を出ている。国中を回り同族を探したのだ。残念ながら、見つけることは出来なかったが。

そうしている間にシルヴィアは娘を生み、トリスタンの知らないうちに亡くなっていた。

「竜人族にとって、火竜は仕えるべき主《あるじ》であると同時に、慈《いつく》しみ守るべき子のような存在でもある。故《ゆえ》に常に寄り添《そ》い傍にいた」

「守るべき子、ですか。火竜が……」

「昔は古都を囲む森に住んでいたが、竜がイグバーンの初代国王と契約《けいやく》を交《か》わし、棲《す》み処《か》を王都に移した。当然竜人族も古都の森を出て、現在の王都近くの森に移り住んだが……」

トリスタンが言葉を止めると、オリヴィアは「何か、あったのですか」と真剣《しんけん》な様子で尋ねてくる。

彼女にとっても自分のルーツはとても重要なことなのだ。かつての自分がそうであったように。だからトリスタンは、正直に包み隠《かく》さず話さなくてはならない。

「わからない。王都に移った後の記録が途絶《とだ》え、火竜の姿は消え、森の番人はバラバラになった。私の両親は国の北に位置する山奥に住んでいた。他にも他国に出た者や、今もどこかでひっそりと暮らしている仲間はいるかもしれないが、所在は不明だ。私たち以外はもういない可能性もある。そうなると、お前や私は数少ない生き残りということだ」

「生き残り……」

「家族以外で初めて会った同族が、お前の母だった。それ以降新たな同族に出会うことはなかった。お前がふたり目だ」

もしかしたら、どこかには隠れ住んでいるのかもしれない。だがトリスタンは見つけることを中断した。それよりも、シルヴィアとの約束を守ることが重要だったからだ。

いつかその時が来たら、どちらかが役目を果たそうと。いつか来るその日の為に、役目を言い伝えていこうと。ふたりでそう決めたのだ。

「オリヴィア。我々には成すべきことがある」


我々には成すべきことがある。そう言うと、それきり黙ってしまったトリスタンの背中を、暗闇《くらやみ》の中離《はな》されないよう追いかける。

「トリスタン様。成すべき大事なこととは何でしょうか」

トリスタンは答えない。ついて来ればわかる、と背中が言っている気がした。

それでも私は、暗闇の中黙って階段を下りるのが恐ろしく、つい質問を重ねてしまう。

「竜人族《りゅうじん》はなぜバラバラになってしまったのでしょう」

この階段を下りきった時、何が待っているのか想像もつかない。自分がどうなってしまうのか、王都はいまどうなっているのか、ノアは無事なのか。

何か話していないと、不安が爆発《ばくはつ》してしまいそうだった。

「火竜に仕える為に、わざわざ古都から王都へと移住したのに……」

王都が栄《さか》え、森が減った、なんて前世の環境破壊《かんきょうはかい》のようなことは、この世界では起きていないだろう。王都の周りには広い森があるし、侯爵邸《こうしゃくてい》の裏にだってなかなか立派な森林がある。森の番人たちが暮らすことに問題はなかったはずだ。

「仕えるべき火竜が、王都ではないどこかへ消えてしまったから、とか？」

「それはない」

唐突《とうとつ》に、黙っていたトリスタンが答えた。

ない、と断言したことに私は驚く。火竜の姿を見たという話は聞いたことがない。神話の中の存在として、人々が認識《にんしき》しているのが火竜《かりゅう》だ。

だがトリスタンはまるで、火竜はこの王都から動いていない、つまり今も王都にいると確信しているような様子だった。

「竜人族が絶えたのは王家のせいかもしれない」

「イグバーン王家の？　……シリル様も、昔の王家が火竜の棲み処を勝手に移し、邪魔《じゃま》な森の番人を始末したというようなことをおっしゃっていましたが、その通りだと？」

本当に、ノアやギルバートの先祖が竜人族を絶やしたのか。

俄《にわ》かには信じられないことだ。火竜と契約を交わした王家が、火竜に仕える一族を滅《ほろ》ぼすなどということが本当にあるだろうか。

「竜に近い形態を取ることで迫害《はくがい》に遭《あ》ったか、もしくは教団の推測通り、竜の力を独占《どくせん》しようとする王家に滅ぼされたか」

「で、でも、火竜と意思疎通が出来るのは竜人族だけなのでしょう？　それなのに滅ぼしてしまっては、困ることになるのは王家では？」

「本当のところはわからないが、私の先祖は王都から逃《に》げてきたと伝えられている。逃げたということは、いられなくなるような何かがあったということだろう」

それはそうかもしれないが、王家が森の番人に何かをしたという証拠《しょうこ》にはならない。

どうしても納得《なっとく》がいかず、更《さら》に言い募《つの》ろうとした時、階段を踏《ふ》み外し転びそうになった。すんでの所で抱《だ》きとめられたが、危《あや》うく暗闇の中階段を転げ落ちるところだった。

「大丈夫《だいじょうぶ》か」

「あ、ありがとうございます」

「竜人族なのに夜目が利《き》かないのか」

訝《いぶか》しげに聞かれたが、逆に竜人族は夜目が利くのかと驚く。

「私、体は割と普通《ふつう》の人間なので」

おかしなスキルはあるし、毒では死なない体ではあるが、普通の人間だ。……多分。

特別目が良いとか身体能力に優《すぐ》れている、ということもない。

納得したように頷《うなず》くと、トリスタンはパチンと指を鳴らした。途端《とたん》に辺りが明るくなり驚く。壁際《かべぎわ》に小さな炎《ほのお》が等間隔《とうかんかく》に並んで浮《う》いている。それは階段の下の方まで続いていた。

「そういえばあの崖《がけ》でも使っていましたが、トリスタン様は魔法が使えるのですね。でも、竜人は精霊に嫌《きら》われているのではなかったのですか？」

私の問いに、トリスタンは自分の指先に小さな火を灯《とも》す。

火に照らされたトリスタンの顔を見てハッとした。私と同じ水色だったはずの彼の瞳《ひとみ》が、いまは炎のような色に変わっていた。

「トリスタン様、瞳が……」

「ああ。力を使うと、瞳の色が変わる。これは精霊魔法ではない。私自身の魔力で火を起こしている。私は火の竜人だから」

更なる新事実に、私は頭がパンクしそうになった。

竜人族は精霊に嫌われていて精霊魔法は使えないが、自身の魔力で魔法を使える、ということなのか。

「えっ。で、でも、私は火を起こしたりできませんが」

「お前は……恐らく火は使えないだろう」

「そう、なのですか？」

「シルヴィアも純粋《じゅんすい》な火の竜人族ではないと言っていた。先祖は火の竜人族だが、他国へ出て他《ほか》の竜人と混じり、火以外の力を受け継《つ》いでいるかもしれない。もしくは人と混じり過ぎて力を失ったか。そういえば、彼女が力を使うところは見たことがなかった」

「では、力を使えなければ普通の人と変わらないということですよね」

ただでさえ毒スキルがあるのに、これ以上人外じみた力があっても困る。

だがトリスタンになぜかじろりと睨《にら》まれてしまった。

「だとしても、お前にイグバーンの竜人の血が流れていることに変わりはない」

竜人族を否定するつもりはない、と言おうとした時、突然《とつぜん》地面を突《つ》きあげるような衝撃《しょうげき》に襲《おそ》われた。

「きゃあっ！」

再びトリスタンに抱きとめられ、私も彼の服をしっかりと握《にぎ》り締《し》めながら揺《ゆ》れに耐《た》える。

地震《じしん》が起きるのが早い。しかも、階段の下からまるで大地の唸《うな》り声のような音が響《ひび》いてくる。パラパラと落ちてくる砂屑《すなくず》に、嫌《いや》な予感が頭をよぎった。

「あの、ここ……崩《くず》れてしまいませんよね？」

「さあな。私も初めて入るのだから、知るわけがないだろう」

ということは、天井《てんじょう》が崩れ落ち生き埋《う》めになる可能性もあるということだ。

「うう……。だったら知っていることを教えてください。何の目的でこの階段を下りているのですか？　この下に何があるのですか？」

続く揺れの恐怖《きょうふ》を誤魔化《ごまか》すように声を張る。

また答えてもらえないかと思ったが、トリスタンは私を憐《あわ》れに思ったのか口を開いた。

「火竜と契約《けいやく》を交《か》わした初代王の伴侶《はんりょ》、初代王妃《おうひ》は竜人族だったそうだ」

「え？　ああ……離宮《りきゅう》に肖像画《しょうぞうが》が飾《かざ》られていました。確かに銀の髪《かみ》に水色の瞳の女性でした。やはり、初代王妃は竜人族だったんですね」

「王妃の指輪には、火竜の魔力が込められている。それを解放することで入り口の鍵《かぎ》が開く仕組みだ。火竜の魔力は、竜人族にしか解放できない」

「では、本当に私は……」

鍵を作動させた時点で、私は竜人族だと証明されていたのか。半信半疑だったのにとどめを刺《さ》されてしまった。

父は……恐《おそ》らく母や私が竜人族の血筋だと知っていたのだろう。思い返してみると、精《せい》霊《れい》と契約出来ないはずの私がシロと契約をした時、父はかなり動揺《どうよう》していた。王都を出る時、何かあれば離宮に向かうよう言っていたのも、すべて知っていたからか。

しばらくして地震が収まると、トリスタンは階段の先を見据《みす》えて言った。

「火竜は初代王妃とその番《つがい》の王を信頼《しんらい》していた。その結果をお前も知るべきだ」

階段を下りきった先。そこに広がっていた光景に私は息を呑《の》んだ。

暗闇の中、トリスタンの火魔法により照らし出されたのは、巨大《きょだい》な鍾乳洞《しょうにゅうどう》だった。高い天井からは氷柱《つらら》のような大きな鍾乳石がいくつも下がり、逆に下からは太い石筍《せきじゅん》が突き出している。そしてどこまでも遠く、暗い水面が鍾乳洞の奥まで続いていた。

「もしかして、地底湖……？」

「ここは神殿《しんでん》の湖の真下に位置している」

「湖の下に、更に湖があるということですか」

自然に出来たとはとても思えない。魔法で作られた場所なのだろうか。

(それより、ここって何だかめちゃくちゃ既視感《きしかん》があるんだけど)

今私たちが立っているのは、朽《く》ち果てた教会の、祭壇《さいだん》のある段上のようだった。色褪《いろあ》せた絨毯《じゅうたん》に、古びた祭壇、ひび割れたデミウル像。これはまるで――。

(夢の中でデミウルと会っていた場所とそっくりじゃない)

夢の中の祭壇は、もっと明るい光が降り注いでいたけれど。

そう思い上を見ると、そこにはゆらゆらと淡《あわ》い光を通すステンドグラスの天井があった。夢の中のあの場所で見た、赤い巨竜と白い竜のステンドグラスそのままだった。

「嘘《うそ》……じゃあ、デミウルと会っていたのはここ⁉」

ハッとして辺りを見回す。そういえば、デミウルはいつも祭壇の辺りに立っていた。そこに隠《かく》れているのでは。

「でも隠れる場所なんて……え？」

改めて祭壇を見ると、乾燥《かんそう》した花々が飾られている中にひと際輝《きわかがや》くものがあった。

それは大小無数の宝石で彩《いろど》られた、豪華《ごうか》な金色の玉だ。この暗く荒廃《こうはい》した空間にはあまりに不釣《ふつ》り合いな存在に、目が丸くなる。

「まさか、宝珠《ほうじゅ》⁉」

慌《あわ》てて祭壇に飛びつく。けれどとんでもなく豪華な装飾《そうしょく》を目の前にすると、直接触《ふ》れる勇気は出なかった。代わりにあらゆる角度から宝珠らしきそれを観察する。

「これ、絶対宝珠よね。見たことないけど、でもこの存在感、宝珠以外にないでしょ。こんな所に宝珠が隠されていたなんて……」

「何をブツブツ言っている」

「だって！　これ、宝珠ですよね⁉　国宝ですよ、国宝！　これを巡《めぐ》って王家が分裂《ぶんれつ》して戦争が起きかけてるんですよね⁉」

予想外の展開に、つい素《す》が出てしまっていることに気づいたけれど、止められない。

この宝珠の在り処《か》をノアは探していたはずだ。王妃エレノアの手に落ちる前に、ノアが何としてでも見つけようと奔走《ほんそう》していた。

「と、届けなくちゃ。これを今すぐノア様の所に……」

だがトリスタンは事も無げに「そんな物は後だ」と言い放った。

「そんな物!? 後!? トリスタン様こそ、悠長《ゆうちょう》なことを言っている場合じゃ――」

「お前はわかっていない。優先すべきは王家のお家騒動《いえそうどう》などという矮小《わいしょう》な雑事ではない」

国家の危機を矮小な雑事と言い切ったトリスタンに開いた口が塞《ふさ》がらない。

「わ、矮小って……」

「矮小だ。王家の継承《けいしょう》問題など、世界の存続に比べれば」

突然スケールの違《ちが》う話を持ち出され、困惑《こんわく》してしまう。世界の危機と比べれば、確かにひとつの国の危機など矮小な雑事かもしれないが。

「来てみろ」

トリスタンは顎《あご》で湖を示し、段上から降り始めた。

私も後に続き湖に近づいていくと、鼻の奥が刺激《しげき》される強烈《きょうれつ》な悪臭《あくしゅう》に見舞《みま》われる。

地上の湖は美しく澄《す》み切っていたが、地底湖は黒く澱《よど》み、水は腐《くさ》りきっていた。

「う……ひどい臭《にお》い」

「ここはイグバーン各地の水源と繋《つな》がっている地底湖だ」

「水源……ということは」

「小さな村の泉を覚えているか。ああいった各地の穢《けが》れが、すべてここに流れ込んでいる」

確かにあの泉も臭《くさ》かったが、あれが比にならないほどの臭いが目の前の地底湖からは立ち上《のぼ》っていた。ここに丸一日いたら、一生鼻が使い物にならなくなりそうだ。

「それで、なぜここに私を……？」

「奥を見てみろ」

トリスタンに促《うなが》され、地底湖の奥へと目を凝《こ》らす。

彼が生み出した小さな炎《ほのお》が真っ直《す》ぐに連なり、奥を照らした。

巨大な鍾乳洞の闇《やみ》の中に、蠢《うごめ》くゴツゴツとした大きな岩山が見えた。しかもその岩山から、低く不気味な獣《けもの》の泣き声のような音が響いてくる。

「岩山が、唸ってる……？」

「岩山ではない」

トリスタンの言葉の直後、岩山が突然咆哮《とつぜんほうこう》し、変形し始めた。

まるでごろりと転がるかのように岩山が動き、太い角のように一部が突《つ》き出し、垂れさがる鍾乳石を払《はら》い落とした。かと思えば威嚇《いかく》するかのように横に広がる。それはまるで巨大な羽を広げる――。

「あれはまさか……竜《りゅう》ですか⁉」

半信半疑でそう叫《さけ》んだ私に、トリスタンはあっさりと横で頷《うなず》いた。

「そうだ。イグバーン王国を守護する我《われ》らが神、火竜だ」

この巨大な地底湖は、古都の森から移った火竜の棲《す》み処だった。火竜は神話の中だけで語られる生き物ではなく、実在していたのだ。

暗闇ではっきりと見ることは出来ないが、岩肌《いわはだ》に見えたのは赤黒い鱗《うろこ》だったようだ。火竜は太く長い尾《お》と巨大な羽で激しい水しぶきを上げながら、鍾乳石や石筍を砕《くだ》いては雄叫《おたけ》びを上げている。

それは威嚇というよりは、悲痛な叫びのように私には聞こえた。痛い、苦しい、助けてくれという火竜の声が、なぜか聞こえる気がするのだ。

「火竜は苦しんでいるのですね。でも、なぜこの湖から出ないのでしょう」

「眠《ねむ》っているからだ」

「え……あ、あれ、眠っているのですか⁉」

トリスタンの返答に、私は目を剝《む》いた。

(じゃああの暴れっぷりは寝相《ねぞう》の悪さで、咆哮は激しい寝言なの？　流石《さすが》にダイナミックが過ぎるわよ)

伝説の火竜がその気になれば、国どころか世界を滅《ほろ》ぼすことも出来るのでは。

ああ、そうか。だからトリスタンは世界の存続などと言ったのかと、私は火竜の暴れっぷりを目の前で見てようやく理解した。

「この地震《じしん》を止めねば、そのうちここも崩《くず》れる」

「それはまずいですね。では宝珠を持って――」

「火竜を起こすぞ」

「逃《に》げま……え？　起こ……え？　えええ――――っ!?」

何でそうなる！　という私の叫びは、鍾乳洞を突き抜《ぬ》け地上まで響《ひび》き渡《わた》ったことだろう。

目の前では未《いま》だに火竜は吠《ほ》え、叫び、暴れ回っている。寝言に寝相が激しいだけとは言え、やっていることは災害級だ。

「ちょっと、ま、待ってください。火竜を起こすって、あの状態でどうやって……」

とてもじゃないが、あれでは近づくことすら出来そうにない。

寝返りで潰《つぶ》されるか、尻尾《しっぽ》に吹《ふ》き飛ばされるか、はたまた落ちて来た鍾乳洞の下敷《したじ》きになるか。とにかく近づいたが最後、待っているのは悲惨《ひさん》な死だ。だがトリスタンは事も無げに「それが役目だ」と言い放つ。

「役目って……まさか、竜人族《りゅうじん》の大事な役目ってこのことですか!?」

驚愕《きょうがく》の事実に顎が外れるかと思った。眠りながら暴れる火竜を起こすことが役目とは。なんて命がけな役目を背負わされているのだ、竜人族は。

「何を驚《おどろ》く。お前は知っているはずだ。竜を目覚めさせる歌を」

「は……？」

まったく覚えのないことを言われ、私は戸惑《とまど》いながらトリスタンを見上げる。

「そういえば、野営の時もおっしゃっていましたが、何のことでしょうか。学園の授業でお話しされていた聖歌のことですか？　でも、あれは子守歌《こもりうた》ですよね」

「もうひとつの歌があるだろう。子守歌の対《つい》になる、目覚めの歌だ」

あるだろう、と言われても目覚めの歌など聞いたことがない。

でも私の記憶《きおく》は常に穴だらけだ。重要なことは大体後になってから思い出す。もしかしたら忘れているだけかもしれないと、目を瞑《つぶ》り記憶の箱をひっくり返して必死に探した。

子守歌を歌う母の声。その声で別の歌を聴《き》かされていなかったか。

目覚めと言えば朝だろうか。朝の歌――……。

「……ダメです。何も思い出せません。申し訳ありませんが、目覚めの歌なんて聴いたことが……」

「聴いている」

トリスタンは私を真っ直ぐに見つめながら、強い声で断言した。

「お前の母は、シルヴィアは、必ず教えている」

なぜ、私と母のことなのに、トリスタンがそこまで言い切れるのだろう。それくらい彼は母と親しかったのだろうか。

「でも本当にわからないのです。母は私が幼い頃《ころ》に亡《な》くなっていますし、記憶がもう……」

「思い出せ。子守歌を覚えているなら、必ず目覚めの歌も聴いている。恐《おそ》らくその身に染《し》みこんでいるはずだ」

そう言うと、トリスタンは徐《おもむろ》に懐《ふところ》から小さな横笛を取り出し、暴れる火竜に向かい笛を構えた。

（え？　吹くの？　今？）

目の前で伝説の火竜が暴れ回っているのに、シュール過ぎでは。

私の戸惑いなど知らず、トリスタンは一呼吸置いた後、ゆっくりと笛を吹き始めた。

小さな笛を吹いたところで、火竜の咆哮や岩が崩れる音が響き渡る空間で聞こえるわけがない。そう思ったのに、不思議なほどに笛の音は辺りにしっかりと響き渡る。

（あ。この曲……）

目を閉じ、耳を澄《す》ます。すると火竜の声は聞こえなくなり、高い笛の音だけを耳が拾うようになった。

（私、知ってる。聴いた覚えはないはずなのに、知ってるわ）

澄み切った真っ白な音だ。暗闇を遥《はる》か彼方《かなた》へと吹き飛ばす、一陣《いちじん》の風のような。朝日が顔を出す瞬間《しゅんかん》の、眩《まばゆ》い閃光《せんこう》のような。それでいて旋律《せんりつ》は、木漏《こも》れ日のような優《やさ》しさに満ちている。

微睡《まどろみ》の中、柔《やわ》らかな声に名前を呼ばれる。そんな心地《ここち》が記憶の底からよみがえった。

（ああ……私はこの歌を聴いていたのね）

何だか泣きたい気持ちになりながら、そっと口を開く。体が「覚えている」と主張するように、自然と歌があふれ出た。

母なる大地に幸福の花が咲《さ》く
目覚めの時が来た
歌えよ讃《たた》えよ
尊き我らの神に
感謝と祈《いの》りを捧《ささ》げよ
父なる大空に祝福の鐘《かね》が鳴る
目覚めの時が来た
祝えよ讃えよ
愛《いと》しき我らの神に
感謝と祈りを捧げよ
轟《とどろ》くその声を聞け
偉大《いだい》なる羽ばたきを聞け
我らが神の御業《みわざ》を崇《あが》めよ

歌い終わり、深呼吸とともにゆっくりと目を開ける。

「……歌えた」

自分で驚くくらい、自然と歌詞を紡《つむ》いでいた。

ぼう然としていると、不意に頭にポンと手を置かれた。笛を片手に、トリスタンが私の頭を撫《な》でてくる。

「忘れていたにしては上出来だ」

「今のが、目覚めの歌……？」

「ああ」

本当に、母は私に教えてくれていたのか。記憶が薄《うす》れても体が忘れないよう、繰《く》り返し何度も歌って聴かせてくれたのか。

ほとんど覚えていない母の存在を今までで一番近く感じた時、地鳴りとともに地面が大きく揺《ゆ》れ始めた。

「じ、地震、じゃなくて火竜《かりゅう》が……！」

地底湖に激しい波が立つ。奥のほうで、巨大《きょだい》な翼《つばさ》が勢いよく広げられた直後、突風《とっぷう》に襲《おそ》われた。

翼を広げただけでこの威力《いりょく》。生ける伝説、火竜の恐ろしさを文字通り肌《はだ》で感じた。

「目覚めるぞ」

「め、目覚めたら一体どうな――きゃあっ⁉」

これまでの寝言とはまるで次元の違《ちが》う、内臓を揺さぶるような咆哮が響き渡る。

思わず耳を塞《ふさ》いだ私の視界に、湖を割るようにして立ち上がる、偉大な竜の姿が映った。

あれが火竜。なんて壮大《そうだい》で貫録《かんろく》のある姿だろうか。燃えるような赤い鱗《うろこ》に、白銀の鬣《たてがみ》を有し、山のような体躯《たいく》より更《さら》に大きな翼を広げる姿は、暗い地底湖にあっても神々《こうごう》しく輝《かがや》いて見えた。

(正直、神より神っぽいわ……)

思わず拝みかけた時、不意にトリスタンが地底湖の縁《ふち》に向かい歩き始めた。

「トリスタン様……?」

『私の声が聞こえますか!』

トリスタンは突然《とつぜん》、人語とは明らかに違う言葉を竜に向かって叫《さけ》んだ。それは言葉というより音の集合体のようだったけれど、私の耳はそれをはっきりと言葉として聞き取った。知らない言語のはずなのに、どうして理解できるのか自分でもわからない。だが体が理解していることはよくわかった。これは、竜の言葉だ。

『尊き竜の目覚めを心よりお慶《よろこ》び申し上げる。火竜よ、どうか静まり給《たま》え!』

トリスタンは声を張り上げ語りかける。

でも火竜は静まるどころか暴れ続け、壁《かべ》や天井《てんじょう》のあちこちに体をぶつけ始めた。鍾乳《しょうにゅう》石《せき》が次々と地底湖に降り注ぎ、周囲の岩壁《がんぺき》は音を立てて削《けず》られていく。

「全然聞こえていないようですけど!?」

「ああ。苦しんでおられる。私の話を聞くどころではないようだ」

「苦しんでるって……」

これでは地震《じしん》は止まるどころか激しくなる一方だ。このままだといつこの鍾乳洞《しょうにゅうどう》が崩《くず》れてもおかしくない。一体火竜は何に苦しんでいるというのか。

その時、巨大な鍾乳石の落下によって起きた波が、私たちのいる湖畔《こはん》に襲いかかった。

トリスタンに抱《かか》えられ波から逃《に》げた時、頭の中に電子音が鳴り響《ひび》いた。

【毒の湖水：神殺し（毒Lv．8）】

目の前に現れた真っ赤なウィンドウに息を呑《の》む。

(何かヤバい酒の名前みたいな毒出てきたんですけど!?)

しかもレベル8。これまでとは桁違《けたちが》いの恐ろしい強毒だ。

火竜はずっとこの毒に苦しんでいたのか。地震は毒による苦しみで火竜が暴れまわった為《ため》起きたのだ。

地底湖の水が異臭《いしゅう》を放っていたのはこの毒のせいだったらしい。森の中にあった村の泉と同じだ。

「トリスタン様！　この湖の水は毒に冒《おか》されています！」

驚《おどろ》いた私とは逆に、トリスタンは表情を変えずに淡々《たんたん》とうなずいた。

「やはりそうか」

「やはりって、ご存じだったのですか？」

「さっき言っただろう。この地底湖は、イグバーン王国各地の水源と繋《つな》がっていると」

「あ……！」

確かにそんなようなことを言っていた。

あの村の泉のように、魔族《まぞく》の毒で穢《けが》れた水源が、国中にいくつも存在するのだとしたら。その全《すべ》てと繋がっているというこの地底湖の毒は、恐《おそ》ろしいほどの強毒になっているということだ。

強毒の湖の中に長い間浸《つ》かっていただろう火竜が無事とは、到底《とうてい》思えない。現に火竜は目覚めても、我《われ》を失ったように暴れ回っている。いくら太古の時代に神により生み出された生ける神話だとしても、眠《ねむ》っている間にじわじわと汚染《おせん》されていけばどうなるか……。

「まずいな。火竜が目を覚ませばここから出られると思っていたが」

「正気を失っているようなので、それは物理的に無理そうですね」

私やトリスタンがいくら竜と意思疎通《いしそつう》のできる種族だとしても、火竜が理性を取り戻《もど》していなければ意味がない。

「聖女を連れてくる必要があるか」

「セレナ様を、ですか？」

「湖の水を浄化《じょうか》させるには、膨大《ぼうだい》な神力が必要だ」

湖の水を元通りにすれば、火竜の状態も落ち着くと考えているわけか。

でも正直、セレナの神力がこの湖すべてを浄化できるほどあるかは疑問だ。治癒《ちゆ》院での活動で徐々《じょじょ》にレベルを上げているとはいえ、まだ鍛《きた》え始めたばかり。今はまだ大神官の神力のほうがずっと高いはず。

「セレナ様ではなく、シリル様をお連れしては？」

また古都への道を戻らなければならないけれど、そのほうが確実だ。

でもトリスタンは私の提案に微妙《びみょう》な顔をする。

「シリルはダメだ」

「なぜです？　使える光魔法もシリル様の方が強力ですよ」

「あれは大神官だが、少々……大分……いや、かなり妄信《もうしん》的なところがある」

(めちゃめちゃ言い直してる……)

トリスタンにここまで言わせるとは、いったいシリルはどれだけ妄信的なのだ。

「あれはずっと古都で育ってきた。古都が至上で、教会が絶対に正しいと考えている。恐らく古都の老人たちに植え付けられた意識だろう」

「そういえば、生まれながらに高い神力をお持ちだった為に、すぐに教会に引き取られたのでしたね」

「ああ。だからあれは王家を悪と見なしている。火竜の棲《す》み処《か》を移し、そこに王都を作り、竜人《りゅうじん》たちを排除《はいじょ》した重罪人たちだと」

所謂《いわゆる》洗脳のようなものか、と嫌《いや》な気持ちになる。

善悪の判断もつかない幼い頃《ころ》から言い聞かされてきたのなら、ある意味シリルは信仰《しんこう》の被害者《ひがいしゃ》だ。

「でも、実際のところは記録がなくわからないのですよね……？」

「だから妄信的だと言っただろう。あれをここに連れて来ればどうなると思う？」

「え……？　それは、当然湖を浄化し、火竜をお救いするのでは？　大神官様なのですし」

「私はそうは思わない。あれは恐らく、火竜を利用するだろう」

「利用、ですか？　あの火竜を？」

目の前で暴れまわっている火竜をどんな風に利用しようというのか。

想像もつかない私とは違い、トリスタンは確信しているような顔で言った。

「火竜を可能な限り暴れさせ、王都を壊滅《かいめつ》させてから浄化を試みるだろうな」

「は……？　ま、まさか……」

毒で苦しむ火竜を、敢《あ》えて放置するということか。

火竜は神の遣《つか》いとも言われる、精霊《せいれい》と並ぶ神に最も近しい存在。その火竜に対してする仕打ちとして、それはあまりにも不敬で残酷《ざんこく》すぎる。神を裏切るにも等しい行いを、大神官ともあろう方がするはずない。

だがトリスタンはシリルを幼い頃から見てきたのだ。うがち過ぎだと言うには彼らの過ごした年月は長すぎた。可愛《かわい》い顔をして、そんなえげつない思考回路の持ち主なのか。

多分、巻き込まれるとヤバいやつである。出来ればヒロインにも関《かか》わってほしくない。

「シリル様のことはさておき……セレナ様の居場所もわかりませんし、どうしたらいいでしょう」

私は人の体から毒を吸収することは出来るけれど、生き物以外からは出来ない仕様だ。

毒スキルのひとつ、毒吸収を覚えてから色々試《ため》してみたところ、吸収は命あるもの、つまり対象が生物である場合にのみ発動するものだとわかった。その辺りは聖女の能力との兼《か》ね合いによるものだろうか。

聖女は毒そのものを消すことは出来ないけれど、毒によって変質したもの、所謂穢れというものを浄化することが出来る。シリルが祈禱《きとう》で泉を綺麗《きれい》にしたアレだ。

あのショタ神がそこまで考えて設定しているとは思えないけれど。

「待てよ、生物……？」

目の前で暴れ回る竜を見て、最悪なひらめきが起きてしまった。

一応、竜も生物と言えるのでは？

生ける伝説であり、その存在は精霊に等しいという特殊《とくしゅ》さではあるけれど、火竜も生きている命あるものとしてカウント出来るのではないだろうか。


だとすれば、湖の毒を浄化するよりも、竜の毒を吸収してしまえば手っ取り早く火竜を正気に戻すことが出来るかもしれない。

「あの……トリスタン様。もしかしたら私、火竜をお救い出来るかもしれません」

「お前が？」

「はい。とは言え……あの火竜に直接触《ふ》れなければいけないのですが」

言いながら、もがき続ける守護竜を見やる。

うん、無理。触《さわ》るどころか、近寄ること自体自殺行為《こうい》だ。

「触れるだけでいいのか？」

「え？　ええ、でも危険ですよね。しかもあそこに行くにはこの毒の湖を渡《わた》らないと」

私は大丈夫《だいじょうぶ》だが、トリスタンは難しいだろう。毒スキルで死にはしないとは言っても、私だってこの異臭を放つ水の中に入りたくはない。

それでも、何とか浮石や落ちてきた鍾乳石を辿《たど》って行くしかないかと思った時、突然《とつぜん》トリスタンが白く発光した。

光の中で、ゆっくりとトリスタンの姿形が変わっていくのを見てぼう然となる。

「ト、トリスタン様……？」

やがて光が収束して消えると、そこには一瞬《いっしゅん》魔族かと疑うような異形の姿となったトリスタンがいた。

皮膚《ひふ》の一部にはほんのり赤みを帯びた鱗《うろこ》。背中には大きな、火竜のものとよく似た立派な羽が生えている。まるで人が竜に、いや、竜が人に変化したかのような姿だ。

「これが竜人族の形態変化だ。私の家系は純血ではないが、性質は強いほうでな」

「竜人族の。ということは、わ、私にも鱗や羽が生えるのでしょうか……？」

「生やしたいのなら教えてやるが」

真面目《まじめ》な顔で言われたけれど、今は止《や》めておきますと答えておいた。

ただでさえ私は悪役令嬢《れいじょう》で、神子《みこ》で、毒スキルなんてものを持っているのに、さらに羽や鱗を生やせたら、自信を持って自分は普通《ふつう》の人間だと言えなくなりそうだ。

トリスタンの姿は何だか神々《こうごう》しくてかっこいいけど、と思った時、徐《おもむろ》に横抱《よこだ》きにされた。

あまりに軽々と抱かれたので、驚《おどろ》く暇《ひま》もなかった。

「あ、あの……？」

「飛ぶぞ」

「え……きゃあああっ⁉」

突然トリスタンの羽が大きく羽ばたき、私を抱いたまま宙へと飛び上がった。

飛んでいる。それはもう力強く。羽ばたきがある分、シロに乗って空を飛ぶ時とはまた違《ちが》う感覚だ。

もしかしたら、あの崖路《がけじ》から王宮まで短時間で戻った方法はこれだったのかもしれない。

「このまま火竜の背中に降りる」

「えっ。……わ、わかりました！」

トリスタンが私を抱《かか》えながら、火竜の翼《つばさ》や落ちてくる鍾乳石《しょうにゅうせき》を避《よ》け、暗闇《くらやみ》を飛ぶ。

何とか背中に着地を、という時に、

「危ない！」

振《ふ》り回された火竜の尾《お》の先が、トリスタンを直撃《ちょくげき》した。

ギリギリ私を火竜の背に落とし、トリスタンはそのまま岩壁《がんぺき》に激突《げきとつ》してしまう。

「トリスタン様！」

「ぐ……っ。私の心配は無用だ！　お前はお前の出来ることをしろ！」

「……はいっ！」

暴れまわる火竜から落ちてしまわないよう、なんとか羽の付け根までよじ登り、銀糸の鬣《たてがみ》をしっかりと摑《つか》む。足場を確保してから、私は深呼吸をし火竜の鱗にしっかりと触れた。


【竜帝《りゅうてい》イグニオス】

種族：火竜
状態：混乱・暴走・慢性《まんせい》中毒（神ごろし：毒Lv.8）

生ける伝説火竜には名前があった。イグニオス。威厳《いげん》に満ちた響《ひび》きの名前だ。

（イグニオス、いま助けるから！）

神子として、竜人族として、そしてイグバーン王国王太子の婚約者《こんやくしゃ》として、火竜の回復を心から願い、スキルを発動した。


【毒を吸収します】


手のひらが熱を帯び、輝《かがや》き始める。火竜の全身も同じように発光し、その輝きが増していくと、熱はどんどん高くなり、まるでマグマに手をかざしているかのようだった。

（熱い……！）

手が消えてなくなってしまうかもしれない。でも止めることもできない。

火竜が巨大《きょだい》だからか、あまりにも毒の吸収に時間がかかる。その間もトリスタンが暴れる火竜から私を守ろうとして、傷だらけになっていった。

（お願い、早く終わって……！）

限界だ、と思った時、頭の中で電子音が連続して鳴り響いた。

【毒の吸収に成功しました】

【毒の許容量を超《こ》えています】

【毒を無効化します】

【毒の無効化に失敗しました】

【毒の無効化に失敗したため、仮死状態に入ります】

何度聞いてもこの電子音は不快でしかない。もっとストレスのない音にしてって、言わなくちゃ。

意識が遠退《とおの》く中、私が考えていたのはそんなことだった。

ふと気づいた時には、温かな場所にいた。お約束のアレである。

（ん？　でもいつもと違う感じ……）

甘く優《やさ》しい香《かお》りがする。それからそっと頬《ほお》を撫《な》でるそよ風が吹《ふ》いている。

遠くに聞こえる小鳥の囀《さえず》りや、小川のせせらぎに誘《さそ》われるように目を開けると、そこには不思議な空が広がっていた。

太陽がない。代わりに淡《あわ》く七色に変化する雲が、綿毛のようにふわふわと浮《う》かんでいる。

横を見れば一面の花畑。私はどうやら花畑の中で横になっていたらしい。

体を起こすと、色鮮《いろあざ》やかな花畑は遥《はる》か遠くまで続いているようだった。

「何ここ、天国……？」

「似たようなものかな」

ひとりごとのつもりが、背後から返事があって驚いた。

振り返ると、小さなテーブルに着き、優雅《ゆうが》にお茶を飲む創造神デミウルがそこにいた。

「デミウル！」

「やあ、オリヴィア。僕の庭にようこそ」

そう言って笑ったデミウルの後ろには、幻想《げんそう》的な極彩色《ごくさいしき》庭園があった。

様々な花のグラデーションで出来たアーチ、幹から枝葉まで真っ白な不思議な木、小さな滝《たき》の下の池には、孔雀《くじゃく》のような形の花が浮いている。色で溢《あふ》れ過ぎた景色に、一瞬目が眩《くら》みそうになった。

よく見れば、デミウルの傍《かたわ》らには神獣《しんじゅう》シロが寝転《ねころ》んでいる。いくら呼びかけても姿を見せないと思ったら、こんな所で昼寝をしていたのか。

「ここ、あんたの庭なの？　どうしていつもの場所じゃないの？」

辺りを見回しながら近寄ると、デミウルは指先を動かすだけでカップを生み出した。

「まあまあ。せっかく来たんだから座って。お茶でもどうぞ」

まったく、と私はため息をついた。本当にどんな時でもマイペースショタ神だ。

抵抗《ていこう》しても仕方ないので、仕方なくデミウルの向かいの席に着く。

「いつものあの場所は、火竜《かりゅう》のいる地底湖の祭壇《さいだん》だったのね？」

デミウルは私に紅茶を淹《い》れると「その通りだよ」と満足そうに笑って言った。

実際の場所ではなく、あの地底湖を模してデミウルが造り出した空間だったらしい。

「ありがとう、オリヴィア」

「何よ、いきなり……」

突然《とつぜん》の感謝の言葉に、ついつい警戒《けいかい》してしまう。

けれどデミウルは茶化《ちゃか》す様子もなく、胸に手を当て目を伏《ふ》せて微笑《ほほえ》んだ。

「竜は僕にとって息子《むすこ》であり、古い友人のような存在なんだ。彼を救ってくれたことに、深く感謝しよう」

いつもの軽い調子ではなく、落ち着いた語り口のショタ神は正直――。

(気持ちわるっ)

いきなり神らしく振《ふ》る舞《ま》わないでほしい。鳥肌《とりはだ》が立つ。

「やめてよね。あんたにお礼を言われても、マ・ジ・で・嬉《うれ》しくないのよ」

「わあ。前世の口調で神をディスると、悪役令嬢っぽいねぇ？」

「ほら。そういうとこよ、このショタ神」

私が嫌悪感《けんおかん》も露《あら》わに指を突《つ》き付けると、デミウルはケラケラ笑った。妙《みょう》に嬉しそうでそれもまた気味が悪い。

「ほーんと、相変わらずオリヴィアは手厳しいなぁ」

「あんたが緩《ゆる》いのよ。……ねぇ。真面目《まじめ》に答えてほしいんだけど、デミウルは私に火竜を助けさせる為《ため》に、二度目の人生を与《あた》えたの？」

別にそのことについて、利用されたと怒《おこ》っているわけじゃない。ただの確認《かくにん》だ。

私だけが世の不条理を嘆《なげ》いたり、神を恨《うら》んでいたわけではないだろう。私と同じように世界や神を呪《のろ》いながら亡《な》くなった人は、きっと星の数ほどいたはずだ。

それなのに、なぜ私だったのか。私だけが二度目の人生や、前世の記憶《きおく》や、毒スキルを与えられたのはなぜなのか。ずっと不思議で疑問だったのだ。神の気まぐれと言われるよりも、神の目的の為に選ばれたと言われたほうがよほどスッキリする。

「君を憐《あわ》れに思ったのは本当。でも君が火竜の為に、世界の為に選ばれていたのも本当」

「世界の為に……？」

「オリヴィア。選ばれし神子《みこ》よ。君の前世の記憶にあるゲームの世界の本当のラストを教えてあげよう」

そう言ってデミウルが手をかざすと、光を帯びて宙に現れたのは、見覚えのある四角い板。透明《とうめい》の板は今世では見たことがないけれど、前世では見慣れたプラスチックケース。ケースを飾《かざ》る、美しい少女や少年たちの描《えが》かれたイラストは間違《まちが》いなく——。

「救国の聖女！」

「の、ファンディスク～」

まるで青いネコ型ロボットみたいな口調のデミウルに若干《じゃっかん》イラつきながら、私は衝撃《しょうげき》を受けた。

「えっ⁉　それって、私がまだプレイしてないやつ……！」

私は未プレイだけど、本編よりかなり壮大《そうだい》なストーリーで裏設定てんこ盛りだと話題になったあの！

デミウルは手のひらでディスクケースをくるくると回転させながら頷《うなず》いた。

「その通り。このファンディスクで聖女たちは王妃《おうひ》を倒《たお》し、火竜を救うことで真のエンディングを迎《むか》えるんだ」

「王妃を倒す……セレナが？」

王妃の手先に連れ去られてしまい、行方《ゆくえ》不明なのにそんなことが出来るのか。

しかも私が最後に見たセレナは、まだまだ大神官にも及《およ》ばない神力レベルだったはず。

「いまの聖女じゃ無理だから、君がいるんだよ。ゲームと似た世界とは言ってもまったく同じにはならない。ゲームよりも魔族《まぞく》の毒はもっと強力だし、火竜のダメージは大きかった。人の心の闇《やみ》もまた、何倍も深かったね」

まるで舞台《ぶたい》の観客のような言い様に、ついムッとして言い返してしまう。

「当たり前でしょ。ゲームじゃないんだから。皆《みな》生きていて、必死で、喜びも悲しみもすべて本物なのよ」

はじめの頃《ころ》は、自分以外の世界や人すべてを、ゲームの中のものとして考えていた。

でも違った。皆それぞれ生きていて、私と同じひとりの人だった。命はひとつで、夢や希望や大切なものを持つ、現実を生きる人だった。

私はゲームの中のノアを、父を、友人たちを愛したわけではなく、同じ世界を生きる人々を愛しているのだ。

デミウルは「まったくその通りだね」と、芝居《しばい》がかったように大きく頷いた。

「安心したかい？　これで君の《乙女《おとめ》ゲームの悪役令嬢《れいじょう》》という柵《しがらみ》も消えるだろう。ここから先は何も決まっていない、正真正銘《しょうしんしょうめい》君だけの物語だ」

お疲《つか》れ様、と手を差し出され、私はやはり微妙《びみょう》な気持ちになりながらその手を握《にぎ》り返す。

「じゃあ、あんたとはこれでお別れってことね？」

つまり、もう私は毒で危険な目に遭《あ》うことはないということか。という確認の為に聞けば、なぜかそっと目をそらされた。

「ちょっと……。何で目をそらすのよ」

「いやあ、だって、ねぇ？　それはどうかな〜って」

可愛子《かわい》ぶって小首をかしげるデミウルの手を、全力で握り締《し》める。

「いったたたたた！」

「それはどうかなって、どういう意味よ」

「だ、だって！　オリヴィアって、自ら危険に飛びこんでいくタイプだし！」

それは父やノアに散々言われてきたことだったので、咄嗟《とっさ》に言い返せない。

デミウルは私の手を振《ふ》り払《はら》うと、涙目《なみだめ》で唇《くちびる》を尖《とが》らせた。

「だから、これからも会える予感がするんだよねぇ」

「やめてよ！　それって神の預言みたいじゃない！」

「みたいっていうか、僕神だし」

「撤回《てっかい》して！　もう神子とかいう称号《しょうごう》もいらないから！　返上するから！」

むしろ返上させてほしい。ただの侯爵《こうしやく》令嬢として今度こそ平穏《へいおん》に生きたい。

「ひどいな〜。神子なんてレアな称号、後にも先にも君だけだよ？　それってものすご〜くありがたいことなんだよ？」

「全っ然ありがたくないから！　私は平穏に慎《つつ》ましく暮らしたかっただけなのに！」

私の叫《さけ》びにデミウルは「今更《いまさら》だよねぇ？」と傍《かたわ》らのシロに同意を求めた。

目を瞑《つぶ》っていたシロだけどしっかり起きていたらしく、耳をピクピクさせて顔を上げた。

『どうでもいいけど、僕お腹《なか》すいたよぅ』

平常運転の食いしん坊神獣《ぼうしんじゅう》に、あきれて力が抜《ぬ》ける。

「何言ってるのよ。私が呼んでも来ないで、こんな所でサボってたくせに」

『サボってたわけじゃないもん。デミウル様に止められてただけだもん』

何と、いくら呼んでも来ないと思ったら、デミウルがシロを引き留めていたらしい。

デミウルを睨《にら》みつけると、ショタ神は引きつった顔でわざとらしく手を叩《たた》いた。

「さあ！　シロもこう言ってるし、そろそろご飯の時間にしてあげないとね！」

「それで誤魔化《ごまか》せると思ってるの？」

「ああ、ほらほら！　オリヴィアも起きる時間だよ！　皆君を待ってるよ！　大変ダー！」

棒読みで立ち上がるデミウルにあきれた時、懐《なつ》かしい音が遠くから響《ひび》き始めた。

太陽のない空を見上げれば、朝を告げるような柔《やわ》らかな音色の合間に、私を呼ぶ声も聞こえてくる。

本当だ。もう起きなくちゃ。

「デミウル」

「は、はい」

私が立ち上がり振り向くと、デミウルは硬《かた》い顔で返事をする。

「次会った時は、三発くらい殴《なぐ》らせなさいよね」

「は、はいぃ……」

ガクリと項垂《うなだ》れるデミウルの肩《かた》を、シロが前足で器用に叩く。

その姿に笑いながら、私は愛する音たちに耳を澄《す》ました。

「それから……前もって言ってくれればデトックスお菓子《かし》を持ってくるから、またお茶でもしましょ」

私の言葉に、デミウルは目を見張り、それは嬉しそうに笑った。

デミウルが生き返らせてくれたから、今の私の幸せがある。利用されていたのだとしても、ほんのお礼くらいはしておいてもいいだろう。

(出来ればしばらく会いたくないけどね)

そう思いながら目を閉じた時、空気の読めないショタ神が弾《はず》んだ声でこう告げた。

「ちなみにオリヴィア。竜《りゅう》の目覚めの歌は、【救国の聖女】のファンディスクのOP曲だよ！」

「その情報、心の底から聞きたくなかった!!」

薄《うす》れゆく意識の中、デミウルのケラケラ笑う声が響いていた。

【SIDE：Noah】

王都近郊《きんこう》の平原は、既《すで》に戦場と化していた。

辺り一帯が剣戟《けんげき》と怒号《どごう》で満ちる中、ノアはもう何度目になるかもわからない雷《かみなり》の雨を敵《てき》陣《じん》に降らせた。

敵の断末魔《だんまつま》の叫《さけ》びが上がった直後、真っ赤な目をしたハイドン兵が幾人《いくにん》も、人間離《ばな》れした跳躍《ちょうやく》で騎士《きし》団に襲《おそ》いかかってくる。

それを雷の矢で撃《う》ち落としたノアの前に、近衛《このえ》隊と魔法師団が並んだ。

「王太子殿下《でんか》！　お下がりください！」

「今僕が下がればここは総崩《そうくず》れになる！」

「しかし、昨夜は夜通し戦闘《せんとう》が続きました！　どうか後方でしばし休息を！」

近衛騎士の進言に、ノアは舌打ちする。

そう、この戦闘は昨日の昼下がりから始まり、現在まで敵の侵攻《しんこう》が途切《とぎ》れていなかった。

人間同士の戦《いくさ》であればありえないことだ。どんな屈強《くっきょう》な騎士であっても休息は必要なもの。騎士道の観点からも、夜は戦闘を中断し休息をとるのが当然であるはずだった。

しかしハイドン公率いる反乱軍はその暗黙《あんもく》のルールを完全に破った。いや、破ったというより、休息が必要なかったのだ。

反乱軍の兵士たちは、普通の人間ではなくなっていた。服や鎧、身に着けた武器等、明らかに人間の名残《なごり》はあれど、彼らの瞳《ひとみ》は血のように真っ赤に染まっていた。

魔族だ。反乱軍の兵士たちは、魔族に体を乗っ取られていた。

そのことにいち早く気づいた騎士団総団長は、近郊の領地から集められた兵士を含《ふく》めた、ノア率いる正規軍を前後ふたつに分けた。交代で休息をとる為《ため》だ。魔族と違《ちが》い人間は休みなく戦うことは不可能。不眠不休《ふみんふきゅう》の戦闘が続けば、二日と持たず正規軍は敗北するだろう。

いま前線は第二騎士団団長、オリヴィアの父であるアーヴァイン侯爵が先陣《せんじん》を切り戦っているが、彼も半日近く剣を振るい続けている。圧《お》され始めているのも仕方ない。

確かにノアもすでに体力気力、魔力も限界が近づいていた。それでも今下がるという選《せん》択《たく》が出来ないことは、わかり切っていた。

「我《われ》らの背中には罪のない王都の民《たみ》がいることを忘れるな！　我々は王族の、王位の為に戦っているわけではない！」

近衛だけでなく、遠くの兵士にまで届くよう、ノアは力の限り叫んだ。

「我々は今、我々の大切な者たちを守る為に命をかけている！　王子も貧民も関係ない！愛する者を守りたければ皆《みな》、最後の最後まで敵を討《う》て！」

ノアの鼓舞《こぶ》に応《こた》えるように、兵士たちが天が震《ふる》えるほど吠《ほ》えた。

その時だった。空に大きな影《かげ》が現れたのは。

「あ、あれは一体……？」

「新たな魔物《まもの》か⁉」

魔物だとしたら、巨大《きょだい》すぎた。それはノアの軍すべてを覆《おお》い尽《つ》くすほどの巨大な影を地上に落とした。

その影は、巨大な羽を持っていた。空を泳ぐ長い尾《お》を持っていた。

空どころか大地を震わせる、雷鳴《らいめい》のような声を持っていた。

まるで山が燃えているような、鮮《あざ》やかな炎《ほのお》の色を纏《まと》っていた。

「火竜……？」

悠々《ゆうゆう》と空を泳ぐその姿に、思わずノアはそう呟《つぶや》いていた。

あれを鳥や魔族とするには、あまりにも美しく、あまりにも雄大《ゆうだい》で、神聖なものに見えたのだ。

ノアの呟きと同時に、空に現れた飛行体は、突如《とつじょ》急降下を始めた。ぐんぐん迫《せま》る山のような巨体に、兵士たちだけでなく敵兵の体を乗っ取った魔族までもが一斉《いっせい》に逃《に》げ出した。

両陣営《じんえい》の間にぽっかりと空いた空間に向かってそれが降下してくる。

地面にぶつかる直前大きく羽ばたき旋風《せんぷう》を起こすと、それはゆっくりと着地した。

ズシンと大地を揺《ゆ》らし、青天をつんざく咆哮《ほうこう》を上げたのは、まぎれもなく竜だった。

古《いにしえ》よりこの国を守護すると言われた生ける伝説、火竜がいま目の前に舞《ま》い降りたのだ。

魔族を含め、この場にいるすべての者が、突然《とつぜん》現れた神にも近しい存在にぼう然としていた。

ノアも例外なく、畏敬《いけい》の念をこめて守護竜を見上げた。特に、美しい銀の鬣《たてがみ》に目を奪《うば》わ
れる。まるで最愛の婚約者《こんやくしゃ》、オリヴィアの髪《かみ》のようだと。

「……え？」

その婚約者のものとよく似た火竜の鬣の中で、小さな何かが動いたように見えた。かと
思えば、それは勢いよく宙へと飛び出した。

「あれは……」

まるで鳥のように羽を広げたのは人型の影だった。

魔族か、と身構えたが、それが腕《うで》に抱《だ》いていた存在を目にした瞬間《しゅんかん》、ノアは今の状況《じょうきょう》も
忘れ叫《さけ》んでいた。

「オリヴィア!!」

間違いない。あれは自分の愛《いと》しい婚約者だ。

羽を持った人影が降りてくるのを見て、ノアは駆《か》け出す。オリヴィアを抱いたその異形
の人影は、周囲の敵を火魔法で蹴《け》散《ち》らしてから、ゆっくりと着地をした。

オリヴィアを腕に抱いていたのは、彼女と同じ銀の髪を持つ男だった。ただ、皮膚《ひふ》の一

部に鱗《うろこ》があり、背中には大きな竜のような翼《つばさ》が生えている。

　彼の姿を目にした周囲の騎士たちがざわめき始めた。

「何だあれは、竜か？　それとも人か？」

「人ではないだろう。魔族じゃないのか」

「しかし、魔族にしてはあまりにも……」

「美しすぎるな……」

　そう。彼は確かに人とは異なる見た目をしているが、あまりにも美しかった。

　蠱惑《こわく》的とも言える美貌《びぼう》に、誰《だれ》もが目を奪われ動けずにいる。

「おい。あれは神子《みこ》様では？」

「神子様をお守りするように抱いているなら、味方だろう」

「何だかおふたり、似ているような」

「確かに、ふたつの宝石が並んでいるようだ……」

　周囲のそんな言葉すら不快で、ノアはふたりの許《もと》に急ぐと男に向かって剣を突《つ》き付けた。

「貴様、誰の許しを得て僕の婚約者に触《ふ》れている。オリヴィアを返せ」

　相手はまるで炎のように赤く揺らぐ瞳でノアを睨《にら》んできたが、逆らうことなくあっさりとオリヴィアを手渡《てわた》した。腕の中に戻《もど》ってきた婚約者にほっとしたが、彼女は目を閉じたまま身じろぎひとつしない。

心なしかオリヴィアの体を冷たく感じた時、火竜が動いた。

顔をゆっくりと下ろしてきたかと思えば、ノアをじっと見つめたあと天に向かって咆哮する火竜。

ビリビリと震える空気を感じながら、ノアがオリヴィアを守り一歩下がる。

「な、何だ？」

火竜は何がしたいのだろう。

ノアの疑問に、すぐそばにいた異形の男が答えた。

「王の瞳を持つ者に力を貸すと言っている」

「火竜《かりゅう》の言葉がわかるのか」

驚《おどろ》き男を振《ふ》り向いたノアは、相手の整った顔をまじまじと見つめる。

銀の髪に白い肌《はだ》、整った顔と体躯《たいく》には既視感《きしかん》があった。

「お前は……大神官の護衛についていた神殿騎士《しんでんきし》か？」

「そうだ。私は竜人族《りゅうじんぞく》のトリスタン。火竜の眠《ねむ》りと目覚めを守る者」

竜人族？　とノアが驚いた時、突如火竜が羽ばたいた。

何事かと火竜を見上げると、竜は天を睨みつけている。目を凝《こ》らすと、そこにはいつか見た大公と呼ばれる魔族がいた。

この魔の軍団を率いているのは奴《やつ》に間違いないとノアが確信すると同時に、火竜は雄叫《おたけ》びを上げ大公に向かって火を吹《ふ》いた。そのまま空へと舞い上がる火竜と、炎を受け止めかき消す大公。

神話の神々の争いのような光景に、誰もが圧倒《あっとう》された。

「大公は任せろと火竜が言っている」

トリスタンの言葉に、ノアは半信半疑で頷《うなず》いた。

「竜人族と言ったな。その姿は……いや、それよりなぜお前がオリヴィアを？　オリヴィアに何があった」

一向に目覚めないオリヴィアの様子に尋《たず》ねれば、トリスタンは厳しい顔で口を開いた。

「火竜を苦しめていた毒を一身に受けたらしい。つまり身代わりになった。……すまない」

「毒？　そうか……なら、これは仮死状態か」

ほっとするノアを、トリスタンが訝《いぶか》しむ。

「仮死だと？」

「オリヴィアは創造神デミウルから、毒では死なない能力を授《さず》かっている。これは過剰《かじょう》な毒を受けた時に起こる仮死状態で、目覚めた時にはいつも解毒《げどく》が済んでいるんだ」

火竜を苦しめていた毒がどれほどのものだったのかはわからない。時間はかかるかもしれないが、必ず目覚めるだろうから、それまで安全な場所で守らなければ。

しかしここは戦場のど真ん中だ。どうするべきか考えるノアに、トリスタンは「なるほど」と胸元《むなもと》から小笛を取り出した。

「目覚めればいいのか。ならば、私が目覚めさせよう」


懐《なつ》かしい響《ひび》きの歌の名前を、私はもう知っていた。

火竜の為《ため》の、目覚めの歌だ。透《す》きとおる笛の音の中に、甘く柔《やわ》らかな母の歌声が聴こえた気がして、私は目を覚ました。

途端《とたん》に頭の中で電子音が連続して鳴り響いたので、せっかくの良い気分が台無しだ。


【仮死状態を解除しました】

【毒の無効化に成功しました】

【経験値を1020000獲得《かくとく》しました】

【レベルがアップしました】

【ランクがアップしました】


「ほんとうるさ……え？」

この音を早急にどうにかするようデミウルに言うのを忘れた、と後悔《こうかい》しながらまぶたを開いた先。待っていたのは予想もしない、血と魔法《まほう》が飛び交《か》う戦場だった。たくさんの騎士が魔獣《まじゅう》や魔族たちと戦っている。叫び声、剣戟《けんげき》、魔法による破壊音《はかい》。恐《おそ》ろしい音が平原に溢《あふ》れ、鳴りやまない。

非現実的な光景に、私はまだ夢を見ているのかとぼう然となる。

「オリヴィア！　目が覚めたか！」

血みどろの視界を塞《ふさ》ぐように、突然目の前に現れたのは――。

「……ノア、様？」

「大丈夫《だいじょうぶ》か？　痛みは？　おかしな所はない？」

星空の瞳《ひとみ》が心配そうに揺《ゆ》れている。恋《こい》しくてたまらなかった人が目の前にいる。信じられない気持ちで彼の頬《ほお》に手を伸《の》ばした。

「本当に、ノア様？」

問いかけに答えるように、力強く手を握《にぎ》られる。

「ああ、そうだよ。僕だ。君だけのノアだ」

「ノア様……！」

本物だと実感すると同時に、私は彼に飛びついた。ノアだ。本物のノアがいる。

無事でよかった。会いたかった。私が何度も繰《く》り返すと、「僕もだ」と返してくれた。

「オリヴィア……君は何度僕を心配させれば気が済むのかな」

ひとしきり抱《だ》き合い、お互《たが》いの無事を確認《かくにん》し合うと、困ったような顔でノアに叱《しか》られた。

「火竜の毒を一身に受けたと聞いた。なんて無茶《むちゃ》をするんだ」

「ノア様だって、反乱軍と戦争になると聞いて、私がどれだけ心配したか」

今回はお互い様だと、私が唇《くちびる》を尖《とが》らせると、ノアはやっぱり困ったような顔で笑った。

「僕を心配してくれたんだ？」

「いつだって！　いつだって私は、ノア様のことを思ってるんですから……」

「ああ、オリヴィア……愛してる」

私だって負けないくらい、いや、私のほうがきっとずっと愛してる。

再び抱き合おうとした時、
キェアアアアアアー!!

甲高《かんだか》い竜の啼《な》き声が響き、私たちはハッと空を見上げた。

そこでは濁流《だくりゅう》のような黒い影《かげ》と大剣をいくつも操《あやつ》るいつかの大公と、巨大《きょだい》な火球で応戦する火竜が壮絶《そうぜつ》な戦いを繰り広げていた。

そうだ。ここは戦場で、恐らく今は内戦真っただ中。幸せに浸《ひた》っていい状況《じょうきょう》じゃない。

「番《つがい》と再会したばかりで悪いが、色気づいている場合ではないぞ」

あきれたように声を挟《はさ》んできたのは、竜化したトリスタンだった。

「はっ！　ト、トリスタン様！　私はなぜここに……」

「お前が仮死状態とやらになった後、火竜に乗ってここまで来た」

「火竜に乗って⁉」

事も無げにそう言ったトリスタンに、私はつい大声で問い返してしまう。

あんなに暴れまわっていた火竜に乗って登場するなんて、何をどうしたらそういう流れになったのか。

私が仮死状態になっている間に、火竜とトリスタンの間で何か話し合ったのだろうか、と不思議な気持ちで上空を見つめる。

火竜は魔族の大公に向かい、火球とともに雄叫びを上げていた。

「……火竜が怒《おこ》っています。大公がこの国に穢《けが》れを広めたって」

ここまで離《はな》れていてもビリビリと伝わってくる火竜の怒《いか》りに、思わずそう呟《つぶや》いていた。

「オリヴィア。君も火竜の言葉がわかるのか？」

「あ……」

驚いたようなノアに、私はちらりとトリスタンを見る。

どうやらノアには話さずにいてくれたらしい。せっかくの気遣《きづか》いを無駄《むだ》にしてしまった。

「ええと、どうやら私、竜人の血を受け継《つ》いでいたらしくて」

トリスタンと顔を見合わせる私に、なぜかノアが「へぇ、なるほど？」と声をワントーン低くした。

「本当に、君はあと何度僕を驚かせてくれるんだろうね？」

「そ、その話はすべてが終わったあとゆっくりといたしましょう。ノア様、今の状況は？」

まずい。業火担《ごうかたん》が小さなスパークを散らし始めた。

慌《あわ》てて話を変えようと訊《たず》ねると、ノアはじとりと私を見つつも答えてくれた。

「見ての通り、反乱軍に圧《お》されているところだ。大公の相手を火竜が引き受けてくれて若干《じゃっかん》の余裕《よゆう》は出来たが、敵の軍勢は全員魔族に体を乗っ取られている上に、魔獣も放たれていて攻撃《こうげき》の手が止《や》まない」

「魔族に……では、もう彼らは人ではないのですね」

敵軍とはいえ、同じイグバーン王国の国民だ。国民を魔族に変えるのも、それを同じ国民に戦わせるのも、なんと惨《むご》いことをするのだろうか。

考えたのは大公か、それとも王妃《おうひ》か。どちらにしても、あのふたりは必ず倒《たお》さなければならない。国の為、世界の為、そしてノアや大切な人たちの為に。

「このままではこちらの気力体力が尽《つ》き、王都内に攻《せ》めこまれるのも時間の問題だ」

「そんな……」

王都が、侯爵邸《こうしゃくてい》にいるアンたちが、学園の友人たちが、戦渦《せんか》に巻き込まれてしまう。

最悪を想像して手で口元を覆《おお》った時、頭の中に電子音が鳴り響き、目の前にステータスウィンドウが表示された。

「え……？」

そこに表示されていた自分のステータスを見て、私は衝撃《しょうげき》を受けた。

(おいこらショタ神！　やりすぎでしょこれ！)

奴《やつ》にとってはちょっとしたサービスのつもりなのかもしれないけどこれは……。

私は一瞬脱力《いっしゅんだつりょく》し、けれどすぐに覚悟《かくご》を決めた。あのマイペースショタ神に振《ふ》り回されるなんて、もう慣れっこだ。

「……ノア様。前線を後退させ、敵軍と距離《きょり》を置くことは出来ますか？」

突然《とつぜん》そんな提案をした私に、ノアは一瞬目を丸くしたあと、興味深そうに目を輝《かがや》かせた。

「一瞬なら可能だが……何をする気かな？」

私は悪役令嬢《れいじょう》らしくにこりと微笑《ほほえ》むと、ドレスの裾《すそ》をつまみ優雅《ゆうが》に一礼して見せた。

「敵を殲滅《せんめつ》してご覧にいれましょう」

そう悪役らしく殲滅宣言をしたはいいものの、私はあくまで一令嬢。このような戦事についてはは詳《くわ》しくない。はい皆下《みな》がって〜、と言って簡単に済むものではないらしい。

「今この状況で、前線全体を下げる指示を出してすんなり通るとは思えない。火竜《かりゆう》の登場で、皆今が好機だと考えている。暴走気味の兵も見受けられるしね」

「それは困ります。味方を巻き込みたくありません」

私がこれからしようとすることで、人間の犠牲者《ぎせいしゃ》は出したくなかった。

　これは敵が皆、魔族に乗っ取られてしまったからこそ取れる選択肢《せんたくし》なのだ。

「優《やさ》しいねオリヴィアは。僕としてはオリヴィアの邪魔《じゃま》になるなら巻き込まれても仕方ないと思うが……」

「ノア様。この状況で冗談《じょうだん》は……」

「戦争に尊い犠牲は付きものだよ」

　うん。冗談じゃなかった。国を統《す》べる者として、少数より大勢を選択《せんたく》するのは当然なのかもしれないけれど、ノアの場合は王族としてというより、何というかその、業火担として言っている気がする。

　私の業火担は味方にも厳しい。というか、私以外には慈悲《じひ》の欠片《かけら》もない。

　どうしたものかと思っていると、それまで黙《だま》っていたトリスタンが近づいてきた。

「王太子」

　声をかけられたノアは、トリスタンから私を隠《かく》そうとするように前に立つ。

「何だ……これは、宝珠《ほうじゅ》か!? 一体どこで！」

　トリスタンがノアに差し出したのは、あの地底湖の祭壇《さいだん》にあった、王の象徴《しょうちょう》のひとつである宝珠だった。

　ノアに渡《わた》さなければと思っていたのに仮死状態に入ってしまって、てっきり祭壇に置いたままになっているものとばかり。

「トリスタン様。持ってきてくださったのですね」

「こんな置きものが貴重とは理解できんが、一応な」

「ノア様。それは湖の小神殿《しょうしんでん》の下で眠《ねむ》りについていた、火竜の傍《そば》に隠されていました。戦いが始まってしまった今、あまり意味はないかもしれませんが……」

ノアは宝珠を受け取ると、少しの間何か思案するような顔で黙っていた。

やがて頷《うなず》き、私に向かって笑顔《えがお》を向ける。

「意味は十分ある。これで前線を下げられるだろう。ありがとうオリヴィア」

いや、持ってきたのトリスタンですけど。と言う雰囲気《ふんいき》でもなくて、私は笑って聞き流した。トリスタンが不快に思っていないといいのだけれど。

軽くノアと打ち合わせ、私は私の役割をこなすべくシロを呼び出した。

「シロ！」

今度はすぐに宙に光の粒子《りゅうし》が集まり、神獣《しんじゅう》シロが姿を現した。

『はいは〜い。ちゃんと来てあげたよぅ、ってくっさ！　もう、また魔族臭《くさ》いところに呼び出す〜っ』

「サボってたくせに文句言わない！」

『サボってたわけじゃないのにぃ』

悪いのは僕じゃない、とブツブツ言い続けるシロの背に乗り、ノアを振り返る。

「ノア様、では手筈《てはず》通りにお願いいたします」

「オリヴィア、無茶《むちゃ》はしないでくれ」

私がどれだけ人外じみた力を得ても、ノアはいつだって変わらず心配してくれる。そのことに私がどれだけ救われてきたか、彼は知らないだろう。

「大丈夫《だいじょうぶ》です。どうやら私、神になったようなので！」

「は……？　それはどういう……」

詳しく聞きたそうなノアに笑いながら、私とシロは空へと舞《ま》い上がった。

火竜と大公の戦いはさらに上空の、王都から離れた位置に場所を移し続いていた。これ以上イグバーンの民《たみ》を巻き込まないよう、火竜が配慮《はいりょ》してくれたのかもしれない。

空からは戦況《せんきょう》がよく見える。ノアたち騎士《きし》団中心の軍と、魔族に取り込まれた反乱軍では、敵のほうが数も多く優勢だ。魔獣《まじゅう》も含《ふく》め、数はざっと見て倍以上ある。

少し不安になりながら、私はシロと共にノアの動きを見守った。

ノアはまず大きな雷《かみなり》を落とし注目を集めると、宝珠を高々と掲《かか》げ自身の軍勢に向かって声を張り上げた。

「皆、よく聞け！　火竜がこのノア・アーサー・イグバーンに宝珠を授《さず》けられた！」

輝く宝珠を手にしたノアの姿に、騎士たちがざわめく。

「おお……！」

「火竜が宝珠を！」

ノアの王者に相応《ふさわ》しい威風堂々《いふうどうどう》とした姿に、騎士たちは釘付《くぎづ》けになり、次々に感動を口にしている。更《さら》にノアは剣《けん》を天に向かって突《つ》き上げ「正義は我《われ》らにあり！」と叫《さけ》んだ。

その瞬間、青白い稲妻《いなずま》がノアの剣に落ち、彼を眩《まばゆ》く輝かせた。

迫力《はくりょく》のある演出に、大地が震《ふる》えるほどの歓声《かんせい》が上がる。

「やはり王太子殿下が正統なる後継者《こうけいしゃ》だ！」

「王太子殿下万歳《ばんざい》！」

（さすがノア様。皆すっかりノア様に魅入《みい》ってるわ）

宝珠を使って人心を操《あやつ》る。聞こえは悪いかもしれないが、この状況《じょうきょう》で最良の一手だったと思う。私だって、使えるものは神獣だって使うというのがモットーだ。

「魔法を使える者を先頭に魔法で敵の進軍を阻《はば》みつつ、全軍後退し距離を取れ！　神罰《しんばつ》が下る時が来た！」

完全に騎士たちの士気を掌握《しょうあく》したノアは、手筈通り指示を出し前線を急ぎ後退させた。

逆らう者はいなかった。皆がノアを信じ、迷うことなく動いた。

追いかけてくる敵兵を前に、ノアはひとり立ち止まり前を向くと、剣を高く掲げた。

急速に集まってきた黒い雲が空に渦《うず》を巻き――。

「【荒《あら》ぶる天馬の嘶《いなな》き】！」

直後、ありえないほど広大な範囲《はんい》に雷の雨を降らせた。

その様はまるで、神の怒《いか》りを次代の国王が代弁したかのようだった。圧巻だった。敵も、味方の騎士たちさえも、ノアの力を目《ま》の当たりにしその動きを止めていた。

今しかない、と私はノアの大魔法のおかげで出来た空間に、シロと共に舞い降りる。

私が反乱軍の前に立ちはだかると、ノアの魔法に怯《ひる》んでいた魔族たちが再び動き始めた。

「ふふふ……。儚《はかな》く弱げで、いかにも深窓の令嬢といった感じの私に油断したわね！」

『実際は正反対のじゃじゃ馬令嬢なのにねぇ』

「おだまり！」

シロの尻尾《しっぽ》をムギュッと掴《つか》んで黙らせた後、私は迫《せま》りくる魔族軍に向かい両腕《りょううで》を広げた。

さあ、今こそ神の加護《呪い》を存分に発揮する時だ。

覚悟《かくご》を決めた瞬間、頭の中であの気が抜《ぬ》ける電子音が鳴り響《ひび》く。

【ストレージに収納された毒を全《すべ》て解放します】

【スキルレベルが10に達したので広域展開が可能になりました】

【広域展開を選択します】

「よし、【毒拡散】！」

全身が燃えるように熱くなった直後、目の前に圧倒的《あっとう》質量の黒い闇《やみ》が展開され、魔族と化した兵士や魔獣の大軍を呑《の》みこんだ。

それは本当に一瞬《いっしゅん》の出来事だった。王都連続失踪《しっそう》事件の時の犯人、魔族ゼアロの最後の時と同じように、闇は何万という魔族たちの中に吸い込まれるように集束し、消失した。

残ったのは、断末魔《だんまつま》の叫びさえ上げることの出来なかった、おびただしい数の魔族たちの成れの果てだ。元は人だったはずの屍《しかばね》は、風にさらされ音もなく灰と化していく。

静寂《せいじゃく》がしばらく続いたあと、騎士たちがぽつぽつと声を上げ始めた。

「やった……」

「魔族も魔獣も消えた！」

「神子《みこ》様、万歳!!」

「王太子夫妻、万歳!!」

背後で上がる大歓声《だいかんせい》は聞こえていたけれど、私は振《ふ》り返ることが出来なかった。まだ夫妻じゃない、というツッコミさえ出来ない。

動けなかった。ブラックホールのような闇の塊《かたまり》が敵を一瞬で呑みこむのを、誰《だれ》よりも近くで見ていた私は、棒立ちのまま完全に固まっていた。

（なっっっに、今の!? 最早《もはや》災害レベルでしょ！）

吸収したばかりの、火竜《かりゅう》が一身に受けていた国中の毒もすべて解放したとは言え、魔族ゼアロと戦った時とは比べものにならない威力《いりよく》だった。あのショタ神、王道乙女《おとめ》ゲームを悪役令嬢《れいじよう》が無双《むそう》するゲームに改変したのでは、と疑いたくなるほどの衝撃《しようげき》。

（竜人云々《りゆうじんうんぬん》の前に、もしかして私って既《すで》に人外の域に片足を突っこんでた……？）

そんなバカな、ともう一度自分の顔に触《ふ》れてみると、現れたウィンドウには――。

【オリヴィア・ベル・アーヴァイン】
性別：女　年齢《ねんれい》：16
状態：健康　職業：侯爵令嬢《こうしやくれいじよう》・毒神　new！・神子・竜人の末裔《まつえい》　new！
……………………
《創造神の加護（憐《あわ》れみ）》
毒スキル
・毒耐性《たいせい》Lv.8
・毒吸収Lv.9
・毒解放Lv.Max
・毒昇華《しようか》Lv.5　new！

（毒の王から毒の神になったし、またよくわからんスキル技増えてるし）

そしてレベルが大幅《おおはば》アップしている。このレベル、10段階あるとは思っていたけど、やはり10がMａｘだったか。耐性より解放がMａｘに到達《とうたつ》するとは。吸収ももうすぐだけど、それよりも気になるのは耐性についてだ。

これまで摂取《せっしゅ》した毒と同レベルにスキルがアップしてきたけれど、それはつまり今回の毒より更に上の、レベル10の毒があるということだろうか。しかもレベルがＭａｘになると、今回の広域展開のように他《ほか》のスキルもランクアップする可能性が無きにしも非《あら》ずで。

正直もうお腹一杯《なかいっぱい》で考えたくもなかった。

それにしても、今回は相当アレな毒だった。仮死状態が解除された時、一瞬見えた経験値がとんでもない値だったような。まあ今回はそのおかげで、魔族となってしまった反乱軍を一掃《いっそう》することが出来たので結果助かったのだけれど。

息をつくとようやく身動き出来るようになった。溜《た》めこんでいた大量の毒を解放したからか、体がスッキリと軽い。

今なら空も飛べそうだと思った時、その空で繰《く》り広げていた戦いにも終止符《しゅうしふ》が打たれた。

「あれを見ろ！」

「おお！　火竜が……！」

誰かの声に上空を見上げると、炎《ほのお》の渦に巻かれた大公を、火竜が嚙み砕《くだ》く瞬間が見えた。

大公の操る無数の剣が砕け散り、キラキラと輝《かがや》きながら消えていく。世紀の大決戦の終幕を、私たちはこの目で見届けたのだ。

空に大地に響き渡《わた》る、勝利を告げる竜の咆哮《ほうこう》に、歓声が上がった。

「……ありがとう、イグニオス」

イグバーンの危機を救ってくれた守護竜の名前をそっと呼んだ時、後ろから駆《か》けてくる足音がした。振り返ると同時に、伸《の》ばされた腕《うで》に強く抱き寄《だ》せられる。

「オリヴィア！」

「ノア様……」

ぎゅうぎゅうと強く抱きしめられてようやく、ああ帰ってきたなと感じながら、私も抱きしめ返す。

ノアの危機に間に合って、少しでも力になることが出来て良かった。

「怪我《けが》はないか？」

「ありません。ノア様が特大の魔法を使ってくださったから」

「良かった。……結局、また君に助けられたな」

ありがとう、と言おうとしたノアの唇《くちびる》を、指で押さえて止める。

きっとその「ありがとう」の次には「すまない」と謝罪の言葉が来るだろうから。

「お礼はいりません。だって、私はあなたの妻になるのですから。この国を守るのは、私たちふたりの使命なのでしょう？」

とっくに覚悟は決まっている。近い将来、国王になるノアの隣《となり》で、私も彼と一緒《いっしょ》にこの国を守るのだ。

「オリヴィア……」

「これからも、一緒に守っていきましょうね」

私がそう言って笑うと、ノアは感極《きわ》まったような顔でもう一度抱きしめてきた。

「ああ……神は、何と得難《えがた》い人をお与《あた》えくださったのか」

「ふふ。まあ確かに、私たちが出会えたのはデミウルのおかげですね」

そこだけは本当に、心から感謝している。大体その大雑把《おおざっぱ》さとマイペースさに腹立たしさばかり感じているけれど、感謝は本物だ。

「オリヴィア、僕は君なしじゃ生きていけない。愛してる。ずっと傍《そば》にいてくれ」

「ノア様、もちろんで――」

「死ぬまで一緒だ」

「え。ええ、それも当然――」

「いや、死んでも一緒だ。来世も、未来永劫《みらいえいごう》に」

素晴《すば》らしい笑顔《えがお》でそう言ったノアに、私はもう何も言わず笑顔で返す他なかった。

(げ、激重……)

業火《ごうか》担《たん》と私は未来永劫ニコイチらしい。

それも悪くないか、と思ってしまう私はもうすっかり彼の虜《とりこ》ということだろう。

「はい、ノア様。永遠に」

この美しく勇ましく賢《かしこ》い人が、未来永劫私だけと口にする。それは私にとって幸せ以外の何物でもなかった。

私とノアを囲み、人々が勝利に沸《わ》く中、風の精霊《せいれい》グリフォンが空から現れ目の前に舞《ま》い降りた。

「王太子殿下《でんか》！　オリヴィア様！」

グリフォンの背から降りてきたのは、戦場で姿を見かけなかったノアの片腕《かたうで》、ユージーンだった。

「ユージーン！　無事だったか」

「ユージーン様、今までどこに……」

ユージーンは私を見て「ご無事でしたか」とほっとしたように微笑《ほほえ》んだ。

（ふ、普段《ふだん》クールな男の珍《めずら》しい微笑みに、ドキッとしたりなんてしないんだから！）

などと内心冗談《じょうだん》を言ったのが伝わったかのように、業火担が笑みを深めて抱き寄せてくる。本当にやめてほしい。冗談だから。

「実は王太子殿下の御命令《ごめいれい》で、とある方を保護しに」

「とある方……？」

ユージーンが振り返り、後ろを示す。

彼の背後では、ちょうどグリフォンからマントのフードを目深《まぶか》にかぶった男が降りてきたところだった。そのフードの下から微《かす》かに見えたのは、眩《まばゆ》い金の髪《かみ》と新緑の瞳《ひとみ》だ。

「え……！　ギルバーんぐっ」

「しぃ。オリヴィア。ここでギルの存在がバレるのはまずい」

ノアに素早《すばや》く口をふさがれ、私は驚《おどろ》きながらもコクコクと頷《うなず》く。

「一応反乱軍の象徴《しょうちょう》とされていますからね。いま所在を知られると、何をされるかわかりません」

そうか、反乱軍の将としてギルバートが立たされていたことをすっかり忘れていた。

ユージーンがいなかったら、ギルバートもあの毒解放で死んでいたかもしれない。

（メインヒーローを毒殺とか、そうなったら完全に悪役令嬢まっしぐらだったかも）

何より可愛《かわい》いセレナを悲しませるところだった、と血の気が引いた私の前で、ギルバートは突然《とつぜん》地面に膝《ひざ》をつき私たちに頭を下げた。

「すまない。迷惑《めいわく》をかけ続けていることはわかっているが、どうしても兄上たちに頼《たの》みたいことがある」

「ど、どうしたんですかギルバート殿下。あなたが悪くないことは皆《みな》わかっています。だからノア様たちもお助けし――」

「セレナが母上に捕《と》らわれている」

頭を上げると、ギルバートはフードの下から迷いを捨てたような顔で私たちを真っ直《す》ぐに見つめた。

一度目の人生を含《ふく》め、こんなにも意志の強さを感じる彼の瞳は初めて見た。

「セレナを助けたい。力を貸してくれ」

【SIDE：Serena】

王妃《おうひ》宮の一角にある温室。以前ギルバートに、危険だから近づかないよう言われていたその場所にセレナはいた。

温室の中心には、王妃がティータイムをとるテーブルが置かれている。その横に植えられた毒々しい色の花をつけた樹木の傍で、セレナは鎖《くさり》に繋《つな》がれ座りこんでいた。

ここに拉致《らち》されてから、王妃の姿を見たのは二度。一度目は魔族《まぞく》らしき、角のある威圧《いあつ》的な空気を持った男と一緒だった。男と話す時、王妃は常に冷酷《れいこく》な笑みを浮《う》かべていた。二度目は王妃ひとりだった。王妃はセレナには目もくれず、ただテーブルで紅茶を飲み、どこか遠くを見つめていた。

セレナはよくわからなくなった。王妃のことは恐《おそ》ろしい人なのだと思う。実の息子《むすこ》であるギルバートが警戒《けいかい》していたくらいだ。それにこうしてセレナを拉致し、鎖で繋いでいるのも彼女。王族でありながら、魔族と懇意《こんい》にしているのも彼女。

けれど王妃がひとりきりの時に見せる表情は、寂《さみ》しげで頼《たよ》りなげな、迷子の少女のように見えるのだ。

王妃は王太子ノアを排除《はいじょ》し、自分の実子で第二王子のギルバートを王座に据《す》えようとしている。大まかにそうギルバートから話は聞いていた。自らの望みを叶《かな》える為《ため》には、どんな手でも使う人だと。事実、魔族と手を組んでいるのはそういうことなのだろう。

だがセレナにはわからない。魔族との契約《けいやく》には代償《だいしょう》が伴《ともな》い、最終的には命を奪《うば》われるとも聞く。自らの命をなげうってまで、叶えたい願いとは何だろう。命があるから欲があり、願いが叶う喜びは命があるからこそ味わえるのではないのだろうか。

王妃は本当に、ギルバートたちが言うような悪なのだろうか。

「こうして鎖に繋がれてはいるけど、痛いことはされてないし……何て考えるのは、呑気《のんき》すぎるかしら」

でも、ギルバートの母親なのだ。

セレナにとってギルバートはかけがえのない人になった。そんな彼を生んでくれた人を、根っからの悪だとは思いたくなかった。こういう考えも良くないのかもしれないが、ギルバートの為にもそうであってほしいとどうしても思ってしまう。

「ギルバート様……」

彼に会いたい。ギルバートは自分がここに捕らわれていることを知っているのだろうか。会いたいけれど、どうか知らずにいてほしい。足手まといにはなりたくない。

心の中で葛藤《かっとう》していると、温室の扉《とびら》が開かれる音がした。王妃がまたお茶をしに来たのだろう。ひとりだろうか。それともあの恐ろしく美しい顔の魔族も一緒だろうか。

あの魔族には正直会いたくない。まるで感情のない目をしたあの魔族に見つめられると、息が止まりそうになる。いつでも殺せるぞと赤い目が言っているようで、震《ふる》えが止まらなくなるのだ。

どうか王妃がひとりでいますように。目を瞑《つぶ》り強く願った時、降ってきたのは予想もしない声だった。

「セレナ」

「……え？」

恋《こい》しく思いすぎて幻聴《げんちょう》が聞こえたのだろうか。聞き間違《まちが》うはずがない。この声は――。

目を開き、見上げた先には、マントのフードを目深にかぶったギルバートがいた。

「大丈夫《だいじょうぶ》か、セレナ。怪我《けが》は？　何かされてはいないか？」

地面に膝をつき、顔を覗《のぞ》き込んでくるギルバートは、とても幻《まぼろし》には見えない。

心配そうに揺《ゆ》れる新緑の瞳に自分の呆《ほう》けた顔が映った瞬間《しゅんかん》、セレナは涙《なみだ》を流していた。

「どうした！　どこか痛むのか？」

「いいえ……！　ただ、嬉《うれ》しくて。もう会えないかもしれないと思っていたから……」

ギルバートに再会することが叶わないまま、ここであの魔族に殺されるかもしれない。何度もそんな考えが頭に浮かんだ。冷たい鎖に繋がれてからずっと不安だった。死ぬことよりも、ギルバートにもう二度と会えないことのほうが悲しくて仕方なかった。

今も足に鎖の感触《かんしょく》はあるが、ギルバートが目の前に現れた瞬間、何も気にならなくなった。鎖に繋がれていても、ギルバートがいれば幸せになれるらしい。

これを恋と呼ぶのだろうか。それとも愛と呼ぶのだろうか。

「ごめんなさい、ギルバート様。せっかく逃《に》がしてもらったのに、捕《つか》まってしまって……」

こんなにも彼が大切なのに、足手まといになってしまった。その事実がズシリとセレナに伸《の》しかかる。

「セレナ……」

「ここに出入りするメイドに聞きました。あなたが反乱軍側についたって。私のせいですよね？」

「それは違う。セレナのせいでは決してない」

ギルバートは優《やさ》しいから、そう言ってくれるだろうことはわかっていた。

母である王妃のことで心を痛めていたことも、母と兄の間で板挟《いたばさ》みになっていたことも、

自分はすべて知っていたのに。

「私のせいで、ギルバート様の望まないことを……ごめんなさい……っ」

「謝るな！」

頭を下げようとしたセレナを、ギルバートが止めた。

肩《かた》を摑《つか》んでくる手が震えていることに気づき、セレナはハッとギルバートの顔を見る。

「謝らないでくれ、セレナ。お前は何も悪くない」

「ギルバート様……」

「謝らなければいけないのは俺のほうだ。恐ろしい思いをさせて、すまなかった。守ってやれなくて、本当にすまなかった」

何度も謝罪を口にするギルバートの姿を見ていると、涙が出てきた。彼がひどく傷ついた子どものように見えたのだ。

「いいんです、そんなこと。ちょ、ちょっとだけ怖《こわ》かったけど、ギルバート様はこうして助けに来てくれましたから」

明るくセレナが言って見せると、ギルバートも少し微笑《ほほえ》んですぐに表情を引き締《し》めた。

「俺だけではここに来ることは難しかった。オリヴィアや兄上たちが協力してくれたんだ」

「オリヴィア様が？　戻《もど》ってこられたんですか？」

「ああ。戻ってきた上に、ひとりで反乱軍を殲滅《せんめつ》したぞ」

「え……？　ど、どういうことです？」

あの淑女《しゅくじょ》の鑑《かがみ》のような奇跡《きせき》の女性が、ひとりで反乱軍を殲滅？

戸惑《とまど》うセレナに、ギルバートは「詳《くわ》しい説明は後だ」と言って後ろに回った。

「兄上たちが外で貴族派残党の相手をしてくれている。今のうちにここを出るぞ」

「そ、それって、オリヴィア様もですか？」

「ああ。あいつはずっと、お前を心配していたよ。……くそっ。こんな枷《かせ》など着けられて」

魔法《まほう》で鎖を切るほうが早いか、とギルバートが呟《つぶや》いた時、入り口のほうから物音がした。

今度こそ王妃《おうひ》かもしれない。ここにギルバートがいることが知られてしまったら……。

「ギルバート様、誰《だれ》か来ますっ」

「しっ。変わらず鎖で繋がれたままの振《ふ》りをするんだ」

「ギルバート様は？　あなただけでも逃げて」

「バカ言うな。すぐ後ろにいる」

セレナにも幹にもたれるように言って、ギルバートは木の裏に身を隠《かく》した。そのまま火魔法で鎖の一部を溶《と》かし始める。

どうかバレませんように、と祈《いの》るセレナの前に現れたのは、今日も冷たい目をした王妃エレノアと――。

「王妃！　いや、エレノア！」

彼女を追いかけるハイドン公爵《こうしゃく》だった。

「お前は、一体どういうつもりだ！」

王妃の実父であるハイドン公は、声を荒《あら》らげながら王妃に詰《つ》め寄る。

目を血走らせ、額に青筋を浮かべ激昂《げっこう》するハイドン公に、王妃は怯《おび》えることなく悠然《ゆうぜん》と父親に相対した。

「何をそんなにお怒《いか》りなのかしら」

「しらばっくれるな！　よりにもよって魔族と手を組むなど……！　王族としての自覚がないのか⁉」

「王族としての自覚？　おかしなことをおっしゃるのね、ハイドン公爵。私は今や、ただの反逆者でしょう？　王の象徴《しょうちょう》を集めきれず、ギルバートの王位継承《けいしょう》の正統性も得られなかった。その上で王太子を害し、ギルバートを王位に据《す》えようとしたのですから」

まるで悪びれる様子のない母親の言葉に、後ろでギルバートは何を感じただろう。

ただ、火魔法が一瞬強まったことだけは、セレナにも伝わってきた。

「そういうことを言っているのではない！　お前！　私の軍を魔族にくれてやったな⁉」

軍を魔族にくれてやった？

不穏《ふおん》な言葉にセレナの緊張《きんちょう》は高まっていく。魔族にくれてやったとはどういうことか。

「ああ……何だ。そのことですか」

「何だとは何だ⁉　私の軍はこの戦いが終われば正規の国軍になるはずだったのだ！　魔族に体を乗っ取られては、正規も何もない！」

「戦争に、正規も何もありませんでしょうに」

扇《おうぎ》を広げため息をつく王妃は、心底公爵にあきれているように見える。いや、あれは侮《ぶ》蔑《べつ》だろうか。

今まで見てきた王妃の表情の中でも、最も冷え冷えとしたものだった。

「大体！　この戦いに勝ったとして、その後の処理はどうするつもりだ！」

「勝った後……？」

「そうだ！　我《われ》らが勝ち、騎士《きし》団を倒《たお》したはいいが、残るこちらの軍勢は魔族。その魔族を誰が倒す？　まさか魔族がお前の言うことを聞いて、王都からいなくなると？」

「まあ」

突然《とつぜん》、王妃は弾《はじ》かれたように笑い始めた。温室に叫《さけ》びにも似た王妃の笑い声が響《ひび》き渡《わた》る。

怖かった。何が怖いのか明確にはわからない。ただ、目の前にいる王妃から底知れない恐《きょう》怖《ふ》を感じるのだ。後ろにギルバートがいなければ、震《ふる》えて泣き出していたかもしれない。

「あなたは、そのような心配をされていたのですか」

「何がおかしい！　当然だ！　勝利は絶対だが、その後が重要なのだぞ！」

「その通りですわね。こちらが勝っても魔族の軍勢をどうにかしなければ、王都は壊《かい》滅《めつ》するでしょう」

「エレノア……お前一体、魔族とどのような契約《けいやく》を結んだのだ」

それまでとは打って変わって落ち着いた、一段低い声で問いかけたハイドン公爵。

王妃は扇で口元を隠したまま、目を三日月の形にして微笑んだ。

「ハイドン公爵。全《すべ》ては予定通りだったわ」

「何を……」

「魔族を利用し国を荒《あ》れさせ、内乱を起こすことも。その後王都を壊滅させ、復興させることなく国を滅亡《めっぼう》させることも。全て順調に進んでいたはずだった」

恐《おそ》らく、この場にいる誰もが一瞬《いっしゅん》、王妃の言葉を理解できなかった。

ハイドン公爵は固まり、後ろのギルバートは火魔法を不安定に揺《ゆ》らがせた。セレナも頭が真っ白になる。

「め、滅亡だと……？　自分が何を言っているのかわかっているのか？　お前はギルバートを、我が孫を王位に就《つ》かせるのだろうが！」

「ええ。当初の予定では。でもそれは難しかった。王太子と神子《みこ》がしぶとくて。だからもう、一気にやってしまうことにしたのよ。本当は私が憎《にく》しみを膨《ふく》らませてきたのと同じだけの時間をかけて、この国をじわじわといたぶってやるつもりだったのに、残念なこと」

「本気で言っているのか……？　お前の望みは、私と同じではなかったのか!?」

更《さら》に詰め寄ろうとした公爵に向かい、王妃は持っていた扇を勢いよく投げつけた。

「笑わせないでちょうだい！　私の望みがお前のくだらない権威欲《けんいよく》と同じだなんて！」

「じ、実の父に向かって何を言うか！」

「父……？　父とは、妻と娘《むすめ》を道具のように扱《あつか》う者を言うのだったかしら？」

王妃は笑っていた。しかしそれは、憎しみに濡《ぬ》れた笑顔《えがお》だった。

「強欲《ごうよく》なハイドン公。お前はこの国を自身の手で支配する為《ため》に、実に用意周到《よういしゅうとう》に事を進めてきたわね。約四十年前、いまは亡《な》い小国に攻《せ》め入りその領土を自領に組み入れると、唯《ゆい》一《いつ》の姫《ひめ》だった母を娶《めと》り箔《はく》をつけた。母には婚姻《こんいん》間近の婚約者がいたのに、目の前で殺したそうね」

初めて耳にする王妃の過去に、セレナは息をするのも忘れ聞き入った。

王妃エレノアは亡国の姫君《ひめぎみ》の娘だったのか。滅《ほろ》ぼされた国だとしても、王族の血統は尊く確かなもの。その娘となれば、王族に輿《こし》入れするのに問題ないどころか打ってつけだったのではないだろうか。

政治や上流階級の習わしには明るくないセレナでも、何となく想像がついた。

「母は死ぬまでお前を恨《うら》んでいたわよ。私も同じ。自らの血筋の王子を作り上げる為に、お前は私を王に差し出した。私にも、将来を誓《ちか》い合った恋人《こいびと》がいたのに」

後ろで息を呑《の》む気配があった。

あの王妃に、恋人がいた？　ギルバートは知っていたのだろうか。

「何が将来だ。お前の母の家臣の息子《むすこ》だろう。滅びた国を復興させるなど、大それた夢を語る男なんぞのどこが良い。私はお前に価値のある立場を与《あた》えてやっただろう。この国の王妃となり、王となる息子を生んだのだ。これ以上の幸せが他《ほか》にあるか！」

「そんなものをいつ私が望んだと⁉　お前は母と私を己《おのれ》の欲望の為に利用しただけよ！」

セレナは今すぐ振り返り、ギルバートの耳を塞《ふさ》いでやりたかった。ギルバートはどんな気持ちでふたりの会話を聞いているだろう。

「ハイドン公爵。お前が私の恋人を秘密裏《ひみつり》に殺したことは知っているわ。彼の亡骸《なきがら》を、魔《ま》獣《じゅう》の餌《えさ》にしたこともね！」

あまりにも残酷《ざんこく》な所業に、セレナは思わず声を上げかけた。

目の前にいるハイドン公爵は、人ではない。人にそんな恐ろしい事が出来るはずがない。彼の心には悪魔が住み着いている。

「私はあまりに無力だった。母と私の幸せを犠牲《ぎせい》に王宮に入れば、用意されていたのは第二側妃の席。正妃は幸せそうに国王の隣《となり》で微笑《ほほえ》んでいた。私から全てを奪《うば》いここに送ったのは、こんな茶番を見せる為なのかと笑ったわ」

王妃は涙《なみだ》は出なかったと言った。愛する人を失った日に、涙は涸《か》れ果てたのだと。

「あの聖母面《づら》した正妃は、あろうことか私が王宮入りした日にこう言ったのよ。これから手を取り合いながら、この国を守って行きましょうと。こんな笑い話があるかしら！」

言葉を発するごとに、王妃《おうひ》の憎悪《ぞうお》が膨らんでいくようだった。このままでは王妃が壊《こわ》れてしまうのでは、とセレナは不安になる。

そしてそれ以上に心配なのは、この話を聞いているギルバートだ。

「王は私に無関心だった。正妃にしか興味がなかったのね。私のことは……ハイドン公爵、お前の付属物としてしか見ていなかったわ。屈辱《くつじょく》よ。こんな男の妃《きさき》になる為に、私の母国は滅ぼされ、母は不幸になり、私の彼は殺されたのだから」

王妃の憎しみの根源が、やっと明らかになった。

セレナははっきりと思った。目の前にいるあの女性が諸悪の根源ではなかったのだと。

王妃エレノアという悲しい獣《けもの》を作り出したものこそが、本当の悪だ。

「母から受け継《つ》がれた憎悪は、消えない炎《ほのお》となってこの身を焼き尽《つ》くそうとしていたわ。もう王族も貴族も関係ない。この国のすべてが心底憎い。だから私がこの手で、すべてをめちゃくちゃにして消してやろうと思ったのよ」

「つまり……お前は父を、この私を裏切るというのだな」

ギリギリと歯嚙《はが》みするハイドン公を一瞥《いちべつ》し、エレノアは嘲《あざけ》るように笑った。

「裏切るも何もないわ。お前を父だと思ったことは一度もない」

「エレノア……！」

「それに、どの道お前も私も終わりよ。さっき魔族との契約が切れたのを感じたもの。大公は死んだ。負けたんだわ。魔族も、私たちも……」

最後は力ない呟《つぶや》きになっていた。

この国を壊す。その復讐《ふくしゅう》が失敗に終わったことを悟《さと》った王妃の横顔は、疲《つか》れきった老婆《ろうば》のようにも、無垢《むく》な少女のようにも見えた。

「私は終わってなどいない！　こんなことになったのは、魔族なんぞの力を借りようとしたからだ！　母娘《おやこ》揃《そろ》って愚《おろ》かな！」

「愚かなのは過ぎた欲を抱《いだ》き、分不相応な道を恥《は》ずかしげもなく歩いてきたお前よ」

王妃の言葉に、ハイドン公は傍《そば》にあったテーブルを剣《けん》の鞘《さや》でなぎ倒した。

飛んできたテーブルで、傍に植えられていた毒々しい色の花が舞《ま》い散る。

鞘から剣を抜《ぬ》くと、ハイドン公は剣先を王妃に突《つ》き付けた。

「貴様はこの手で殺してやろう！　すべてはお前の仕組んだことにしてやる。お前の首が私の正当性を示す証拠《しょうこ》だ。せめて最後くらい私の役に立ってみせろ！」

セレナはハッとして立ち上がったが、足の鎖《くさり》で前に進めない。

目の前でハイドンが王妃に切りかかる様を、見ていることしか。

「待って……っ」

手を伸《の》ばした時、鎖の落ちる音と同時に足が突然軽くなり、ガクンと前に倒《たお》れかけた。

直後、セレナの横から飛び出していく人影《ひとかげ》が。

「母上！」

ギルバートが光の速度で剣を抜き、ふたりの間に飛び込もうとした。

しかし――すんでの所で、間に合わなかった。

ハイドンの剣が、王妃の体を肩《かた》から切り裂《さ》く。鮮血《せんけつ》が散る。

そして王妃エレノアは――。

「エレノア……貴、様……っ」

切りつけられながら、王妃は隠《かく》し持っていた短剣をハイドン公の胸に突き刺《さ》していた。

先に倒れたのは公爵《こうしゃく》だった。次いで体を傾《かたむ》けた王妃を、ギルバートが剣を放《ほう》り投げて抱《だ》き留めた。

「母上！」

血まみれの母親を、ギルバートが真っ青な顔で抱きしめる。

何度も呼びかける息子の声に応《こた》える為か、王妃が閉じかけていた瞼《まぶた》を開く。けれど虚《うつ》ろな瞳《ひとみ》は宙を見るばかりで、ギルバートを映そうとはしなかった。

「何も、成せなかった……せめて、あの男だけは道連れにしないと……お母様に、あの人に、顔向け出来ない……」

咳《せ》きこみ、血を吐《は》きながら王妃が呟く。

ギルバートは母の手を握《にぎ》りしめ首を振《ふ》った。

「母上！　喋《しゃべ》らないでください！」

その時、バタバタと複数の足音が温室に駆《か》け込んできた。

「ギルバート！」

「外の騎士《きし》たちは制圧しまし——……え？」

現れた王太子ノアやオリヴィアたちが、温室の惨状《さんじょう》を目《ま》の当たりにし、言葉を失い立ち尽くす。

だがセレナはオリヴィアたちが来たことで己を取り戻《もど》し、ギルバートに駆け寄った。

「ギ、ギルバート様！」

「セレナ……母上が」

青褪《あおざ》め、今にも泣きだしそうなギルバートの顔を見て、セレナは覚悟《かくご》を決めた。

ギルバートの為に、全力を尽くそうと。

「回復します！　パナケイア、お願い！」

光の女神《めがみ》パナケイアを呼び出し、回復魔法を行使する。

ギルバートを悲しませない。王妃を孤独《こどく》なままでは逝《ゆ》かせない。

「母上、いけません。死んではいけません……っ」

「助けます！　絶対にっ」

そう強く宣言したはいいが、王妃の傷は想像以上に深い。女神の力でも間に合わない。単純に魔法の出力が足りないのだ。

セレナは自分が聖女に選ばれたのは、この時の為《ため》だったのだと先ほど確信していた。それなのに、肝心《かんじん》なところで役に立てないなんて。

(せめてもうひとり、回復魔法が使える人がいてくれたら……!)

己の不甲斐《ふがい》なさに絶望しかけた時、ポンと肩に手が置かれた。

「手伝うよ」

そう言ってセレナの横に膝《ひざ》をついたのは、やけにイキイキと輝《かがや》いているシリルだった。

「だ、大神官様!?」

なぜ大神官がここに？　古都に向かっていたはずでは？

魔法を続けながらも混乱するセレナに、オリヴィアが「実は……」と説明してくれる。

「シロが近くにシリル様の神力を感じると言うので、迎《むか》えに行かせたのです」

『働いたからお腹空《なかす》いたよぅ』

オリヴィアの横にお座りをした神獣《しんじゅう》が、めそめそと泣きながら空腹を訴《うった》える。

「怠《なま》けていたんだから丁度良い運動だったでしょ」

『怠けてたわけじゃないのにぃ〜』

シリルは「そういうわけで私も戻ってきちゃったよ」と笑った。

「まさか神獣様に乗って空を飛ぶ日が来るなんてね！　大神官になってみるものだよ～」

冗談《じょうだん》なのか本気なのかわからないことを言うと、シリルは旅装束《たびしょうぞく》の袖《そで》をまくり上げた。

「さあ聖女。気合いを入れて」

「は、はい……！」

シリルも光の精霊《せいれい》フォスフォロスを召喚《しょうかん》し、回復魔法《まほう》をかけ始めた。

大神官が一緒《いっしょ》なら、今にも消えそうな王妃の命の灯《ともしび》を救うことが出来るかもしれない。

しかし、王妃の顔は既《すで》に死人のように色をなくし、呼吸もほぼ止まってしまっている。

間に合って、とセレナは涙しながら願った。

すぐ傍ではギルバートが王妃の手を強く握りしめ、目を閉じ何か唱えている。目の前にはオリヴィアが膝をついて手を組み、ギルバートと同じように目を閉じていた。

(神子《みこ》であるオリヴィア様も祈《いの》ってくださってる。大丈夫《だいじょうぶ》。創造神デミウル様、どうかこの悲しい方にご慈悲《じひ》を！)

その瞬間《しゅんかん》、まるでセレナの願いに呼応するかのように、温室を真っ白な光が包み込んだ。

世界をすべて白く染め上げるような強い光。

眩《まばゆ》い輝きの中で、誰《だれ》かの「特別だよ」という優《やさ》しい声が聞こえた気がした。

「資材足りないぞ！　届いたか！」

「こっち支えて！」

眼下では使用人たちの威勢《いせい》の良い声が飛び交《か》っている。

花壇《かだん》のあった場所にはアンと他《ほか》のメイドたちが大勢集まりにぎやかだ。

「いっそのこと庭園を新しく作り替《か》えるのはいかがでしょう」

「お嬢様《じょうさま》にどんなお庭がよろしいか、お聞きしてみましょうか」

「お花の希望は聞いちゃダメですよ。庭中毒草だらけになっちゃいますからね」

昼下がり、私は自室のバルコニーから庭で行われている復旧作業を眺《なが》めていた。

隣《となり》には国王代理としての仕事の合間に抜け出し……息抜きに侯爵邸《こうしゃくてい》に来たノアもいる。

「ここもようやく元に戻りつつあるね」

「ええ。使用人たちがみんな無事で、仕事にもすぐに戻ってきてくれましたし」

ハイドン公爵の反乱から十日ほど経《た》ったが、戦場と化した王都近郊《きんこう》と、同時に別動隊の魔族と魔獣に侵入《しんにゅう》されていた王都は現在復興中だ。

侯爵邸も魔族と一部暴徒化した民衆によって被害《ひがい》にあったけれど、アンを含め全員無事だった使用人のおかげで、順調に修復《ふく》されつつある。

「王宮もあと半月もあれば完全に元通りだ。だが、侵攻《しんこう》の犠牲《ぎせい》になった領地はそうはいかないな。反乱に加わった領地は特に、民兵を含め兵士をほとんど失っているからね」

「働き手がいないのですね……」

「うん。騎士団と他領から応援《おうえん》を出してはいるが、まだまだ時間はかかるだろうな」

「きっと大丈夫です。黒幕は倒しましたし、国王陛下もご無事だったのですから」

原因不明の病で床《とこ》に臥《ふ》していた国王は、火竜《かりゅう》の復活とほぼ同時に目を覚ました。どうやら火竜が毒で弱っていたのが、国王に影響《えいきょう》を及《およ》ぼしていたらしい。

というのも、イグバーン王国国王は、王位を継承《けいしょう》すると同時に、代々この地を守護する火竜と契約《けいやく》を交《か》わす習わしがあるという。これは最重要機密であり、知っているのは王族の中でも限られた存在のみ。王と王妃《おうひ》、王位継承者だけだそうだ。その内、竜の棲《す》み処《か》を知っているのは契約者のみ。

王妃は竜の棲み処は知らなかったけれど、国王が竜と契約をしていることは知っていた。そして王妃と契約していた魔族の大公は、竜が古《いにしえ》よりどのようにこの地を守っていたかを知っていた。

それを利用し、イグバーンの大地や水を穢《けが》すことで守護竜を弱らせ、契約者である国王に影響を及ぼし、命を脅《おびや》かしたのだ。

「そうだね。父上にはまだまだ健勝でいてもらわなければ」

「ええ。シリル様もご協力くださることになりましたし、陛下も火竜も安心ですね」

大神官の名前を出した途端《とたん》、ノアの表情が微妙《びみょう》なものになる。

「大神官シリルか……僕はどうも彼が苦手だ」

「それは奇遇《きぐう》ですね。私もです」

　ノアと顔を見合わせて同時に吹《ふ》き出す。

　シリルは内戦が終わった後も、復興の手助けと今後の王家との関《かか》わり方を話し合う為、しばらく王都に留《とど》まることになった。会談内容は具体的には聞かされていないけれど、関係改善に向け動き始めるらしい。

　火竜との契約、遷都《せんと》、森の番人等の過去について、双方《そうほう》の認識《にんしき》に大きなズレがあったようで、王と大神官は夜通し語り合い、和解を果たしたとか。

　かなり王家に猜疑心《さいぎしん》を抱《いだ》いていたシリルなので、関係改善は難しいと思われていたけれど、強力な助《すけ》っ人《と》の登場で意外にもすんなりと話が進んだという。

　その助っ人というのが、我《われ》らが守護竜、火竜イグニオス様である。

「火竜が立ち会いを提案している」

　竜人族《りゅうじん》トリスタンの通訳により、火竜を立ち会い人として、国王と大神官の平和的会談が実現したのだ。

　さすがのシリルも、火竜に間に立たれては和解しないという選択《せんたく》は出来なかったらしい。

　むしろ誰より信仰《しんこう》の厚いシリルにとって、火竜の言葉は疑う余地もなく絶対だっただろう。

　王家が火竜の力を独占《どくせん》する為に、竜人族を騙《だま》し、火竜の棲み処を移し遷都したというのは誤解だった。火竜は自ら望んで、現王都に住み着いたという。

それは単純に、竜人族だった初代王妃と、その番《つがい》である国王が好きだったからだそうだ。彼らが好きで、彼らの望みを叶《かな》えたいと思った火竜は、初代国王と契約し彼らの国を永劫《えいごう》守ることを誓《ちか》った。

竜人族が絶えたのも王家のせいではなく、乱獲《らんかく》によるものだったという。珍《めずら》しい能力、端麗《たんれい》な容姿の竜人族は、火竜が眠《ねむ》りについている間にほとんどが捕《と》らわれ売り飛ばされてしまっていた。

王家が竜人族を守れなかったことは事実なので、国王はそれを火竜とトリスタン、そしてシリルに謝罪したという。

初代国王夫妻はとっくに亡《な》くなっている。火竜が契約を望まないのであれば、自分の一存で破棄《はき》しようと言った国王に、火竜は約束は永遠だと答え、シリルも納得《なっとく》したらしい。

これからは王家と教会が手を取り合い、国を守ってくれるだろう。

「あれでも今のところ世界一神力が高くて、神との親和性が高い人ですから、今後の務めに関しては信頼《しんらい》できますけどね」

「ああ、巡礼《じゅんれい》か。そうだね。大神官なら問題なく国中の穢れを浄化《じょうか》してくれるだろう」

「はい。セレナ様も同行されますしね」

イグバーン王国に毒を広めていた大公は、火竜との激闘《げきとう》の末消滅《しょうめつ》したけれど、毒の影響はまだ国の至る所に残っている。

巡礼を中断していた大神官は、穢れの原因が判明したことで、これまで浄化してもすぐに戻《もど》っていた理由がわかり、改めて巡礼を再開し完全にこの地から魔族の毒を祓《はら》うことを宣言した。

その巡礼の旅に、聖女セレナが同行したいと自ら立候補したのだ。今回の内乱で、己《おのれ》の無力さを痛感したと言い、大神官のもとで自分を鍛《きた》えたいそうだ。

もしかしたら旅を終えた後は、聖女としてセレナの力がシリルを超《こ》えているかもしれない。なんと言っても、彼女は主人公。世界でただひとりのヒロインなのだから。

「ふたりが揃《そろ》えば無敵だな。あの状態の王妃とハイドン公爵《こうしゃく》の命を繫《つな》ぎとめたくらいだ」

「そうですね。公爵はともかく、エレノア様が助かったのは奇跡《きせき》と言ってもいいくらいでした」

刺《さ》し違《ちが》えた形で倒《たお》れた王妃エレノアとハイドン公爵は、セレナとシリルの回復魔法《まほう》で一命を取り留めた。

ハイドン公爵はこの度《たび》の反乱の首謀者《しゅぼうしゃ》として、今後回復し次第《しだい》裁判にかけられる。ユージーンの話では極刑《きょつけい》は免《まぬか》れないとのことだ。公爵を助けたセレナは複雑そうだったけれど、責任を取らせる為《ため》に延命するのは必要なことだったと周りに諭《さと》されていた。

王妃の方は公爵よりも重傷を負い、意識は未《いま》だ戻っていない。

これ以上回復の見込みは望めないとして、身分をはく奪《だつ》し王宮から追放という形に落ち着いた。それにより私が入れられたことのある北の古塔《ことう》ではなく、王妃の母の出身である亡国の跡地《あとち》。現ハイドン領で永久禁固刑という処罰《しょばつ》が下された。

セレナから王妃の過去を聞いた私は、彼女への感情の整理をまだつけられずにいる。王妃の境遇《きょうぐう》に同情はするけれど、幼い頃《ころ》からノアの命を狙《ねら》い続けたことを許せる気はしないし、彼女の行いで不幸になった人は数えきれないほどいるのだ。

けれど、出来ることなら目を覚ましてほしい。罪を償《つぐな》い、今度はたったひとりの息子《むすこ》であるギルバートと向き合ってほしかった。王妃の為ではなく、ギルバートの為に。

いつかそれが叶う日が来るといいなと、こっそり思っている。

そして反乱軍の将として立たされたギルバートは、聖女を盾《たて》に取られていたことを考慮《こうりよ》してもお咎《とが》めなしとはならなかった。ただ、ノアや私、それから聖女に貴族派重鎮《じゅうちん》からの嘆願《たんがん》のおかげで、自ら王位継承権を放棄《ほうき》し臣下へ下るという選択をすることが叶った。

「こんな俺の名誉《めいよ》を守ってくれて、感謝する」

やつれた顔のギルバートが頭を下げた時、涙《なみだ》を堪《こら》えていたのはきっと私だけではない。

セレナも、そしてノアも、皆《みな》が大きな安堵《あんど》とともにやるせない思いを抱《かか》えていたはずだ。

「兄上。父上を、この国を頼《たの》む」

「……何を言っている。お前も臣下として一緒《いっしょ》に父上と国を支えていくんだろう？」

異母兄に胸を小突《こづ》かれたギルバートは目を潤《うる》ませながら笑い、そんな彼にセレナはそっと寄り添《そ》っていた。

✦

「この地底湖に繋がる水源は、すべて浄化することをお約束いたします。……ってお伝えしてくれる？」

大神官の祭服を身にまとったシリルが、火竜を前に慇懃《いんぎん》に語りかけた後、後ろのトリスタンを振《ふ》り返り苦笑いで頼《たよ》った。

王都復興の為に慌《あわ》ただしい中、秘《ひ》密裏《みつり》に火竜の再入眠《にゅうみん》の儀式《ぎしき》が地底湖で行われることになった。

本来は国王しか入ることの出来ない離宮《りきゅう》の湖下の竜の祭壇《さいだん》には、イグバーン国王と王太子ノア、その婚約者《こんやくしゃ》で神子《みこ》の私、大神官シリルと聖女セレナ、そして竜人族トリスタンが顔を揃えていた。

異臭《いしゅう》を放つ地底湖を目の当《ま》たりにし、こんな場所で火竜が眠りについていたことを知ったシリルは、

「あり得ない！　神への冒瀆《ぼうとく》だ！　人でなしだ！　末代まで祟《たた》ってやるぅ！」

と、大神官として口にしてはいけないことを叫《さけ》びながら、本気で嘆《なげ》き涙を流していた。

末代まで祟るのはギルバートの子孫が可哀想《かわいそう》なのでやめてあげてほしい。そしてシリルは、こんな状況《じょうきょう》を許してしまった自分は、神を崇《あが》め火竜に仕える大神官としてあまりに情けない、と意気消沈《いきしょうちん》もしていた。

「人間が火竜《かりゅう》の言葉を理解できないだけで、火竜は人の言葉を理解しているぞ」

「あ。そうだったね。じゃあ……大神官として、私が各地を巡礼し祈禱《きとう》をいたします。その後も水源の管理を教会が担《にな》いましょう」

慇懃に頭を下げながら言い終わると、シリルは傍《かたわ》らの国王を仰《あお》ぎ見た。

「それでいいかな、国王陛下」

「ああ。有難《ありがた》い申し出だ。水源については国としても目が行き届かず、火竜に申し訳ないことをした。警備については騎士《きし》団から派遣《はけん》しよう」

大神官と国王の言葉に、火竜は満足そうにひと鳴きした。

火竜と国王、大神官という三者の話し合いが終わると、ノアが宝珠《ほうじゅ》を元あった祭壇へと戻した。祭壇には新たな花に果物、作物が献上《けんじょう》され華《はな》やかなものになっている。

「火竜よ。私の次は、息子ノアが跡《あと》を継《つ》ぐ。私欲より何より国を優先する賢《かしこ》い王となるだろう。どうか息子とともに、末永くイグバーンの安寧《あんねい》を頼む」

国王の言葉に、火竜がグルグルとどこか不満そうな唸《うな》りを上げた。

「父上。トリスタンの通訳がなくても、今の火竜の言葉はわかります。まだまだ働けるだろう、気が早いぞと言っているのでしょう」

ノアのからかいに、私は思わず吹き出してしまった。

だって、本当に火竜の言葉はその通りだったのだ。さすが王の瞳《ひとみ》を持つ者は火竜と通じるものがあるのだろう。何せ、星空を閉じ込めたような王の瞳というものは、竜人族《りゅうじん》を引き寄せる運命を抱《いだ》いているらしいのだから。

火竜が王の瞳について教えてくれたのだ。

王の瞳を持つ者は、どのような形か決まりはないが、いずれ竜人族と必ず出会う。そこから伴侶《はんりょ》になったり、友人になったり、相談役になったりと関係は様々らしいが、王の瞳を持つ歴代の王もそうやって竜人族と繋がりを持っていたという。

竜人族の協力がなくては、竜の祭壇に入ることは出来ない。つまり火竜と契約《けいやく》を結ぶことが出来ないということだ。王の瞳を持たない者が王位に就《つ》くと国が荒《あ》れるというのは、火竜の加護を得られなかった結果なのかもしれない。

現国王は、伴侶とした王妃が、竜人族である私の母と友人だった。

そして次期国王であるノアの婚約者が、竜人族（と言っても血が薄《うす》いけど）の私。

王の瞳を持つ者は必ず竜人族と惹《ひ》かれ合う、等という設定だったら、まるでこの愛が作為《さくい》的なもののように感じてしまうかもしれないけれど、あくまでも出会うところまでが運命ということらしいのでほっとした。

たとえ運命だとしても、ノアへの想《おも》いは本物なので何も変わらなかっただろうけれど。

「わかっているさ。火竜よ。そなたの心地《ここち》よい眠りを永く守る為、これからも尽力《じんりょく》しよう」

国王が伸《の》ばした手に、火竜がそっと顔を寄せる。

契約という絆《きずな》は、国王と竜だけの友情に近い何かなのだと、その姿を見て思った。

「では聖女。始めようか」

「は、はい！　頑張《がんば》ります！」

シリルに促《うなが》され、セレナも地底湖の縁《ふち》に立つのを見てハッとした。

いけない、王と竜の絆に感動している場合じゃなかった。

「あの。その前に少々よろしいでしょうか」

私はその場にいる全員に毒についての説明をした。

祈禱で水を浄化《じょうか》することは出来ても、毒が消えるわけではないこと。祈禱によって水から取り除かれた毒は、森の泉のような場所ならここへ流れつくが、この地底湖には底に溜《た》まり続けるだけなのだと。

「実は国中からこの地底湖に流れ込んだ毒が、水だけでなく周辺の岩や壁《かべ》も浸食《しんしょく》しているようで」

暗闇《くらやみ》に目を凝《こ》らすと、あちこちから真っ赤なウィンドウが表示されるのだ。

【毒鉱石】に【毒の苔《こけ》】。一番きついのはやはり、湖の底に溜まった【毒の澱《おり》】だ。

このままセレナたちが水を浄化しても、あちこちに残った毒がまた湖の水を穢《けが》してしまうだろう。

森の泉にあった魔族《まぞく》の角のように、原因である毒をまずどうにかしなければならない。

「ということで、私の出番かなと」

胸を叩《たた》いてドヤ顔をして見せる。

最後の活躍《かつやく》の場だろうと思って、悪役令嬢《れいじょう》っぽさを意識してみた。

「私が毒を消してから、ご祈禱をお願いいたします。私の力では、毒によって変質してしまったものを元に戻《もど》すことは出来ないので」

「まさか、この辺りの毒をすべて吸収するつもりかい？」

私の言葉に、ノアが心配そうな……というよりは、やめておけというような圧のある顔で聞いてきた。

これまで仮死状態になり過ぎていて、まったく信用がない。

「いいえ。実は火竜の毒を吸収した後、新たな能力を得たのです」

再びドヤ顔で新技について告白したけれど、なぜか皆顔を見合わせ微妙《びみよう》な反応をする。

一応神子なはずなのに、まったく神子扱《あつか》いされていないように感じるのはなぜだろう。

でも今度の能力は、初めてそれらしい感じのものなのだ。これは説明するより実際に見せたほうが早いだろう。

「まあ、見ていてください」

私が両手を地底湖に向けて念じると、頭の中で電子音が響《ひび》いた。


【毒昇華《しょうか》を発動します】


すると数秒の間のあと、湖の底から、岩肌《いわはだ》から、ぼんやりとした黒い球体が次々と浮《う》かび上がってきた。

「これは……」

後から後から浮いてくる黒い球体は、水面から出て宙まで上がり、やがて広い鍾乳洞《しょうにゅうどう》を埋《う》め尽《つ》くすほどの量になっていた。

(な、なんか……思ってたんと違《ちが》う)

毒昇華という字面《じづら》から、もっとキラキラとした神秘的な技《わざ》になると想像していたのに。

実際はぼんやりした大量の黒マリモが暗闇よりも黒く辺りを埋め尽くすという恐怖《きょうふ》映像が出来上がってしまった。後ろで皆《みな》が引いている空気が伝わってきてつらい。

さっさと終わらせて、と願うのとほぼ同時に、黒マリモたちは塵《ちり》のように細かくなり空中に溶《と》けるように消えていった。

「すごいねオリヴィア！　湖からバケモノの大群が湧《わ》いて出たのかと思ったよ～」

空気を読まないシリルが明るく言ったが、衝撃《しょうげき》的な光景すぎて場が和《なご》みはしなかった。

所詮《しょせん》私は悪役令嬢。ヒロインのようにはいかないのだ。それを理解しすごすごと私が下がると、苦笑いのセレナが代わりに前に出て、シリルと共に地底湖の祈禱を始めた。

すると地底湖が柔《やわ》らかな白い光を帯び、それは鍾乳洞全体へと広がっていく。その光景は少し、仮死状態の時に見たデミウルの白い庭の花畑と似ている気がした。

（そうそう。こういう光景をイメージしてたのよ、私は）

白い庭と黒マリモ。天と地ほどの差がある。月とすっぽん……いや、ダンゴムシくらい違う。これが聖女と悪役令嬢の差ということだろう。

祈禱の終わりとともに白い光が収まっていくと、残ったのは異臭《いしゅう》のしない、透《す》き通った地底湖だった。

底の方が淡《あわ》い緑色に発光している。幻想《げんそう》的な光景に自然とため息が漏《も》れる。

「火竜が感謝している。これで安らかに眠《ねむ》れると」

トリスタンが火竜の言葉を伝えると、火竜は別れの挨拶《あいさつ》にひと鳴きし、ゆっくりと地底湖に入っていく。すぐに眠りについてしまうらしい。

この後は、私とトリスタンで子守歌《こもりうた》を歌うことになっている。

「火竜は最後、何て言ったのかな」

「またいつか、イグバーンの子らよ……だそうです」

いつか。それは一体いつのことになるのだろう。ノアが王位を継ぐ時か。それとも――。

いつになろうとも、それまで火竜の眠りが静穏《せいおん》なものであることを願った。

トリスタンの笛の音と私の歌を聴《き》きながら湖に沈《しず》んでいく時の火竜の表情が、まるで満ち足りた子どものように見えた。

(おやすみなさい、イグニオス)

「そうか……」

エピローグ

火竜《かりゅう》が再び眠りについて三日と経《た》たない内に、セレナとシリルたちが巡礼《じゅんれい》の旅に出発することになった。

火竜の為《ため》に一刻も早く国中を浄化しなければ、とシリルの独断で予定を早めたらしい。既《すで》に各地の教会に水源の毒処理と祈禱《きとう》を通達しているけれど、火竜と約束した通り、自ら各地に赴《おもむ》くのだそうだ。

そしてギルバートも、亡国の領地まで母・エレノアを送り幽閉《ゆうへい》を見届けた後、セレナたちと合流することになっているという。

教えてくれたセレナがとても嬉《うれ》しそうで、聞いている私も幸せな気持ちになった。

「ふたりとも、しばらく休学だなんて。寂《さび》しくなりますね」

出立の朝、王宮まで見送りに出向いてそう言った私に、セレナは瞳《ひとみ》を潤《うる》ませながら「私もです！」と手を握《にぎ》ってきた。

「巡礼の旅を終えたら戻ってきます。それまで親衛隊の席は、空けておいてくださいね！」

「お前、他《ほか》に言うことはないのか……」

隣《となり》でギルバートがあきれていたけれど、おかげで私は笑顔《えがお》でセレナたちを見送ることが出来た。

最後にシリルが「僕も旅を終えたら学生として戻ってくるね！」と言うので、お前の戻る場所は古都だろ、とツッコミを入れるところだった。あれは大神官ジョークだったと思いたい。

こうしてセレナとギルバートが不在のまま、一年、二年と学園生活が過ぎていった。


昼下がりの学園の裏庭。ひとけのないベンチに腰《こし》かけ、私とノアは見つめ合っていた。

「ノア様。近すぎます」

どんどん距離《きょり》を詰《つ》められて、今にも押し倒《たお》されそうになった私は、ドキドキしながらもノアの胸を軽く押し返す。

「照れているの？　可愛《かわい》いけど、もっと僕に身を任せてほしいな。ここには僕たちふたりきりなんだから」

「そうは言っても、いつ誰《だれ》が来るか……」

「誰も来ないよ。ほら。目を瞑《つぶ》って」

私の顎《あご》に指をかけ上を向かせてくるノア。甘くゆるんだ表情と、キラキラと輝《かがや》く星空の瞳に吸い込まれそうになる。

いけない、気を抜《ぬ》くといつもノアのペースに乗せられてしまう。

「ダ、ダメですってば。ここは王太子宮ではないのですから」

「僕の宮でだって、マーシャが見ているとか何かと理由をつけて君は逃《に》げるだろう？」

「それは、ノア様がすぐ外でいけないことをしようとするから！」

「いけないことって？　何を想像したのかな？」

目を細め、顔を覗《のぞ》きこんでくるノアの色気といったら。

顔が熱くなるのを感じながら、私は勢いよく立ち上がった。

「もう！　そんな風にからかうなら、私は教室に戻ります！」

「ごめんごめん！　許して、オリヴィア。君があまりにも可愛いのがいけない」

私の手首をとり、ベンチに座りなおさせて、ノアこそ可愛らしくおねだりしてくる。

このおねだり顔に私は弱い。ノアもそれをわかっていてやっているのだろう。悔《くや》しいけれど、抗《あらが》えない。

ノアはよく惚《ほ》れた弱みだ何だと言っているけれど、そんなの私だって同じだ。

「口付けくらいいいだろう？　それ以上のことはしないから。誰も来ないうちに、ほら」

「そんなこと言って、いつもすぐに誰かが来るじゃないですか……」

「その通りです」

ノアの誘惑《ゆうわく》に負けて、目を瞑りかけた時、後ろから突然《とつぜん》顔を出したのは、

「きゃあ⁉」

「ユージーン……」

ノアの側近、未来の宰相《さいしよう》候補であるユージーン・メレディスだった。

今日も不機嫌《ふきげん》そうに眉間《みけん》にシワを寄せている。

「捜《さが》しましたよ殿下《でんか》。勝手にいなくならないでくださいと、何度も申し上げたはずですが」

「君こそ、オリヴィアといる時に邪魔《じやま》をするなと、僕は何度も言ったはずだが？」

私はそっちのけで、静かなにらみ合いを始めるふたりにため息をつく。

「また始まった……」

呆《あき》れていると、私の横にいつの間にか音もなく黒衣の騎士《きし》が立っていた。

「オリヴィア様」

「ヴィンセント卿《きよう》？」

彼はもう学生の身分ではないので、学園の制服ではなく騎士の服を身にまとっている。

国の危機となったあの内乱から二年が経った。

王妃《おうひ》が身分をはく奪《だつ》された後、ノアの働きかけで学園内での王族、及《およ》びそれに準ずる重要人物の護衛の出入りの自由と、帯剣《たいけん》が認められることとなったのだ。

卒業したヴィンセントはそのおかげで、少し増えた私の護衛騎士の筆頭となり、現在も

こうして学園内外で守ってくれている。

「あちらのガゼボにティーセットをご用意しています」

「まあ。ありがとうございます、ヴィンセント卿。ノア様たちは……長くなりそうですから、先に行っていましょうか」

「では、お手をどうぞ」

差し出された手を取り立ち上がる。

気づかれないようそっと移動しようと思ったのに、すぐさま反対の手をノアに取られた。

「こら、オリヴィア。僕の目の前で他の男の手を取るのかい」

「卿。抜け駆《が》けとは騎士の風上にも置けないな」

ノアとユージーンの視線が、今度はヴィンセントに向けられる。

これは今日も長くなりそうだ。せっかくのお茶が冷めてしまうなぁと、ひとり空を見上げてまた漏れそうになるため息を飲み込んだ。

王都が無事復興し、月日は流れ、私たちは最上級生となった。

平和が訪《おとず》れたのはいいけれど、こうしてノアとユージーンたちが事あるごとに火花を散らす毎日にはうんざ……少々困ってしまう。

どうにか逃げられないかと思っていると、

「……あ。トリスタン先生！」

近くの回廊《かいろう》を歩く銀髪《ぎんぱつ》の男性を見つけ駆《か》け寄ると、教員マントを羽織ったトリスタンは、私を見て足を止めてくれた。

二年前、トリスタンは大神官の巡礼の旅にはついて行かず、王都に留《とど》まった。神殿騎士を辞し、いまは学園の神学教師として教鞭《きょうべん》を執《と》っている。

しかも火竜の近くにいたいからと、なんとアーヴァイン侯爵邸《こうしゃくてい》の裏の森に住みついてしまった。せっかくなら昔の母を知る客人として家に住まないかと提案したけれど、森の中のほうが落ち着くと言って、勝手に住処《すみか》を作って生活している。

そのことをしばらく秘密にしていたら、ノアにバレた時は侯爵邸の裏の森に、一晩中雷《かみなり》の雨が降った。以来、ノアはトリスタンを目の敵《かたき》にしている。

それは多分、私がトリスタンになついているせいもあるのだろう。同族という安心感と親近感で、今のようについついトリスタンに寄って行ってしまうのだ。

「どちらへ？」

「学園長室に行く途中《とちゅう》だ」

「学園長室？　何かあったのですか？」

「またシリルが編入希望書を送りつけてきたらしい。絶対に認めるなと釘《くぎ》を刺《さ》しに行く」

「あー……」

大神官シリル。創造神デミウルの生き写しと言ってもいい彼の顔を思い出し、苦笑いしてしまう。

シリルは巡礼の旅を終えたあと、すぐに学園に正式に編入したがっていたけれど、さすがに長い間大神殿を空けていたので教会側から許可が下りなかったのだ。

トリスタン曰《いわ》く「奴《やつ》は仕事をサボりたいだけだ」ということらしく、こうして度々《たびたび》トリスタンが教員としてシリルの入学にストップをかけていた。

「シリル様も相変わらずなようで何よりです」

「何が何よりだって？」

「ノア様！」

追いかけてきたノアが、後ろから私を抱《だ》き寄せた。

それを見たトリスタンの片眉《かたまゆ》が上がる。

「まったく。オリヴィアは目を離《はな》すとすぐトリスタンに近寄っていくな。僕の気持ちも考えてほしいものだ」

「もう……トリスタン先生のことは、親族というか、兄のように感じているだけだと何度も申し上げているじゃないですか」

彼を見ると何となく母のことも思い出すので、より親近感が増すのだ。

私や母と同じ色を持っている人なのだから、当然と言えば当然なのだけれど。

「そうだな。私にとってもオリヴィアは愛すべき雛《ひな》のようなものだ。王太子が先に死んだら、あとは私が責任を持って守っていこう」

淡々《たんたん》としたトリスタンの台詞《せりふ》に私はギョッとする。

「縁起《えんぎ》でもないことを言わないでください！」

「なぜ？　竜人族《りゅうじん》は人間より寿命《じゅみょう》が長い。お前も充分《じゅうぶん》長命の可能性があるぞ」

「ええ……そんなぽろっと衝撃《しょうげき》の真実を言わないでくれません……？」

これ以上私におかしなスペックを増やさないでほしい。

ステータスウィンドウの文字が多すぎてもうお腹一杯《なかいっぱい》なのだ。

「オリヴィアを守るのは永遠に僕だ。遠い親戚《しんせき》はさっさと古都に戻《もど》ってくれないか」

「その通りです。教会側からトリスタン卿を戻して欲しいと嘆願《たんがん》書が届いているのですよ」

「オリヴィア様の専属護衛は俺です」

トリスタンに対し、ノアだけでなくユージーンやヴィンセントまで喧嘩《けんか》を売り始めるのでもう収拾《しゅうしゅう》がつかない状態になってきた。

そっと四人から離れようと後ろへ下がると、足にふわふわとした感触《かんしょく》が。

私のデトックスのおやつを貪《むさぼ》り食べていたシロが、今度はだらしなく四肢《しし》を投げ出して惰眠《だみん》を貪っていた。鼻提灯《はなちょうちん》まで膨《ふく》らませる姿は、尊い神獣《しんじゅう》というイメージからかけ離れすぎている。

「はあ……平和ねぇ」

平和が日常になったことをしみじみ感じながら、もう卒業するのかという寂《さび》しさのようなものも同時に感じていた。


卒業を祝うパーティーが、学園生活最後の日の夜に開かれた。

学園のホールには卒業を証明するマントを肩《かた》にかけた三年生全員が集まっている。

それぞれ祝いの神酒《みき》を飲みながら、この三年間について語り合い、ホールは笑顔《えがお》と笑い声に満ちていた。

「オリヴィア様！」

「セレナ様！」

セレナとギルバートが並んで登場し、周囲が沸《わ》く。

聖女が巡礼《じゅんれい》の旅に出ていたのは国中で知られており、臣下に下り旅に同行していたギルバートも併《あわ》せ、いま人気がうなぎ上りのカップルなのだ。

大神官もいたのだけれど、若干《じゃっかん》空気のような扱《あつか》いになっていることには少し同情する。

そしてめでたいことに、セレナとギルバートは王都に戻ってきてすぐに婚約式《こんやくしき》を挙げた。

「セレナ様も一緒《いっしょ》に卒業できて、本当に良かったです」

「本当に……無理かと思いましたけど、これもオリヴィア様のおかげです」

「私は何もしておりません。セレナ様が国の為《ため》に尽《つ》くされた結果です」

巡礼の旅から戻ってきたあと、出席日数が足りず卒業が危《あや》ぶまれたセレナとギルバートだったけれど、私と親衛隊の皆《みな》で猛抗議《もうこうぎ》したのだ。

その抗議運動は学園全体に広まり、学園外、王都全域にまで広がりそうな勢いだったので、学園側も慌《あわ》てて巡礼期間を単位として認めることになった。

「ああ。オリヴィアには助けられてばかりだ。しかし……兄上が、出番がなかったと嘆《なげ》いていたぞ」

ギルバートの言葉に隣《となり》のノアを窺《うかが》うと、苦笑を返された。

そうか、ノアも王宮側から働きかける準備をしてくれていたのか。

「僕の婚約者は王族よりも強い権力を持っているみたいでね」

「ノア様、笑えない冗談《じょうだん》はおやめください」

「あながち冗談でもないんじゃないか？」

「ギルバート様まで……」

「当然です。オリヴィア様ですから！」

「セレナ様……」

親衛隊員として復帰したセレナのオリヴィア信奉《しんぽう》熱が、日に日に高まっている気がするのは気のせいだろうか。

卒業後は古都に来て欲しいと教会から望まれたらしいが、セレナはそれを断り、竜《りゅう》の棲《す》み処《か》の上にある、湖の小神殿《しょうしんでん》に聖女として常駐《じょうちゅう》することを決めたそうだ。

「オリヴィア様と離れたくありませんから！」と宣言したセレナの横にいたギルバートの複雑そうな顔は、しばらく忘れられそうにない。

「オリヴィア様！　セレナさん！　もうすぐ始まりますわ〜！」

声をかけられ振《ふ》り返ると、ホールの中心に親衛隊のケイトたちが集まって、青い実を生徒たちに配っていた。彼女たちはこの卒業パーティーの進行の手伝いを買って出ている。

今や私の親衛隊は、学園で生徒会以上の知名度を誇《ほこ》っていた。卒業後も解散せず、親衛隊活動を続けると言っていたが、一体どんな活動内容になるのか、何だか恐《おそ》ろしくて詳《くわ》しく聞けていない。

ひとつの房《ふさ》に四つ五つほどの実をつけた葡萄《ぶどう》のような果実をそれぞれ手に持ち、生徒が壁際《かべぎわ》へと並んでいく。

これから始まるのは、卒業パーティー名物『聖なる果実の戦い』だ。

戦い、と言ってもただこの青い実を生徒同士ぶつけ合うだけで、組み分けがあるわけではない。とにかく最後、身分関係なく騒《さわ》ぎまくろう、という無礼講の催《もよお》しなのだ。

ぶつけ合いに使う青い実は、神に捧《ささ》げる神酒に使われる果実で、芳醇《ほうじゅん》な果汁《かじゅう》が特徴《とくちょう》だ。簡単に弾《はじ》けるので、ぶつけられると服に青い汁《しる》がべったりとつく。

毎年卒業する生徒は頭から足の先まで真っ青に染まるらしい。

元は神殿行事のひとつで、神聖な果実の汁を浴びることで身を清め、それぞれの未来を祈《き》願《がん》する意味合いもあるとかないとか。

「皆さん、聖なる果実は持ちましたね？　それでは、いきます！」

『青く清めよ！』

全員のかけ声とともに、生徒たちが一斉《いっせい》に青い実を投げ合い始めた。

広いホールの四方から果実が飛んでくる。笑い声が高らかに響《ひび》き渡《わた》る。

飛んできた青い実が弾けて、私の制服も青に染まる。次は頭に。背中にも飛んできた。

「キャー！　オリヴィア様に当ててしまったわ！」

「オリヴィア様！　僕にもぶつけてください！」

希望通りぶつけると、なぜかその生徒は泣いて喜んでいた。

次から次へと当ててくれという生徒が集まってきて、私は笑いながら逃《に》げることにした。

天井《てんじょう》を見れば、シロが宙を飛び回りながら大口を開けて実を食べている。セレナやギルバート、護衛のヴィンセントも皆青い汁だらけだ。

こんなバカ騒ぎが出来るのは、きっと今日で最後。

卒業したら、私には成婚式が待っている。私は正式に王太子妃《ひ》になるのだ。大好きな人の隣で、幸せを噛《か》みしめながら。

こんな未来、時間を巻き戻された時は想像できなかった。

本来ならこの卒業パーティーで断罪されたのち幽閉《ゆうへい》され、命を落とす悪役令嬢《れいじょう》だった私。

逆行前の苦しみも恨《うら》みも、いまは遠い記憶《きおく》の彼方《かなた》にある。

生きていて、再び人生をやり直すことが出来て良かった。

「オリヴィア」

名前を呼ばれて振《ふ》り返ると、あちこちを青く染めたノアが笑っていた。

私が二度目の人生を、必死に生きることができた理由。

(あなたに出会えて、本当に良かった)

笑顔を返しかけた時、頭の中で電子音が響いた。

視界の端《はし》で赤いウィンドウが表示されると同時に、咄嗟《とっさ》に体が動く。

「ノア様！」

驚《おどろ》く彼の前へと駆《か》け出し、飛んできた青い果実をマントで上手《うま》く受け止めた。

青い実は、なんとか潰《つぶ》れることなく収まった。

「危なかった……」

「オリヴィア？　一体どうしたの」

私は受け止めた青い果実をノアに見せてから、その一粒《ひとつぶ》を口に放《ほう》り込んだ。

プチリと齧《かじ》ると、口の中でとろけるような濃密《のうみつ》な甘さがあふれ出す。

同時に上がる、慣れ親しんだ電子音。

【毒を摂取《せっしゅ》しました】

「ノア様。これからも、毒殺されないよう生きましょうね！」

書き下ろし番外編・花嫁の告白

礼拝堂への大扉《おおとびら》の前で、隣に立つノアが「多分僕は今日死ぬ」と感じ入るように言った。

「はい……？」

「世界一美しい花嫁を得た僕は、嫉妬《しっと》した創造神に命を奪《うば》われるに違《ちが》いない」

結婚《けっこん》直前にそんな不吉極《ふきっきわ》まりないことを言わないでほしい。

（っていうか、あのショタ神が嫉妬するなんてないない、あり得ないわ！）

そう、今日は私とノアの成婚式。この扉の向こうにある礼拝堂で神に誓《ちか》いを立てれば、晴れて私はノアの伴侶《はんりょ》、王太子妃となるのだ。

「たとえ今日命が尽《つ》きるとしても構わない」

「構ってください。私が困ります」

ただ「綺麗《きれい》だ」と言ってくれればいいのに、とため息をついて右手を差し出す。反射のようにノアが私の手を取ると同時に、聖楽隊の演奏が始まり、目の前の扉が開かれた。

目の前には真っ直《す》ぐに伸《の》びる赤い絨毯《じゅうたん》と、その両側にずらりと並ぶ参列者の姿が映る。既《すで》に号泣《ごうきゅう》しているケイトたち親衛隊。騎士《きし》ではなく公子として美しく装《よそお》ったヴィンセント。

横にはすっかり回復し求婚者が絶えないというユーフェミアと、その求婚者たちをバッサバッサと切り捨てているユージーンが並んでいた。

最前列には穏《おだ》やかな表情の国王とギルバート、そして私の父がいる。氷の侯爵《こうしやく》と呼ばれるあの父が、目に涙《なみだ》を浮《う》かべていた。その姿を見て、幸せにならなければと強く思った。

「……ノア様。実は私、ずっとあなたに秘密にしていたことがあるのです」

「美しき人に秘密は付きものと言うけれど。君の秘密となると気になるね」

茶化《ちゃか》すようなノアの言葉に、私はそっと目を伏《ふ》せる。

「ずっとお話ししたいと思っていました。でも信じてもらえるはずもないと躊躇《ためら》っているうちに、話す機会を失ってしまって」

「僕が愛する君の言葉を疑うわけがないのに」

「そうですよね。なので、今全《すべ》てお話ししようと思います」

「えっ。今かい……？」

ノアが戸惑《とまど》いの声を上げたけれど、入り口の神官に「お進みください」と促《うなが》され、私たちは歩調を合わせ真っ赤な絨毯を歩み始めた。

前世ではヴァージンロードと言われていた道を、この世界では花嫁と花婿《はなむこ》の清心の道と言う。神の前で夫婦《ふうふ》の誓いを交《か》わす前に、迷いや未練を断《た》ち切り、心を清める為《ため》の道。祭《さい》祀《し》の前に辿《たど》り着くまでに、覚悟《かくご》を決めろということだ。私も覚悟を決めなければ。

「実は私には、前世の記憶があります。ここととは別の世界にある、日本という国に住む、働くアラサー……ンンッ。妙齢《みょうれい》の女性でした」

「別の世界？」と興味深そうな声が隣《となり》から聞こえる。真っ直ぐ前を見たまま私は続けた。

「そこではこの世界とよく似たゲーム……物語の創作物があり、その中で私は主人公である聖女セレナ様を毒殺しようとする、悪役令嬢でした」

「ふむ……？」

「そして私はオリヴィアとして既に一度死んでいます」

「……ん？　創作物の中の話だよね？」

ノアの声色《こわいろ》が訝《いぶか》しげなものに変わる。

「いいえ。これは実際に起きたことです。私は聖女を殺《あや》めようとした罪で捕《つか》まり、牢《ろう》の中で毒殺されました。そんな私を憐《あわ》れんだ創造神デミウルに時を戻《もど》され、いまは二度目の人生の最中です」

「いや、情報量が、ええと……？」

「ですから私はあの日、ノア様が毒殺されることを知っていて助けに行ったのです」

そう。私は全て知っていた。いや、忘れていることも多かったけれど、大体の流れはわかっていた。聖女がセレナだということも、王妃《おうひ》が黒幕だということも。

「私は二度と毒で苦しんで死にたくない一心で、物語の流れを変える為にあなたを救いました。……今まで、黙《だま》っていてごめんなさい」

ノアを騙《だま》していたような意識が、常に付きまとっていた。嘘《うそ》をついているわけではない。けれど本当のことを話していないという罪悪感を、彼の隣で今日まで抱《かか》えてきたのだ。

「……謝る必要なんてない」

歩みを止めず、前を向いたまま、意志の宿った強い声でノアは言った。

「でも、私はノア様を騙していたも同然で」

「同然なものか。オリヴィアが僕を、体を張って助けてくれたことに変わりはない。それに、僕への愛は予定調和というわけではないだろう？」

「もちろんです！」

それだけは自信を持って言える。この愛は本物だと。

私の答えに、ノアが甘く笑った。

「では何も問題ない。君が勇気を出して告白してくれたのにこんな言い方は良くないかもしれないが、前世の記憶とやらも、二度目の人生だということも、然程《さほど》重要ではないさ」

君が創造神に遣《つか》わされた神子《みこ》だという事実を前にすれば、後から何が出ようとそう驚くことはない。ノアにそう言われ、私は安堵《あんど》で赤い絨毯に頽《くずお》れそうになった。

ノアなら受け入れてくれると信じていたが、もしもを想像して何度も不安になったのだ。懺悔《ざんげ》のような告白を終え、迷いも消え私の心は清められた。あとは幸せになるだけだ。

「ちなみに一度目の人生ではノア様は神託《しんたく》の日に亡《な》くなられていて、私は王太子となったギルバート殿下《でんか》と婚約しておりました」

「ちょっと待って。それは聞き捨てならない」

ノアの歩調が乱れ、焦《あせ》った声に変わる。

「どういうことだ。君は僕の婚約者だろう？」

「ですから、一度目の人生ではノア様は亡くなられていて――」

「ありえない。ギルバートと君が婚約してただって？」

「あの、それは過去というか、一度目の話であって……」

しまった、口を滑《すべ》らせてしまった。

浮かれすぎたと反省していると、清心の道は終わり、祭壇《さいだん》の前に辿り着いていた。

「やだなぁ。正式に夫婦になる前に夫婦喧嘩《ふうふげんか》？」

祭祀として、呼んでもいないのにわざわざ古都からやってきた大神官シリルが笑った。

傍《そば》に控《ひか》えている聖女セレナは不安そうにこちらを見ている。

式、中止する？　とシリルに小声で聞かれ、私はとんでもないと首を振《ふ》った。

「オリヴィア。過去だろうと一度目だろうと、君の全ては僕のものだ」

「……では、ノア様のすべても私のものですね」

情熱的なノアの言葉に、仕方ないなとそう返せば「困るなぁ。勝手に誓いの言葉を済ませちゃうなんて」とシリルにあきれられた。

「まあいいさ。創造神デミウルの名の下《もと》に、ふたりの愛は永遠であることを認めよう！」

勢いのまま為《な》されたシリルの宣誓《せんせい》に、参列者から拍手《はくしゅ》と歓声《かんせい》が上がる。

「おめでとうオリヴィア。今度夫婦で白い庭においで」

「え……あなた、まさか」

突然《とつぜん》変わったシリルの様子に驚《おどろ》く私に、彼は軽くウィンクを寄越《よこ》した。

「新たに誕生した夫婦が退場する！　皆《みな》で祝福の花を！」

シロが遠吠《とおぼ》えしたのを合図に、聖楽隊が演奏を始める。どこからかトリスタンの横笛の音色が届いたかと思えば、勢いよく入り口の扉が開き、外からまるで鳥の羽のような真っ白な花びらが、大量に舞《ま》い込んできた。

思わずシリルを振り返ると「素敵《すてき》だね、何の花だろう？」と無垢《むく》な目をして舞い散る花びらを目で追っている。もうデミウルではなくシリルに戻ったのだと悟《さと》った。

「……これも創造神の計らいかな？」

苦笑《くしょう》するノアに、私も同じように笑い「そのようですね」と返す。

私のベールをそっと上げるノア。星空の瞳《ひとみ》に見つめられ、私はゆっくりと瞼《まぶた》を閉じる。

甘い誓《ちか》いの口付けと同時に、遠くで荘厳《そうごん》な鐘《かね》が鳴り響《ひび》いた。

ここから先は正真正銘《しょうしんしょうめい》、私たちだけの物語――。

あとがき

こんにちは、糸四季《いとしき》です。この度《たび》は『毒殺される悪役令嬢《れいじょう》ですが、いつの間にか溺愛《できあい》ルートに入っていたようで3』を手に取っていただき、誠《まこと》にありがとうございます。

とうとう最終巻です。まさか最後まで出していただけるとは……もっと言うと、最後まで書かせていただけるとは思っていなかったので、感無量です。書き始めた時は一応ラストまでの構想はあったものの、一巻分の物語だけ書く予定でいたので、こんなに長く毒殺令嬢と向き合うことが出来るとは想像もしておりませんでした。これもひとえに、応援《おうえん》してくださった読者の皆様《みなさま》のおかげです。本当にありがとうございます！

最後は新キャラ登場で、自分のルーツを知ることとなったオリヴィア。この後は前世の記憶《きおく》を持つオリヴィアも知らない、真っ新《さら》な物語の始まりです。自分を知り、未来を切り開いたことで、彼女はもっと強くなっていくことでしょう。そしてセ〇ムが増えたので、業火担《ごうかたん》の苦労はまだまだ続きそうですね(笑)。

幸せな書き下ろし番外編も載《の》せられて、作者は大満足です。読者の皆様にもご満足いただけると幸せです。よろしければ、ご意見ご感想をお聞かせいただければ、更《さら》に幸せです。

今作でもオリヴィアたちを魅力的《みりょく》に描《か》いてくださったイラストレーターの茲助様《ここすけ》。ハッピーウェディング！　なオリヴィアとノアの表紙に涙《なみだ》が出ました。そして密《ひそ》かに作者に贔屓《ひいき》されていたトリスタンの美麗《びれい》さと言ったら……！　本当にありがとうございます！

タテスクコミックにてコミカライズを担当いただいている瑞城夷真様《みずきいさな》。原作は終わってしまいましたが、これからもタテスクのオリヴィアたちを応援しております！　いよいよ第二部がスタートしましたね。一緒《いっしょ》に盛り上げていきましょう！

今回も書籍《しょせき》化するに当たり、たくさんの方にご尽力《じんりょく》いただきました。角川ビーンズ文庫、タテスクコミックの担当編集さんたちをはじめとした、関係各位に深く御礼《おれい》申し上げます。執筆《しっぴつ》を応援してくれる家族と友人、そして作者とオリヴィアを素敵《すてき》な感想で励《はげ》ましてくださった読者の皆様に、たくさんたくさん感謝しております。皆様がいらっしゃらなければ、この物語を最後まで書ききることはできませんでした。本当にありがとうございます！

タテスクコミックではまだまだオリヴィアたちが活躍《かつやく》しているので、これからも応援してやっていただければ幸いです。第二部、面白《おもしろ》いですよ！

それでは、また別の作品で皆様にご挨拶《あいさつ》できることを願って。

糸四季

BEANS BUNKO

「毒殺される悪役令嬢ですが、いつの間にか溺愛ルートに入っていたようで3」の感想をお寄せください。
おたよりのあて先
〒102-8177　東京都千代田区富士見2-13-3
株式会社KADOKAWA　角川ビーンズ文庫編集部気付
「糸四季」先生・「茲助」先生
また、編集部へのご意見ご希望は、同じ住所で「ビーンズ文庫編集部」
までお寄せください。

毒殺《どくさつ》される悪役令嬢《あくやくれいじょう》ですが、
いつの間《ま》にか溺愛《できあい》ルートに入《はい》っていたようで3

糸四季《いとしき》

角川ビーンズ文庫　23800

令和5年9月1日　初版発行

発行者――山下直久
発　行――株式会社KADOKAWA
〒102-8177　東京都千代田区富士見2-13-3
電話 0570-002-301（ナビダイヤル）
印刷所――株式会社暁印刷
製本所――本間製本株式会社
装幀者――micro fish

ISBN978-4-04-114060-4 C0193 定価はカバーに表示してあります。
◇◇◇